Love

Beginning?

von S. M. Groth

Bibliografische Information der Deutschen
Nationalbibliothek:

Die Deutsche Nationalbibliothek verzeichnet diese
Publikation

an der Deutschen Nationalbibliografie, detaillierte
bibliografische

Daten sind im Internet über dnb.d-nb.de abrufbar.

TWENTYSIX – Der Self-Publishing-Verlag

Eine Kooperation zwischen der Random Hause und

BoD-Books on Demand

© 2017 S. M. Groth

Herstellung und Verlag

BoD – Books on Demand, Norderstedt

ISBN 9783740731038

Prolog

Ich bin mir sicher, wenn Männer ehrlich sind, wollen sie keine der aufgetakelten Modepüppchen oder Schlampen.

Wer möchte morgens aufwachen und feststellen, dass die eigene Freundin erst wie die Freundin aussieht, wenn sie über eine Stunde im Bad gebraucht hat? Wer möchte eine Frau, bei welcher die Kleidung zwar perfekt zueinander passt, aber sie sich für jede Gelegenheit stundenlang umziehen muss?

Oder welcher Mann möchte eine Frau, bei deren Kleidung nichts der Phantasie überlassen wird? Wo alles auf einen Blick zu sehen ist. Die mit jedem Mann mitgeht, um ein paar nette Stunden zu haben? Oder wer möchte mit so einer Frau aber länger zusammen sein als diese paar Stunden?

Gebt es doch zu, Ihr möchtet eigentlich das Mauerblümchen. Jene Frau, die hübsch ist und dies auch ohne viel Make-up, teure Kleidung und Stunden im Bad. Eine Frau, die sich schick anziehen kann, die aber auch mal in Jogginghose auf dem Sofa sitzen möchte. Eine Frau, deren weibliche Attribute zwar von Kleidung verhüllt sind, aber dennoch zur Geltung kommen. Eine Frau, die sich jedoch nur für Euch auszieht und nicht für jeden. Eine Frau, die sich Euch beim Sex hingeben kann, aber auch mal die Führung übernehmen kann.

Aber Ihr wünscht Euch auch eine Frau, die Euch im Alltag hilft, das Leben zu meistern und Euch zu einem besseren Mann und Euer Leben ausgefüllter macht. Zumindest bei Letzterem bin ich mir absolut sicher, dass dies auf mich zutrifft.

Aber was, wenn wir Frauen ehrlich sind? Was wünschen wir uns für einen Mann? Wollen wir wirklich den netten Karl-Heinz mit seinem Reihenmittelhaus am Stadtrand? Am

Besten noch mit Eisenbahn im Keller, beständig und nett? Nie würde er etwas tun, was nicht dem Gesetz und den allgemeinen Regeln entspricht. Selbst bei seiner Steuer würde er nie auch nur 1 Cent zu viel absetzen oder bei Rot über die Straße gehen. Jeden Sonntag gäbe es Sex in der Missionarsstellung, ohne Überraschungen und Variationen. Alles an ihm ist vorhersehbar.

Wollen wir das wirklich? Nach außen hin tut natürlich jede Frau so. Welche Frau würde sich vor ihre Familie stellen und sagen, den Loser da hinten, den möchte ich gerne als Mann? Er bekommt sein Leben nicht auf die Reihe, ist ruppig und passt sich nicht an. Sind wir ehrlich: Keine!

Wir Frauen lieben Bücher über bad boys und träumen von einem starken Mann, welchen eine Aura von Gefährlichkeit umgibt. Der etwas Undurchschaubares an sich hat, der seine Freundin auch mal packt und küsst, als gäbe es kein Morgen. Sich auch einfach mal nimmt, was er will. Den unberechenbaren, ungehobelten Kerl aus dem Roman, der eigentlich eine verbotene Frucht ist. Jeder warnt vor ihm. Wo er auch auftaucht, reagieren die Leute entrüstet über sein Verhalten, seine Kleidung, seine Ausdrucksweise. Besonders die Frauen tun pikiert, doch jede weiß, sie wäre gerne mit ihm alleine. Jede stellt sich vor, wie sie ihn umkrempeln würde und wie sie ihn zu einem Gentleman macht. Doch eigentlich ist er genauso, wie sie ihn sich erträumen: ungehobelt, unangepasst und lebensfroh.

Joe war genau der bad boy, den sich jede Frau gewünscht hätte: gutaussehend und verwegen, undurchsichtig und sexy, ein Mann, der die tiefsten Gefühle weckte und die Sehnsucht befriedigte. Er nahm sich von mir, was er wollte, doch ich hatte nie das Gefühl, dass er irgend etwas im Bett gegen meinen Willen getan hätte. Mein Körper war Wachs in seinen Händen. Er ließ mich eine Leidenschaft spüren, die ich bis dahin nur aus Büchern kannte und an deren Existenz ich nie geglaubt hätte.

Jeder kommt irgendwann an den Punkt, an dem er sich fragt, ist mein Leben so, wie ich es gerne hätte? Würde ich die Dinge, die ich bereue, rückgängig machen?

Ich habe mich sehr oft gefragt, ob ich etwas anders gemacht hätte. Ob all die Demütigungen, der Ärger, die Tränen, der Schmerz meines gebrochenen Herzens, ob es das alles wirklich wert war. Aber dann sehe ich in die Augen des kleinen Bündels in meinen Armen, mein Sohn. Er ist einfach perfekt. Der Blick in seine braunen Augen sagt mir, dass ich nichts ändern würde. Das alles, jede Träne, jeder Streit, jede Demütigung mich hierhergeführt hat. An diesen Punkt meines Lebens. Würde ich nur eine winzige Kleinigkeit in meinem vorherigen Leben ändern, wer weiß, wie mein Leben dann wäre und ob ich eine so glückliche Frau hätte werden können.

Kapitel 1

Ich bin etwas nervös. Ich habe meinen Freund Tim lange nicht gesehen. Wir waren Nachbarn, allerdings nur, bis Tim in der siebten Klasse wegzog. Er zog damals mit seinen Eltern vom schönen ruhigen Emden nach Düsseldorf.

Zwar waren Tim und ich per Brief immer in Kontakt geblieben, doch war es irgendwie nie zu einem persönlichen Treffen gekommen. Nun sitze ich im Zug mit meiner besten Freundin Lena auf dem Weg zur Geburtstagsfeier von Tim. Seinen 20ten Geburtstag will er groß feiern.

Aus Emden bin nur ich eingeladen und habe daher Lena gebeten, mich zu begleiten. So ganz alleine die weite Fahrt und dann die vielen fremden Leute, ist mir doch etwas unheimlich. Und wen fragt man da? Natürlich nur die beste Freundin. Ich kenne alle Anderen auf der Party nur aus Briefen von Tim und auch Tim selber habe ich eine Ewigkeit nicht gesehen. Wir waren ja noch Kinder beim letzten Treffen. Wer weiß, wie er sich verändert hat.

Es ist Freitagmittag und am Sonntagabend fahren wir schon wieder zurück. Die Feier ist für Samstag geplant. Ich bin sowohl nervös als auch neugierig, wie es wohl werden wird. Lena scheint sich keine Gedanken zu machen. Lena ist eh viel unbeschwerter als ich. Sie denkt nicht so viel nach oder es scheint zumindest so. Sie lässt die Dinge einfach auf sich zukommen. Manchmal wünsche ich mir, einfach mehr wie sie zu sein und weniger ich. Ich analysiere immer alles zu Tode und male mir jedes Szenario aus, wie eine bestimmte Sache schiefgehen kann. Lena ist immer entspannt und erwartet nur positive Dinge.

Zur Feier sind mindestens 40 Leute eingeladen. Mit so vielen Leuten habe ich gar nicht gerechnet. Es ist September und es wird im Garten gefeiert. Das Wetter spielt auch mit. Es ist trocken und die Sonne scheint. Es ist aber nicht zu warm, um draußen zu sitzen und zu feiern.

Obwohl Lena und ich keinen der Gäste kennen, kommen wir schnell mit vielen der Anwesenden ins Gespräch und haben wirklich viel Spaß.

Einige tanzen bereits, als Lena und ich schon den Überblick verloren haben, ob neue Gäste kommen oder nicht. Die Namen kann ich mir eh nicht alle merken, wenn überhaupt nur die Gesichter. Es sind einfach zu viele neue und fremde Menschen.

Ich weiß nicht warum, aber als ein junger Mann neben Tim auftaucht, weiß ich, dass er neu auf der Feier ist. Er fällt mir gleich auf: groß, sportlich und dunkle Haare. Mehr kann ich im Dunkeln nicht ausmachen, aber ich werde irgendwie von ihm angezogen. Ich kann meine Augen nicht von ihm abwenden. Er hat eine Wirkung auf mich, die ich mir nicht erklären kann. Ich kann ihn einfach nur anstarren und hoffen, dass er sich zu mir setzt. Ich weiß nicht, was ich sagen würde, wenn er es täte, aber ich wünsche mir nichts sehnlicher, als dass er näher zu mir kommt. Alle Plätze um mich herum sind besetzt und alles redet durcheinander. Selbst wenn er wollte, könnte er sich nicht zu mir setzen. Ich zwinge mich dazu, den Blick von ihm abzuwenden. Was für eine dumme Gans bin ich, dass ich ihn so sehr anstarre? Und warum wünsche ich mir, dass sich ein völlig fremder Mann zu mir setzt?

Ich versuche, mich auf die Gespräche um mich herum zu konzentrieren. Es ist ja auch völlig egal, wer er ist oder was ich so faszinierend an ihm finde, Sonntag werde ich wieder nach Emden fahren und die Menschen hier fast alle vergessen haben. Keiner von diesen Menschen wird ein richtiger Freund werden, nur Tim und ich werden uns sicher weiterhin schreiben und vielleicht auch telefonieren.

Mein Blick wandert immer wieder zu ihm, auch wenn ich versuche, es zu verhindern. Ich kann einfach nicht anders. Das Gefühl, das mich dazu zwingt kann ich nicht beschreiben oder in Worte fassen. Ich habe so etwas noch nie erlebt.

Als ich ihn erneut ansehe, fängt er meinen Blick auf und lächelt mich an. Ich fühle mich ertappt und werde sicher rot. Ich merke an meinen Haarwurzeln, wie mir das Blut ins Gesicht schießt. Ich habe sicher die Farbe einer Tomate angenommen. Tapfer lächle ich zurück und sehe dann sofort weg um mich mit Lena zu unterhalten oder zumindest so zu tun. Wirklich darauf konzentrieren kann ich mich nicht. Immer wieder ermahne ich mich, nicht zu ihm zu sehen. Das fordert meine ganze Willenskraft.

Der Platz zu meiner Linken wird frei und neu besetzt. Ich nehme es kaum war und schaue mich daher nicht um, wer nun neben mir sitzt. Ich fühle mich irgendwie komisch, als würde sich irgendetwas in mir verändern. Ich kann das Gefühl einfach nicht einordnen. Mein Magen krampft sich zusammen. Habe ich etwas Falsches gegessen? Es gab Mini-Pizzas und ich habe ein paar gegessen. Aber Pizza esse ich sonst auch ohne Probleme. Ich habe auch keinen Belag genommen, den ich bisher nicht probiert habe. Vielleicht waren sie nicht mehr gut. Vorsichtig sehe ich mich um, ob es noch jemandem nicht so gut geht. Doch als ich nach links schaue, sehe ich ihn.

Er sitzt direkt neben mir, unterhält sich jedoch mit seinem Nachbarn auf der anderen Seite. Ich möchte meine Hand ausstrecken und durch seine Haare streichen. Sie ziehen mich magisch an. Ich unterdrücke mein Verlangen und reiße mich von seinem Anblick los. Ich widme mich wieder meinem Gespräch mit Lena, die leicht zu grinsen scheint. Doch dem schenke ich keine Beachtung. Wahrscheinlich bilde ich es mir auch nur ein.

Die Partygesellschaft schrumpft immer weiter zusammen. Lena meint, sie sei müde und verabschiedet sich. Ich bleibe noch ohne sie auf der Party. Es ist wirklich lustig und ich amüsiere mich, obwohl ich keinen der Gäste vorher schon einmal gesehen habe. Normal bin ich schüchtern und kann mich nicht so schnell mit Fremden anfreunden, aber hier erscheint es irgendwie so einfach und unbeschwert. Alle sind wirklich nett zu mir und fragen interessiert nach meiner Heimat und der Fahrt und der Kennenlerngeschichte mit Tim. Ich darf auf keinen Fall vergessen, mich noch einmal bei Tim für die Einladung zu bedanken.

Ich komme mit ihm ins Gespräch. Er erzählt mir, dass er mit Tim zur Schule gegangen ist und nun an der Sporthochschule Köln studiert. Ich sage ihm nicht, dass es mein Traum ist, nach meinem Abi auch dort angenommen zu werden. Warum weiß ich nicht. Ich könnte ihm sagen, dass wir Gemeinsamkeiten haben, aber ich will nicht, dass er das weiß. Warum nur nicht?

Als ich ihn gerade ausfragen will, um nähere Infos über die Sporthochschule zu erfahren, gesellt sich Tim zu uns. Als ich aufblicke, sehe ich, dass nur noch Tim, ein junger Mann, der glaube ich Lasse hieß, er und ich da sind. Wir vier unterhalten uns über Gott und die Welt bis in die frühen Morgenstunden.

„So Leute, ich verabschiede mich," sagt Lasse und steht auf.

„Hey, kann ich auf dem Sofa pennen?" fragt er Tim. „Dann muss ich meine Freundin jetzt nicht wecken. Dann kann sie mich morgen früh abholen."

„Klar, ist frei. Anna pennt im Zimmer vom Knut und Lena im Zimmer von Andi," sagt Tim.

„Na dann Jungs, gute Nacht," sage ich steif, stehe auf und geh auf „mein" Zimmer. Ich atme tief durch. Ich fühle mich, als hätte mir jemand mit der Faust in den Magen geboxt. Es fällt mir schwer, mich zu erheben und so zu tun, als wäre nichts.

Eigentlich möchte ich auch gar nicht gehen. Ich würde mich gerne noch stundenlang mit ihm unterhalten oder einfach nur neben ihm sitzen. Es war einfach schön, ihn nur in meiner Nähe zu wissen. Warum kann ich nicht sagen, aber es hat mich einfach glücklich gemacht.

Aber ich weiß jetzt, dass er eine Freundin hat. Er hat kein Interesse an mir und ist für mich durch seine Freundin eh tabu. Außerdem fahre ich Sonntag wieder nach

Hause und bin dann weit weg. Warum denke ich da überhaupt drüber nach?

Ich schleiche ins Bad, um Zähne zu putzen, weil ich keinem Menschen begegnen möchte. Zurück im Zimmer ziehe ich mich schnell um und krabble ins Bett. Auch wenn ich mir nicht vorstellen kann, Schlaf zu finden und nicht mehr an ihn zu denken, versuche ich es. Was bleibt mir auch anderes übrig?

Kurz darauf öffnet sich die Tür ganz vorsichtig und leise. Dennoch höre ich es. Ich spüre sofort, dass er es ist. Ich weiß nicht, warum, aber mein Körper reagiert einfach auf seine Anwesenheit.

„Anna," flüstert er. Mist, was soll ich denn jetzt bloß tun? Was will er von mir? Jetzt hier um diese Uhrzeit? Wenn ich antworte könnte er mir nur sagen, dass er mir eine gute Nacht wünscht. Er könnte aber auch versuchen, seine Freundin mit mir zu betrügen. Dann würde ich jeden Respekt vor ihm verlieren. Ich kann Männer nicht leiden, die ihre Freundinnen betrügen, wobei ich auch Frauen nicht leiden kann, die ihre Freunde betrügen. Ich finde, so etwas gehört sich einfach nicht. Man kann sich erst trennen und sich dann neu orientieren. Wenn er es nicht versuchen würde, wäre ich aber auch irgendwie enttäuscht. Schließlich fühle ich mich von ihm angezogen und es wäre schön, wenn es ihm auch so ginge. Warum ist das alles zu verflixt kompliziert? Er ist doch nur irgendein fremder Mann. Was würde ich tun, wenn er Annäherungsversuche macht. Werde ich ihm widerstehen können?

Ich antworte nicht, sondern stelle mich schlafend. Die Tür wird leise wieder geschlossen. Ich will aufatmen, als ich merke, dass er sich in mein Bett legt. Was soll ich jetzt tun? Mein Hirn scheint einfach nicht funktionieren zu wollen. In ihm herrscht absolute Leere. Ich kann einfach keinen klaren Gedanken fassen. Das ist mir noch nie passiert.

Er legt sich einfach in mein Bett. Ich versuche, mich nicht zu bewegen und regelmäßig weiter zu atmen. Was wird das hier? Was hat er vor?

Während sich meine Gedanken noch überschlagen, höre ich ihn schon nach kurzer Zeit leise schnarchen. Es scheint tatsächlich einfach eingeschlafen zu sein. Ich bin total verwirrt, versuche es aber noch einmal mit dem Einschlafen. Ändern lässt es sich jetzt eh nicht und wie hätte ich das alles erklären sollen, wenn jemand nachts hätte ins Bad gewollt und ich läge auf dem Sofa? Ich hätte nur etwas erklären müssen, was gar nicht passiert ist. Denn es ist nichts passiert. Ich seufze und versuche alle Gedanken aus meinem Kopf zu verdrängen. Sein Geruch macht das Verscheuchen der Gedanken an ihn aber nicht gerade einfacher.

Ich wache auf, weil sich auf einmal ein Arm um mich legt. Wie lange habe ich geschlafen? Wo bin ich? Was ist passiert? Wer umarmt mich? Ich versuche mich umzudrehen, aber es gelingt mir nicht. Er hält mich fest im Arm. Ich kann ihn riechen. Er riecht so gut. Einfach himmlisch. Ich kann den Geruch zwar überhaupt nicht zuordnen, aber ich mag ihn sehr und er beruhigt mich irgendwie. Ich atme tief durch und versuche mich zu sammeln.

Ich bin bei Tim, ich liege im Bett seines Mitbewohners und der süße Typ von gestern Abend umarmt mich. Es ist nichts Schlimmes passiert, dass ich mir irgendwie vorwerfen müsste.

„Schön, dass du da bist, Prinzessin," murmelte er. Er schläft also noch und denkt an seine Freundin. Ich überlege fieberhaft, was ich tun soll. Ich kann mich nicht befreien, ohne ihn zu wecken. Und das möchte ich eigentlich nicht. Wenn ich ehrlich bin, genieße ich es ja sogar, bei ihm im Arm zu liegen, auch wenn er von seiner Freundin träumt.

Ich beschließe, weiterzuschlafen. Solange er mich nur im Arm hält, ist ja auch nichts weiter dabei, oder? Kurz darauf schlafe ich auch noch einmal ein.

Am Morgen erwache ich von klapperndem Geschirr. Noch bevor ich die Augen öffne, weiß ich, dass er nicht mehr neben mir liegt. Einerseits bin ich erleichtert, was hätte ich auch sagen sollen oder tun sollen? Immerhin hatte er mich augenscheinlich im Traum verwechselt. Er ist sicher nur in mein Bett gekrabbelt, weil das Sofa zu unbequem war. Außerdem bin ich noch nie neben einem Mann aufgewacht. Wie reagiert man da?

Anderseits wäre ich auch gerne in seinen Armen aufgewacht und hätte morgens als erstes in seine unglaublich braunen Augen gesehen. Ich könnte stundenlang nur in diese Augen schauen. So braun wie die meines ersten Teddybären, einfach unglaublich braun und irgendwie unergründlich.

Ich seufze leise. Nun ist es, wie es ist. Ich kann es eh nicht ändern. Anna, analysiere nicht immer alles zu Tode, du kannst es eh nicht ändern, ermahne ich mich selber. Er ist nicht mehr in meinem Bett und ich muss mir schnell überlegen, wie ich ihm beim Frühstück begegnen soll. Soll ich etwas sagen oder einfach so tun, als wäre nichts gewesen? Letztendlich ist ja auch nichts geschehen, oder? Also einfach so tun, als wäre nichts. Ich nicke mir selber zu. Ja, genau das werde ich tun.

Auch wenn ich absolut noch keine Lust habe, aufzustehen, tue ich es. Ich kann nicht im Bett bleiben, wenn andere schon den Tisch decken. Ich knote meine Haare schnell mit einem Haarband zusammen und verlasse im Schlafanzug „mein" Zimmer. Tim stellt gerade die ersten Lebensmittel für das Frühstück auf den Tisch. Teller und Becher stehen schon dort. Das hat mich sicher geweckt.

„Guten Morgen," begrüßt Tim mich.

„Guten Morgen," grüße ich zurück. „Was kann ich helfen?"

„Nichts, setz´ dich doch schon mal. Ich hole nur eben die letzten Sachen aus dem Kühlschrank. Meinst du, wir sollen Lena wecken oder ohne sie anfangen? Ich habe nämlich schon Hunger."

Ich realisiere, dass nur 3 Teller auf dem Tisch stehen. „Lassen wir sie schlafen. Wo ist denn dein Kumpel? Ich dachte, er wollte auf dem Sofa schlafen?" Meine Neugier siegt über meine Vernunft. Schließlich will ich ja nichts von ihm und muss ihn eh vergessen. Es gäbe so oder so keine Zukunft für uns, aber wissen, wo er hin ist, möchte ich schon.

.

„Joe?" fragt er. Aha, so heißt der Traumtyp also. „Der ist schon los. Ich weiß gar nicht genau wann. Ich wollte gerade ins Bad, da meinte er, er würde fahren."

„Ach so." In diesem Moment kommt Lena in die Küche.

„Guten Morgen. Habt ihr noch lange gemacht gestern?"

„Kann ich dir gar nicht genau sagen. Anna, hast du auf die Uhr gesehen?", fragt Tim.

„Nee, habe ich nicht. Aber kurz bevor die Sonne aufging, sicher."

Wir frühstücken und plaudern über die Party, die Gäste und was wir heute noch vorhaben. Lena und ich sind das erste Mal in Düsseldorf und wir möchten uns gerne etwas die Stadt ansehen.

Das Wochenende geht vorbei, ohne dass ich mich traue, nach Joe zu fragen. Ich versuche wirklich, ihn zu vergessen. Zuhause wird mein Leben einfach normal weitergehen. Egal, ob ich ihn noch einmal sehe oder nicht. Wäre es nicht sogar schlimmer, wenn ich ihn noch einmal sehe und vielleicht noch mehr an ihm mag? Andererseits könnte ich auch feststellen, dass der erste Eindruck täuschte und es sich nur aus der lockeren Atmosphäre der Party ergeben hat, dass er mir so gut gefiel. Wie es auch sein mag, ich habe darauf eh keinen Einfluss. Ich versuche diese Endgültigkeit zu akzeptieren. Ich werde ihn vergessen und irgendwann einen Mann finden, der zu mir passt.

2. Kapitel

Es ist ein Jahr vergangen, in dem sich in meinem Leben nicht viel verändert hat. Ich gehe noch immer zur Schule und nächstes Jahr steht das Abi an.

Seit ½ Jahr habe ich einen festen Freund: Nick. Wir sind das erste Mal ein Wochenende getrennt. Sonst sehen wir uns jeden Tag, mindestens in der Schule. Ich hatte kurz überlegt, ob ich die Teilnahme an der Feier absagen soll, doch Lena überzeugte mich, dass wir fahren sollten. Es wird noch mehr Tage geben, an denen wir uns nicht sehen können. Und wer weiß, wie lange ich noch die Möglichkeit habe, so einfach ein Wochenende wegzufahren. Lena hat Recht und vielleicht würden wir uns Sonntagabend schon wiedersehen. Dann wäre nur der Samstag ohne ihn.

Nick ist klasse. Er sieht nicht nur gut aus, er ist nett und aufmerksam. Er ist zwar 1 Jahr jünger als ich, doch das stört uns nicht. Er geht eine Klasse unter mir und hat im vergangen Jahr erst an unsere Schule gewechselt. So haben wir uns kennengelernt.

Wir mögen beide Bücher und gute Filme. So verbringen wir viel unserer Zeit damit, Filme anzusehen und darüber zu diskutieren. Er ist immer perfekt angezogen und ich weiß, dass viele andere Mädchen auf der Schule ein Auge auf ihn geworfen haben, aber er gehört zu mir.

Ich habe meinen Führerschein seit ein paar Wochen und so fahren Lena und ich mit dem Auto nach Düsseldorf zu Tims Geburtstagsfeier. Mein Auto ist zwar nur ein kleiner Polo, aber dank der Nachhilfestunden und Sportkurse, die ich seit Jahren gebe, konnte ich ihn selber bezahlen. Nach dem Motto: Klein, aber mein.

Gute Musik haben wir uns besorgt und mit Navi ist die Strecke kein Problem. Gut gelaunt kommen wir in Düsseldorf an. Weil Tims Geburtstag in diesem Jahr auf einen Freitag fällt, ist auch die Feier am Freitag. Tim ist schon fleißig im Garten am Aufbauen, als Lena und ich ankommen.

„Hey, schön, dass ihr da seid. Hattet ihr eine gute Fahrt?"

„Ja, danke. Wo können wir noch helfen?" frage ich gleich. Es war mir schon unangenehm, als Tim mir gesagt hat, dass die Feier am Freitag stattfinden würde. Ich wusste, dass wir erst abends ankommen würden, weil wir die Schule nicht schwänzen durften. Ich möchte so viel wie möglich helfen. Schließlich dürfen wir wieder kostenlos das Wochenende hier verbringen.

„Nichts, danke. Ich bin fast fertig. Bringt Eure Sachen schon mal rein. Ihr habt die Zimmer wie letztes Jahr. Ich hoffe, das ist ok?"

„Klar, danke."

Tim erzählt, wer alles kommen wird und wer mit wem wie zerstritten ist. Mir schwirrt schon der Kopf von den vielen Leuten und ihren Verbindungen. Ich kann es mir ohnehin nicht alles merken, zumal ich nur zu der Hälfte der Namen ein Gesicht vor Augen habe, wenn überhaupt.

Die ersten Gäste kommen und ich kenne sie nicht. Trotzdem finden wir irgendwelche Themen, über die wir reden können.

Nach einiger Zeit sitzt ein Mädchen neben mir, das mir erzählt, dass sie einen ganz schlimmen Ex-Freund hat, der einfach nur ein Arsch ist. Sie erzählt mir, dass er sie einfach ignoriert, seit sie sich getrennt haben und nichts mehr mit ihr zu tun haben möchte. Ich überlege kurz, ob ich ihr sage, dass das wohl normal ist. Nicht, dass ich viel Erfahrung damit hätte, schließlich ist Nick mein erster richtiger Freund. Aber ich kenne ein paar Leute, die Beziehungen hatten und sich dann getrennt haben. Keiner von denen war danach noch in irgendeiner Form befreundet. Klar hieß es immer „Wir werden Freunde bleiben". Doch keiner von ihnen blieb es. Nicht, dass man groß über einander herzog, wie das Mädchen neben mir, man unternahm einfach nichts mehr miteinander. Aber ich verwerfe den Gedanken gleich wieder. Warum soll ich mich mit ihr streiten? Oder mit ihr diskutieren? Ich werde sie nach heute Abend sicher eh nie wiedersehen.

„Ich gehe jetzt," sagt sie auf einmal total abrupt. „Er wird gleich hier auftauchen und da möchte ich nicht mehr da sein."

„Okay," sage ich, weil mir einfach nichts weiter dazu einfällt. „Tschüss."

„War nett, tschüss." Und weg ist sie. Nun bin ich aber doch neugierig, mit wem sie zusammen war und was das für ein Typ ist. Als Joe durch die Tür kommt, bekomme ich kurz einen Schreck, fasse mich aber schnell wieder. Selbst, wenn er derjenige ist, kann es mir ja egal sein. Ich weiß ja, dass er letztes Jahr eine Freundin hatte. Ich weiß jedoch nicht, ob er sie noch hat und wie sie ausgesehen hat. An sich hat sie mir ja auch nichts Schlimmes gesagt. Für sie scheint es schlimm zu sein, doch ich finde es eher lächerlich. Vor allem, dass sie es einem wildfremden Menschen erzählt. Zumindest kann ich mich nicht daran erinnern, dass ich sie letztes Jahr schon gesehen habe und auch dann wäre ich doch eine Fremde.

Ich habe eine Gänsehaut und hoffe, dass sie niemanden auffällt. In meinem Bauch breiten sich Schmetterlinge aus. Ich beiße in eine kleine Mini-Pizza und hoffe, dass das Gefühl von alleine verschwindet. Joe setzt sich direkt neben mich. Auch das noch.

„Hey," sagt er.

„Hey." Ich versuche ganz normal zu klingen und meine Gefühle und besonders meine Stimme unter Kontrolle zu bekommen. Ich habe schließlich einen Freund und der sitzt nun mal nicht neben mir.

„Wie geht es dir?"

„Gut, und selber?"

„Auch gut."

„Hallo allerseits," grüßt ein Typ der gerade hereinkommt so laut, dass er die Musik übertönt und alle Augen sich auf ihn richten. Ich habe ihn noch nie vorher gesehen. Glaube ich zumindest. „Ich bin das Arschloch, von dem ihr schon gehört habt." Alle lachen und ich lache automatisch mit. Jetzt erst wird mir klar, dass er der Ex-Freund von dem Mädchen ist, dass eben noch neben mir saß. Da hatte sie ein verdammt gutes Timing beim Verlassen der Party. Das „Arschloch" setzt sich mir gegenüber und somit neben Lena.

„Das nenne ich mal eine Vorstellung," sagt Joe zu ihm.

„Na, was soll ich sagen. Ich weiß doch, wie sie ist."

„Ja, ich hab schon viel von dir gehört," sage ich.

„Seht ihr. Da kann ich mich doch gleich richtig vorstellen, damit jeder weiß, um wen es geht. Und wenn ich es wirklich für schlimm halten würde, was ich getan habe, wäre ich nicht hier, nachdem sie gegangen ist. Dann hätte ich sie direkt konfrontiert. Aber wenn sie meint, herumerzählen zu müssen, dass ich ein Arschloch bin, weil ich nicht mit ihr befreundet sein will, ist es mir herzlich egal. Oder hat sie sich etwas Neues ausgedacht?" Er schaut mich fragend an.

„Nein, genau das hat sie erzählt," antworte ich wahrheitsgemäß.

„Aber sie hat sicher weggelassen, dass ich mich von ihr getrennt habe, weil sie mit einem anderen Kerl geschlafen hat, oder?"

Ich schnappe nach Luft. Wie kann er das so einfach sagen. Als wäre es völlig normal. Sex sollte etwas Intimes sein. Etwas, dass nur die zwei Menschen angeht, die es erleben. Man sollte tiefe Gefühle füreinander haben um mit Jemandem zu schlafen. Ist in der Großstadt alles soviel lockerer? Erzählen die Leute ihre intimsten Dinge einfach jedem, den sie gerade einmal 2 Sekunden gesehen haben?

„So, nun reicht es aber. Sie hat mich schon genug meiner Zeit und Nerven gekostet. Wo kommt ihr zwei denn her?" fragt er, während er auf Lena und mich zeigt. „Ich habe euch noch nie auf einer unserer Feiern gesehen."

Lena erzählt ihm in aller Ruhe, wo wir herkommen und warum wir da sind. Ich merke, wie Joe mir die Hand auf den Oberschenkel legt. Mir schießt das Blut in den Kopf und kurz habe ich das Gefühl mein Hirn setzt aus. Doch dann fällt mir Nick ein. Ich nehme Joes hat und lege sie auf seinen Oberschenkel. Ich flüstere ihm ins Ohr: „Ich habe einen Freund."

Er flüstert zurück: „Ist er da?"

Ich schüttle nur den Kopf.

„Wo ist dann das Problem?" Seine Stimme direkt an meinem Ohr und sein Atem, der mich im Nacken kitzelt raubt mir den Atem. Es ist so aufregend und so erregend. Ich habe das Gefühl nur davon feucht zu werden. Ich ermahne mich, ruhig zu bleiben und bete still vor mich hin: Ich habe einen Freund. Ich habe einen Freund. Ich habe einen Freund.

„Ich bin vergeben und deswegen wird nichts zwischen uns passieren. Egal ob er da ist oder nicht." Meine Stimme klingt fester als ich gedacht hätte. Mein Mund ist trocken und mein Hals ist wie zugeschnürt.

„Ich habe doch nur meine Hand auf deinen Oberschenkel gelegt." Er legt sie wieder dorthin und ich habe das Gefühl, die Stelle wird gleich Feuer fangen.

„Hey, was tuschelt ihr zwei da?" fragt Lena und holt mich in die Wirklichkeit zurück.

„Ach, nichts," sagt Joe. „Anna hat mir gerade von ihrem Freund erzählt. Anscheinend ist er ihr peinlich, dass sie es flüstern muss."

Ich schlage ihn leicht gegen die Schulter. Doch er lacht nur. Seine Hand nimmt er trotzdem nicht weg. Ich will keine Szene machen. Schließlich liegt sie ja nur auf meinem Oberschenkel.

„Ja, Nick ist echt klasse. Und ein richtiger Frauenschwarm. Aber Anna konnte ihn sich sofort schnappen, bevor eine andere eine Chance hatte." Ich bin Lena dankbar, dass sie für Nick Partei ergreift. Wobei es ein bisschen eifersüchtig klingt. Ist Lena etwa auch scharf auf Nick? Möglich ist es. Ich versuche in ihrem

Gesicht einen Hinweis darauf zu finden. Finde aber keinen und es ist auch egal. Sie würde nicht versuchen, sich an ihn heranzumachen, solange wir ein Paar sind und unsere Freundschaft hat es bisher auch nicht belastet. Also wird es das auch in Zukunft nicht tun. Lena und ich sind schließlich seit Jahren befreundet. Wobei mir gerade auffällt, dass Lena meine beste Freundin wurde, als Tim weggezogen ist.

„Und? Wie läuft dein Studium so?" frage ich Joe, um das Thema zu wechseln. Ich weiß nicht wieso, aber mir ist das Thema vor Joe irgendwie unangenehm. Als ich die Chance habe, dass es keiner zu sehen scheint, nehme ich seine Hand und lege sie zurück auf seinen Oberschenkel. Er flüstert mir in´s Ohr: „Bist du sicher?"

Und ich nicke nur schwach. Ich kann kaum einen vernünftigen Gedanken fassen. Wie soll ich mir da bei etwas sicher sein?

Er fängt ein Gespräch mit der Brünetten auf seiner anderen Seite an und ignoriert mich. Was soll denn das jetzt? Mir soll es ja eigentlich egal sein. Aber es stört mich wahnsinnig.

Lena sagt, sie sei müde und geht ins Bett. Ich unterhalte mich noch etwas mit dem „Arschloch", obwohl ich noch immer nicht weiß, wie er heißt.

Als ich sehe, dass Joe der Brünetten den Arm um die Schulter legt und sich vorbeugt um sie zu küssen, verabschiede ich mich auch, um ins Bett zu gehen. Darauf habe ich ja nun absolut keine Lust.

Mir wird irgendwie schlecht bei der Vorstellung, wie er mit der Brünetten rummacht. Aber es ist ja sein gutes Recht. Ich habe ihn abblitzen lassen, da kann er sich eine Andere suchen. Ich habe schließlich einen Freund. Es kann mir total egal sein, dass er eine Andere küsst. Er ist nicht mein Freund und wird es auch nie sein. Warum stört es mich dann so dermaßen, dass mir schlecht wird? Was hat Joe, was mich so in den Wahnsinn treibt?

Ich weiß nicht, was mich mehr stört, dass er sich gleich an eine Andere ranmacht oder das er wohl auch nur eine schnelle Nummer mit mir wollte. Wie heißt es immer so schön: Männer sind alle gleich und sie wollen alle nur das Eine. Wie gut, dass ich Nick habe. Ich seufze. Nick. Er ist wirklich ein guter Freund und so lieb. Wieso denke ich nur andauernd an Joe.

Ich seufze erneut, als ich ins Bett krabble. Ich dachte wirklich, Joe wäre nett. Aber manchmal täuscht der erste Eindruck. Außerdem ist der schon ein Jahr her. Vielleicht hat Joe sich auch verändert.

Zum Glück bin ich von der langen Fahrt sehr müde und es ist schon 5 Uhr morgens. Ich schlafe gleich ein, ohne mir weitere Gedanken über Joe und sein bescheuertes Verhalten machen zu können.

Ich erwache, als sich die Matratze bewegt. Wieso gibt es hier eigentlich keine Schlüssel für die Zimmer? Es ist doch eine WG. Da sollte man doch sein Zimmer abschließen können, oder?

„Nicht böse sein, Prinzessin," haucht Joe mir ins Ohr. Mein Körper reagiert sofort. Ich bekomme eine Gänsehaut und es kribbelt überall. Meine Nackenhaare stellen sich auf. Es klingt etwas schwer, als hätte er getrunken und seine Stimme nicht ganz unter Kontrolle.

„Ich wollte dich doch nur ärgern. Ich habe nicht mit ihr rumgemacht, wirklich nicht."

Ich tue lieber so, als würde ich schlafen. Ich weiß nicht, wie ich reagieren soll. Ich will nicht, dass er geht, ich will aber auch nicht mit ihm rummachen. Ich habe ja schließlich Nick und selbst wenn nicht, würde er nur eine schnelle Nummer mit mir wollen. So eine Frau werde ich aber sicher nie sein.

Er kuschelt sich an mich und ich spüre weiter seinen Atem an meinem Hals. Jeder Atemzug jagt mir einen Schauer über den Rücken. Ich weiß gar nicht, ob ich ihm glauben soll.

Wie lange habe ich geschlafen? Ich liege mit dem Kopf zur Wand. Ich kann die Uhr nicht sehen, selbst wenn ich die Augen öffnen würde. Vielleicht hat er auch irgendwo mit ihr geschlafen und ist danach in mein Bett gekrabbelt. Bei dem Gedanken wird mir schlecht.

„Ich weiß, dass du schläfst, aber ich hoffe, du kannst mir irgendwann verzeihen. Ich war nur so sauer, weil du mir wegen einem Anderen einen Korb gegeben hast."

Ich muss mich aufs Atmen konzentrieren. Fast wäre mir die Luft weggeblieben und dann hätte er gemerkt, dass ich wach bin. Meine Gedanken sind wirr. Warum sagt er mir das? Was soll das alles? Und warum mache ich mir überhaupt Gedanken über ihn? Ich habe Nick.

Kurz darauf höre ich Joe schnarchen. Oh man, wie soll ich bei dem Krach schlafen? Eigentlich sollte ich ihn aus dem Bett werfen, aber er schläft schon und was ist schon dabei? Solange wir nur schlafen? Ich muss es Nick ja nicht sagen.

Ich versuche mich zu entspannen und atme seinen Duft ein, der sich tatsächlich mit einer Schnapsfahne mischt. Da ich nicht trinke, weiß ich nicht, nach was genau er riecht, aber er hat auf jeden Fall einiges an Alkohol getrunken.

Am nächsten Morgen schläft Joe noch tief und fest, als ich aufwache. Was soll ich tun? Ich lege seinen Arm, den er um mich geschlungen hat, vorsichtig beiseite. Ohne groß nachzudenken, krabble ich aus dem Bett und versuche Joe nicht zu wecken. Ich schlüpfe in meine Jogginghose. Mein Schlafshirt lasse ich an. Ich streiche meine Haare mit den Fingern nach hinten und binde sie locker zusammen. Leise verlasse ich mein Zimmer.

„Hey, guten Morgen." Tim sitzt schon am Küchentisch mit einem Becher Kaffee.

„Guten Morgen." Wie wird er wohl reagieren, wenn Joe aus meinem Zimmer kommt?

„Kaffee?"

„Ja, bitte. Den kann ich vertragen." Er hebt eine Augenbraue und sieht mich an. In dem Moment geht meine Zimmertür erneut auf. Warum müssen alle Zimmertüren sich zur Küche hin öffnen?

Joe reibt sich verlegen den Nacken. „Guten Morgen."

„Guten Morgen,“ sagen Tim und ich gleichzeitig.

„Ja, ich mach mich dann mal auf den Weg,“ sagt Joe schlicht.

Tim schaut von Joe zu mir und wieder zurück. Sein Mund steht offen. Ich weiß nicht, was ich sagen soll.

„Wie kommst du nachhause?“ fragt Tim Joe schließlich.

„Mit dem Bus, der nächste fährt gleich. Also dann, war schön wie immer. Vielleicht schaffen wir es ja, uns nächste Woche mal wieder zu treffen.“

„Ja, vielleicht.“ Tim scheint noch immer verwirrt und ich kann es ihm nicht verdenken. Ich weiß ja selber nicht, was ich sagen oder denken soll. Ohne weitere Worte verlässt Joe die Wohnung.

Langsam dreht sich Tim zu mir um. „Willst du mir was sagen?“

„Eigentlich nicht,“ sage ich kleinlaut und schaue in meine Kaffeetasse. Als würde sie mir die Antworten auf all meine Fragen geben können.

„Okay. Dann sage ich dir, was ich weiß: Nachdem du gegangen bist, hat er angefangen zu trinken. Tina, die Brünette, hat ihn in einer Tour angemacht, aber er hat sie ziemlich rüde abgewiesen. Schien sie aber nicht begreifen zu wollen. Da ist es ihm wohl irgendwann zu dumm geworden und er ist gegangen. Zumindest dachte ich das.

Und dann sehe ich, wie er morgens aus deinem Zimmer kommt. Du brauchst dringend einen Kaffee und er kann nicht schnell genug wegkommen. Ich denke mir also meinen Teil. Ihr seid ja erwachsen. Und ich werde es keinem Menschen verraten.“

„So ist es nicht. Ich habe schon geschlafen. Da kam er rein, hat sich ins Bett gelegt, irgendwas gesagt, von wegen er hatte nichts mit der Anderen gehabt und ist eingeschlafen.“

„So so. Dabei willst du also bleiben?“

„Ja,“ ich seufze und trinke noch einen Schluck Kaffee. „Weil es so war.“

„Und warum hast du ihn nicht rausgeworfen.“

„Diese Frage stelle ich mir auch die ganze Zeit.“

Da öffnet sich die Tür zu Lenas Zimmer. Ich sehe Tim flehend an. Er scheint zu verstehen und nickt. Ich hoffe, er wird nichts mehr zu diesem Thema sagen. Es war ja auch gar nichts.

Nachdem wir das Chaos der Party beseitigt haben, gehen wir an den Rhein und genießen die Sonne. Zu mehr fehlt uns allen nach der langen Feier die Motivation.

Joe lässt sich an diesem Tag nicht hören oder Tim sagt es mir nicht, das kann ich mir jedoch nicht vorstellen. Abends lümmeln wir uns in Tim´s Zimmer auf´s Bett und schauen uns Filme an.

3. Kapitel

Sonntag geht es nach dem Frühstück schon wieder zurück. Ich bin enttäuscht, dass Joe sich nicht mehr gemeldet hat. Anderseits fällt mir aber auch kein plausibler Grund ein, warum er sich hätte melden sollen.

Zuhause rufe ich gleich Nick an. Er klingt komisch, verspricht aber vorbei zu kommen. Ahnt er irgendetwas? Aber woher sollte er das? Ich bekomme keinen Kuß von ihm zur Begrüßung. Irgendetwas stimmt hier ganz und gar nicht. Schweigend geht er voraus in mein Zimmer.

Als ich die Tür geschlossen habe, beginnt er: „Anna. Ich weiß nicht, wie ich es sagen soll, daher sage ich es einfach direkt und ohne Umschweife. Wir waren bisher immer ehrlich zueinander und ich möchte, dass es so bleibt. Ich halte es für besser, wenn wir uns trennen."

Es trifft mich völlig unerwartet. Ich weiß nicht, was ich sagen soll. Ich bin viel zu überrascht. Damit habe ich nicht gerechnet. Ich war doch nur ein kurzes Wochenende weg. Ein verdammt kurzes Wochenende.

Warum hat er es sich nicht vor dem Wochenende überlegt, dann hätte ich Joe zumindest küssen können.

Ich starre Nick einfach nur an. Es ist erschreckend, dass es mich gar nicht stört, dass er sich von mir trennt. Mich ärgert nur maßlos, dass es heute ist.

„Ich meine, wir können Freunde bleiben. Also wirklich Freunde, uns immer noch Filme und so ansehen, wenn du möchtest, aber ich denke einfach, dass meine Gefühle für dich nicht stark genug sind, um eine ernsthafte Beziehung zu haben."

„Okay." Mehr fällt mir nicht ein.

„Ich habe auch keine andere oder so. Ich wollte dir nur ehrlich sagen, was ich fühle."

„Okay." Er sieht mich ratlos an. Ich weiß auch nicht, was ich sagen soll.

„Anna, ich sage es nicht nur so. Ich mag dich echt. Aber eben nur als Freundin und ich dachte, bevor wir uns nachher richtig streiten und keine Freunde mehr sein können, entscheide ich es jetzt."

„Ich bin gerade etwas durcheinander." Ja, das bin ich wirklich. Aber nicht, weil Nick Schluss macht, sondern weil ich nur an Joe denken kann und mich die Trennung einfach kalt lässt. Ich mag Nick und möchte auch, dass er weiter Teil meines Lebens ist, aber wie er selber sagt, nur als guter Freund. Es stört mich nicht, dass er nicht mehr mein fester Freund sein möchte.

„Ok, dann gehe ich jetzt, wenn du es möchtest oder wir schauen den neuen Film mit Adam Sandler," seine Stimme klingt ruhig, aber auch irgendwie ängstlich. Ich frage mich, warum. Hat er Angst, dass ich sauer bin oder Angst, dass ich ihn einfach wegschicken könnte?

„Wenn du möchtest, schauen wir den Film." Er nickt, zieht eine DVD aus seiner Jacke und legt den Film ein. Vielleicht kann ich dabei etwas abschalten und meine Gedanken sortieren.

4. Kapitel

Wieder ist ein langes Jahr vergangen und es ist wieder soweit, der Geburtstag von Tim steht an. Auch in diesem Jahr besuche ich ihn zur Feier. Doch dieses Jahr ist alles anders. Ich werde im Oktober nach Köln ziehen, um zu studieren. Ich werde eine Woche bleiben und mir Wohnungen ansehen.

Lena begleitet mich nicht. Sie wird zum Studieren ebenfalls wegziehen. Aber nach München. Dort ist sie dieses Wochenende, um sich Wohnungen und die Uni anzusehen. Ich bin traurig, dass sie nicht dabei ist und ich sie bald nicht mehr jeden Tag sehen werde.

Unweigerlich muss ich an das vergangene Jahr denken. Daran, dass sich Nick nach dem Wochenende von mir getrennt hat und wie gute Freunde wir mittlerweile geworden sind. Zwar hat er nach wie vor keine neue Freundin und ich wüsste auch nicht, wie ich das finden würde, aber die Zeit mit ihm ist einfach schön. Wir können über alles reden.

Die Feier ist schon im Gange, als ich mein Auto endlich auf den Parkplatz lenke. Ich kann die Anderen lachen hören. Ich kenne aus den vorherigen Jahren mittlerweile einige der Freude von Tim so gut, dass wir uns gleich unterhalten. Ich amüsiere mich gut.

Ich weiß nicht, ob Joe auch kommen wird oder nicht. Ich habe es nach dem letzten Jahr vermieden, zu fragen. Auch wenn ich nun Single bin, gehe ich davon aus, dass Joe eine Freundin hat. Ich weiß nicht mal, ob er seine Freundin vom vorletzten Jahr noch hat. Mir fällt jetzt erst auf, dass ich ihn letztes Jahr gar nicht gefragt habe. Aber wenn nicht die, dann wird er eine andere haben. Ein attraktiver, junger Mann wie er, wird sicher nie lange Single sein.

Joe kommt spät. Es sind schon viele Gäste gegangen. Er sagt kurz „hallo" in die Runde und unterhält sich dann angeregt mit Tim. Er kommt nicht zu mir, um mich extra zu begrüßen. Warum sollte er auch? Es war ja nie etwas zwischen uns. Was soll´s. Ich habe ja eh kein Interesse an ihm.

Ich nehme aber mit Freude zur Kenntnis, dass er alleine da ist. Das war im ersten Jahr aber auch so und da hatte er eine Freundin. Ich atme tief durch und konzentriere mich wieder auf das Gespräch mit Lasse.

Von Tims Freunden ist er mir irgendwie der Liebste. Ich weiß gar nicht warum, aber schon im ersten Jahr haben wir sofort Gesprächsthemen gefunden, die sowohl interessant, als auch etwas tiefsinnig waren. Nicht so das oberflächliches Gequatsche, wie man es sonst kennt.

Aus den Augenwinkeln sehe ich, dass Joe sich auch mit den anderen Gästen unterhält. Er scheint mich zu ignorieren. Wirft nicht mal einen Blick in meine Richtung. Was habe ich ihm getan? Ich versuche den Gedanken zu verdrängen. Es ist doch egal, ob er mit mir spricht oder nicht. Wir haben uns mal nett unterhalten und das war´s. Ich würde zwar gerne einige Dinge über die Sporthochschule wissen, bevor es losgeht, aber ich werde nicht den ersten Schritt machen.

Andere Leute gehen auch zum Studieren in fremde Städte und an fremde Unis, ohne vorher etwas darüber zu wissen. Es wird eine Erstsemesterwoche geben, in der ich alles erfahren werde.

Als es spät wird, will eine Freundin von Tim nach Hause gehen. Ines ist ziemlich betrunken und hat Probleme, sich auf den Beinen zu halten. Ich biete an, sie nach Hause zu bringen. Es sind zwar nur 3 Straßen, aber in ihrem Zustand kann man nicht sicher sein, dass sie heil zu Hause ankommt. Auch wenn ich sie bisher kaum kenne, habe ich kein gutes Gefühl dabei, sie alleine gehen zu lassen. Ich könnte sicher nicht ruhig schlafen, wenn ich nicht sicher sein kann, dass sie zu Hause angekommen ist. Joe springt auf und sagte, er wird uns Beide begleiten. Was soll das denn jetzt wieder?

Joe hat an diesem Abend noch kein Wort mit mir gesprochen. Ich will jedoch keinen Streit und es ist mir an sich auch ganz lieb, nachts nicht alleine durch die Stadt zu laufen. Ich habe zwar gesehen, dass er auch schon etwas getrunken hat, er macht aber noch einen kontrollierten Eindruck. Soviel kann es in der kurzen Zeit auch nicht gewesen sein.

Joe hakt Ines unter und wir gehen los. Ines plappert unzusammenhängendes Zeug, was so genuschelt ist, dass weder Joe noch ich ein Wort verstehen. Joe hat Mühe, mit Ines im Arm geradeauszulaufen. Aber es gelingt uns irgendwie, Ines zu sich nach Hause zu bringen. Ihr Freund kommt gerade von der Nachtschicht nach Hause, sodass wir gleich zurück zur Party gehen können ohne uns Gedanken um Ines machen zu müssen. Ich hätte sie in ihrem Zustand nicht alleine lassen mögen.

Wir gehen schweigend nebeneinander her. Ich möchte so gerne wissen, warum er mich den ganzen Abend ignoriert hat, habe jedoch nicht den Mut, ihn zu fragen. Wenn er nichts mit mir zu tun haben will, muss ich eben damit klarkommen und je eher ich das akzeptiere, umso besser. Außerdem will ich ja eh nichts von ihm.

Als wir an einem Bushaltestellenhäuschen vorbeikommen, packt Joe mich an der Hüfte, drückt mich gegen die Wand und küsst mich. Was soll das? Ich bin total überrumpelt und überrascht. Er drückt seine Lippen hart auf meine. Als er seine Lippen öffnet, kann ich nicht anders und tue es ebenfalls.

Unsere Zungen berühren sich. Sein zunächst harter Kuss wird nun zärtlich. Seine Lippen werden weich. Es fühlt sich atemberaubend an.

Joe drückt mich fest an sich. Ich streiche mit den Fingern durch seine Haare. Joe knabbert leicht an meinen Lippen. Er schlingt seine Arme um mich und drückt mich fest an sich. Seine Lippen lösen sich von meinen, sie wandern an meinem Hals entlang. Durch meinen Körper fließt eine Energie, die ich noch nie gespürt habe. Die

Schmetterlinge in meinem Bauch fliegen nicht nur, sie müssen Saltos drehen.

Seit unserer ersten Begegnung habe ich mir ausgemalt, wie es sein würde, ihn zu küssen. Es ist noch schöner, aufregender und erregender als ich es mir je auch nur in meinen Träumen hätte vorstellen mögen. Meine Knie werden weich, mein Hirn setzt einfach aus. Zum Glück drückt Joe sich an mich, so dass ich nicht umfallen kann.

„Das möchte ich nun schon seit 3 Jahren tun," flüstert er mir ins Ohr. Er löst sich von mir und nimmt mich an die Hand. „Ich glaub´ wir sollten zurückgehen, sonst denken die anderen noch, uns ist etwas passiert," sagt Joe.

Ich bin total verwirrt, kann keinen klaren Gedanken fassen und kann nur nicken. Ich glaube meine Wangen sind total gerötet, zumindest fühlen sie sich heiß an. Ich will nicht zurück zu den anderen. Ich will hierbleiben und Joe küssen. Doch Joe nimmt mich an die Hand und zieht mich mit sich.

Die letzten Minuten gehen wir wieder schweigend nebeneinander her. In meinem Kopf dreht sich noch immer alles. Ich kann keinen klaren Gedanken fassen.

Kurz bevor wir den Garten erreichen, lässt Joe meine Hand los. Es sind nur noch wenige Gäste da. Tim, Lasse, Laura und Tom. Laura und Tom sind aber ebenfalls im Begriff, zu gehen.

„Da seid ihr ja endlich wieder," begrüßt Tim uns.

„Ja, Ines zum Geradeauslaufen zu bewegen war nicht leicht," lacht Joe.

Ich setze mich gegenüber von Tim, neben dem noch Lasse sitzt. Joe setzt sich neben mich. Lasse erzählt von seinem Studium, das anstrengender ist, als er gedacht hätte.

Unter dem Tisch nimmt Joe erneut meine Hand und streicht leicht mit dem Daumen über ihren Handrücken. Ich sehe ihn an, doch er konzentriert sich auf Lasse.

Was hat das Alles zu bedeuten? Am Liebsten möchte ich Joe das direkt fragen, doch sicher nicht vor den Anderen. Das ist mir einfach zu peinlich. Und der Kuss war zu intim. Ich möchte dieses Geheimnis für mich behalten. Nicht nur der Kuss an sich soll nur uns beiden gehören, auch das Wissen darum, dass es ihn überhaupt gegeben hat. Bei dem Gedanken an seinen Lippen auf meinen, werde ich nervös und rutschte etwas unruhig auf meinem Stuhl hin und her. Joe kneift mir in den Oberschenkel und ich bleibe abrupt stillsitzen.

Vielleicht ergibt sich später oder morgen die Gelegenheit zu einem Gespräch und wenn nicht, dann war es eben nur ein Kuss. Ein atemberaubender und heimlicher Kuss, der mir noch die Knie weich werden lässt, aber eben nur ein Kuss. Vielleicht ist er nur so aufregend, weil er heimlich, im Dunklen in einem Bushaltestellenhäuschen war. Verstohlen und etwas verrucht.

Lasse und Joe verabschieden sich gemeinsam, so dass an diesem Abend keine Möglichkeit für ein Gespräch bleibt.

„Was war denn das?" fragt Tim mich, als die beiden gegangen sind und wir noch ein paar Sachen aufräumen.

„Wieso?"

„Ihr wart irgendwie merkwürdig, als ihr zurückgekommen seid und ihr habt länger gebraucht, als ich dachte."

„Ach, nichts. Wir haben kaum geredet."

„Mh."

„Also dann gute Nacht."

„Gute Nacht."

An Schlaf ist für mich eh nicht zu denken. Wie soll ich nach dem Kuss und dem Verhalten von Joe schlafen können. Warum hat er mich den ganzen Abend ignoriert, wenn er mich anscheinend genauso sehr wollte, wie ich ihn? In diesem einen Kuss lag so viel Verlangen und Sehnsucht, das habe ich bisher noch nie erlebt. Bei keinem anderen Mann, keinem Kuss. Nicht, dass ich viel Erfahrung darin hätte.

Ich weiß nicht mal, ob er momentan eine Freundin hat und deswegen nicht wollte, dass die Anderen etwas mitbekommen oder ob er mich nur geküsst hat, weil er getrunken hatte.

Die ganze Nacht drehe ich mich nur hin und her und spiele alle möglichen Szenarien durch. Es passte alles einfach nicht zusammen. Warum kann mein Hirn nicht einfach mal still sein und mich den Kuss genießen lassen. Denn, auch wenn er mich nur geküsst haben sollte, weil er betrunken war und wenn es nie wieder passieren würde, war es doch der beste Kuss meines Lebens und niemand kann mir das Gefühl und die Erinnerung daran wegnehmen.

5. Kapitel

Es wird eindeutig zu früh hell. Nicht, dass ich geschlafen hätte. aber ich habe einfach keine Lust aufzustehen. Ich ziehe mir noch einmal die Decke über den Kopf. Das Klappern des Geschirrs lässt sich aber einfach nicht ausblenden.

Ich seufze, ziehe meine Jogginghose an, fasse meine Haare zu einem schnellen Knoten zusammen und schaue, was es zum Frühstück gibt. Hunger habe ich eigentlich nicht, aber ich kann auch nicht den ganzen Tag im Bett bleiben.

„Hey," sagt Tim. „Ich hoffe, ich hab´ dich nicht geweckt?"

„Nee, nee, ich war schon wach. Ich hatte nur noch keine Lust, aufzustehen."

„Was möchtest du denn heute machen?"

„Mh, gute Frage."

Da klingelt Tims Handy auf der Küchenplatte. Er wirft einen Blick darauf.

„Ja, was gibt es? Hast du was vergessen? …. Mh, ja ich frag mal. Warte."

Er hält den Hörer zu.

„Joe fragt, ob wir mit ihm was unternehmen wollen."

Ich überlege kurz, zucke dann aber nur mit den Schultern. Ich weiß nicht, was ich will. Einerseits will ich ihn wiedersehen, aber wer weiß, was dann passiert. Andererseits kann ich mir noch immer keinen Reim auf sein Verhalten machen und das macht mich wahnsinnig.

„Was hast du im Sinn?" fragt er wieder ins Telefon. „Alles klar, dann in 2 Stunden vor Antonios."

Er sieht mich wieder an. „Ist doch ok?"

„Klar. Wann müssen wir los?"

„So in ca. 1,5 Stunden. Wir treffen uns vor Antonios in Köln. Da gibt es super leckere Pizza. Dann weißt du schon mal, wo es ist, wenn du bald in Köln wohnst. Und dann gehen wir am Rhein spazieren und zeigen dir ein bisschen die Stadt. Du bist jetzt schon das dritte Mal da und hast noch nicht wirklich was von der Stadt gesehen."

„Klar, ich freue mich." Ich habe zwar gemischte Gefühle, aber das behalte ich für mich. Ich freue mich ja auch darauf, die Stadt zu sehen und die Sonne, die herrlich scheint, zu genießen. Ich weiß nur nicht, was ich davon halten soll, dass Joe mitkommen wird. Aber immerhin hat Joe ja hier angerufen. Man, ist das alles verwirrend.

Nachdem ich wenigstens ein bisschen gegessen habe, gehe ich duschen. Ich stehe lange unter der Dusche und versuche, meine Gedanken zu ordnen. Immer wieder schweifen meine Gedanken ab zu dem unvergesslichen Kuss. Noch immer werden meine Knie weich bei dem Gedanken daran.

Ich steige aus der Dusche und trockne mich ab. Meine Kleiderauswahl ist relativ begrenzt. Ich war nur auf Wohnungssuche eingestellt und nicht auf ein Date. Ist es überhaupt ein Date?

Ich bin nur kurz hier, daher habe ich kaum Freizeitkleidung eingepackt. Also Jeans, T-Shirt und eine Zip-Jacke. Warum sollte ich mich auch besonders hübsch machen? Ich gehe nur mit Freunden durch die Stadt.

Wie sagt Lena immer: Wer mich in Jogginghose nicht mag, hat mich gestylt nicht verdient.

Tja, ist zwar keine Jogginghose, aber auch nicht gestylt und ich fühle mich in Jeans einfach am Wohlsten.

Vor Antonios wartet Joe schon auf uns, dabei sind wir 5 Minuten zu früh dran. Die Jungs schlagen ein und mich nimmt Joe einfach zur Begrüßung in den Arm. Was soll das wieder bedeuten? Automatisch erwidere ich jedoch seine Umarmung und sauge seinen Geruch ein.

Während die Jungs mir die Stadt zeigen, reden wir über alles Mögliche. Joe erzählt von der Sporthochschule und Tim von seinem Studium. Hin und wieder weist Tim mich auf Lokale hin, wo ich seiner Meinung nach auf jeden Fall einmal hingehen muss.

Auf einmal fragt Joe: „Ziehst du wirklich her?"

„Ja, nächstes Semester fange ich mit dem Studium an. Morgen werde ich mir die ersten Wohnungen ansehen."

„Das ist schön. Wenn du was brauchst, sag Bescheid."

„Klar." Ich weiß zwar nicht, wie das Angebot gemeint ist, aber eine andere Antwort fällt mir nicht ein.

„Soll ich vielleicht morgen mitkommen zum Wohnung ansehen?"

„Nein. Ich gehe lieber alleine. Aber danke." Was soll das denn nun wieder? Warum möchte er mich begleiten? Spielt auch keine Rolle. Ich habe mir vorgenommen, allein zu gehen. Joe sieht traurig aus, daher füge ich hinzu: „Ich habe mir nur Wohnungen ausgesucht, wo ich Frauen als Mitbewohnerinnen hätte. Da möchte ich alleine hin. Nicht, dass sie sonst denken, ich werde ständig Männerbesuch haben."

„Ach so. Naja, wenn du es dir anders überlegst, melde dich einfach."

„Klar, mach ich." Wenn er mich begleiten würde, könnte ich mich eh nicht richtig konzentrieren. Die ganze Zeit würde ich mich nur mit allen Fragen beschäftigen, die mich quälen in Bezug auf ihn. Und ich würde mir die ganze Zeit wünschen, dass seine vollen Lippen mich küssen und seine starken Arme mich festhalten. Ich versuche schnell an etwas Anderes zu denken. Tim hatte auch schon angeboten, mich zu begleiten. Aber auch das habe ich dankend abgelehnt.

Während wir uns weiter die Stadt ansehen und die Jungs sich weiter über Gott und die Welt unterhalten, frage ich mich, wie es wohl sein wird, wenn in Köln wohne. Werden Joe und ich uns dann öfter sehen? Wird er mir dann seine Hilfe anbieten? Wie wird die Hochschule sein? Werde ich schnell neue Freunde finden?

„Hallo? Erde an Anna,‘‘ witzelt Tim.

„Äh, was? Sorry, war in Gedanken.‘‘

Beide lachen. „Ob wir irgendwo was essen sollen oder ob wir uns Pizza oder Burger zu mir liefern lassen sollen.‘‘

„Ach, das ist mir eigentlich egal. Burger klingt auf jeden Fall toll.‘‘ Eigentlich liebe ich Pizza, aber heute ist mir irgendwie mal nach etwas Anderem.

„Also ich wäre für zu Hause,‘‘ sagt Joe. „Bei ´Mein Burger` ist es um die Uhrzeit immer total voll. Und da gibt es nun mal die besten Burger. Wenn wir sie bestellen, schmecken sie genauso gut, nur haben wir sie schneller und es ist ruhiger. Wir könnten uns einen Film ansehen.‘‘

Tim und ich nicken. Während wir mit dem Bus zu Tim fahren, versuchen mich beide von ihrem Lieblingsburger zu überzeugen. Ich lache, „lasst mich doch erst einmal in die Karte schauen. Vielleicht möchte ich ja auch was ganz anderes.‘‘

Es gibt 20 verschiedene Burger, bei denen man auch noch Brot, Fleisch und Soßen selber auswählen kann. „Puh,‘‘ stöhne ich, „so viel Auswahl.‘‘

Ich entscheide mich für einen mit Speck und Käse. Während wir auf die Burger warten, versuchen wir, uns auf einen Film zu einigen. Ich kann die Beiden von Stirb langsam 7 überzeugen. Tim sucht ihn im Menü und die Burger werden geliefert. Wir setzen uns auf den Boden und schauen den Film.

Ich bemerke, dass Joe immer wieder zu mir herüberschaut, doch ich ignoriere es. Ich möchte den Burger und den Film genießen.

Nachdem der Film zu Ende ist, verabschiedet sich Joe schnell, ohne Umarmung, ohne Irgendetwas. Bevor Tim irgendwelche Fragen stellen kann, die ich nicht beantworten kann, verabschiede ich mich ins Bett. Ich bin noch verwirrter als gestern. Was stellt Joe nur mit mir an, obwohl er ja genaugenommen gar nichts gemacht hat. Ist das frustrierend. Am liebsten würde ich mit dem Fuß aufstampfen, doch auch das würde es nicht besser machen.

6. Kapitel

Der Tag fängt schon doof an. Es regnet in Strömen. Ich ärgere mich schon, dass ich zu Tim gesagt habe, er soll sich mit seinen Freunden treffen und dass ich nach Köln mit dem Bus fahren würde und zu den Wohnungen laufen werde. Aber nun ist Tim schon unterwegs und ich hätte auch ein schlechtes Gewissen, wenn ich ihn davon abhalten würde, sich mit seinen Freunden zu treffen. Schließlich darf ich schon die Woche hierbleiben, weil seine Mitbewohner über die Semesterferien bei deren Eltern sind. Da will ich unsere Freundschaft nicht noch mehr strapazieren.

Mit bleibt nichts Anderes übrig, als mich an meinen Plan zu halten. Ich brauche schließlich bald eine Wohnung und bin nur eine Woche hier. Ich ziehe meine Regenjacke an und mache mich auf den Weg. Ich habe mir die Karte sooft angesehen, dass ich den richtigen Bus und den Weg hoffentlich so finde und weder das Handy noch die Karte aus meiner Tasche wühlen muss.

Die erste Wohnung ist dicht an der Hochschule und wäre meine erste Wahl. Ich müsste dann zwar mit dem Bus oder dem Auto in die Altstadt fahren, aber zur Uni muss ich fast jeden Tag und dahin könnte ich laufen. Ich könnte sogar nach Hause gehen, falls ein Kurs anfällt.

In der Anzeige stand nicht viel und ich konnte auch noch nicht mit der derzeitigen und eventuell meiner zukünftigen Mitbewohnerin Susa telefonieren. Irgendwie passte es immer nicht und so haben wir uns per Mail auf den Termin heute geeinigt. Ich bin schon ziemlich nervös. Ich habe Tim eine Liste mit den Adressen hingelegt, falls mich einer klauen will oder so, weiß er wenigstens, wo ich hinwollte und mich befinden müsste. Der Gedanke ist sicher total bescheuert, aber so fühle ich mich irgendwie besser.

Schnell finde ich den Klingelknopf mit „Wagner" und drücke ihn. Ohne Nachfrage wird der Summer betätigt und ich trete ein. Was stand in der Anzeige? Ich muss kurz überlegen, bei den ganzen Wohnungsangeboten, die ich gelesen habe. Ich hatte auch gedacht, dass Susa mir das durch die Gegensprechanlage mitteilen würde. Ach ja dritter Stock. Das Treppenhaus ist kahl und wirkt kühl, aber wenigstens ist es sauber. Es riecht nicht nach Rauch oder irgendetwas anderem Unangenehmen. Das ist schon mal gut.

Eine der beiden Türen im dritten Stock steht offen. Es steht kein Name an der Tür und es ist niemand zu sehen. „Hallo?" rufe ich daher in die Wohnung ohne einzutreten.

„Komm rein," ruft jemand aus dem Inneren zurück.

Ich betrete einen kleinen Flur mit einer Garderobe und einem kleinen Schuhregal. Vom Flur aus, gelange ich in die Küche. Dort steht eine junge Frau mit dunklen Locken, die ihr gerade über die Schultern fallen. Sie trägt eine ausgebeulte Trainingshose und ein weites T-Shirt und beugt sich gerade in den Backofen.

„Entschuldige, bin gleich bei dir." Sie wischt sich die Hände an der Hose ab, bevor sie mir eine reicht. „Hey, ich bin Susa."

„Hey, ich bin Anna."

„Sorry nochmal, aber ich backe gerade und die Eieruhr klingelte im selben Moment wie die Haustür. Ich wollte nur schauen, ob der Kuchen fertig ist. Wenn er zu lange im Ofen ist, wird er schnell trocken." Sie deutet auf einen Stuhl am Küchentisch und bedeutet mir damit, mich hinzusetzten. Sie selber nimmt auf dem Stuhl mir gegenüber Platz.

„Kein Problem," sage ich.

„Also, du fängst bald hier an der Sporthochschule an?"

„Ja, genau, im nächsten Semester."

„Fein. Also, die Miete weißt du ja schon und ich würde dir jetzt schnell das Zimmer zeigen. Sina ist schon ausgezogen, es ist also schon leer." Sie steht auf und geht auf eine der Türen zu, die von der Küche abgehen. Sie öffnet sie.

„Also, das Zimmer geht zu der kleinen Seitenstraße hinaus. Durch die beiden Fenster hörst du aber kaum Verkehrslärm. Du hättest morgens Sonne. Wände sind weiß. Wenn du möchtest, kannst du sie auch anders anmalen oder tapezieren. Beim Auszug sollen sie aber wieder weiß sein oder der Nachmieter möchte es behalten."

„Ok."

„Gut, das Bad ist hier." Sie geht zu einer weiteren Tür. Das Bad ist nicht groß, aber es reicht. Und das Bad hat sowohl Badewanne als auch Dusche. Normal gehe ich nicht oft baden, aber ich habe schon gehört, dass das Training hart ist und da kann man hin und wieder sicher ein entspannendes Bad brauchen.

„Das ist mein Zimmer." Sie geht zur letzten Tür und stößt die Tür auf. Susa hat die Wände weiß gelassen, aber mit Postern von Sportlern und attraktiven Männern mit freiem Oberkörper dekoriert. Beide Zimmer sind in etwa gleich groß.

Susa hat ein ca. 140 cm großes Bett, einen 2-türigen Kleiderschrank, einen Schreibtisch und ein Wandregal in ihrem Zimmer untergebracht und es sieht nicht zu voll aus.

„Schick," sage ich und meine es auch so.

„Küche und Bad nutzen wir zusammen. Mit den anderen hatte ich immer einen Plan, wer wann dran ist mit putzen. Das hängt natürlich auch davon ab, wieviel du da bist oder ob du sooft du kannst zu deinen Eltern fährst, wie ich im ersten Jahr." Sie lächelt. „Also erzähl mal, wo genau kommst du her?" Sie setzt sich wieder auf ihren Stuhl und ich setze mich auch.

„Aus Emden. Also vom Land, wenn man sich Köln anschaut. Ich bin schon etwas nervös wegen meines Umzuges."

„Das war ich damals auch. Aber es ist halb so schlimm. Wenn du hier einziehst, kann ich dir ein paar Sachen zeigen und dich einigen Leuten vorstellen, dann fühlst du dich gleich ein bisschen mehr wie zu hause."

Wir plaudern einfach so drauf los, als würden wir uns schon ewig kennen. Susa erzählt mir von ihrem Zuhause in Bayern und wie schwer ihr der Umzug fiel. Aber genau wie ich, hatte sie hart und viel dafür gearbeitet, ein so gutes Zeugnis zu haben und bei den Sporttests super abzuschneiden, um hier angenommen zu werden. Susa will in die frühkindliche Sportforschung nach ihrem Abschluss. Sie weiß selber nicht genau, wie sie darauf gekommen ist, aber sie möchte in ihrem Leben etwas tun, das die Welt etwas besser macht. Susa meint, um die Welt nachhaltig zu verändern, sollte man bei den Kindern anfangen.

Als ich gehe, haben wir die Hälfte von Susas Browniekuchen gegessen, der einfach himmlisch schmeckt und es ist Mittag. Ich habe eine Wohnungsbesichtigung verpasst und nicht mal abgesagt. Das ist so gar nicht meine Art. Ich plane alles genau, damit ich nichts vergesse. Wir haben uns einfach so super verstanden, dass ich einfach die Zeit vergessen habe.

Susa hat versprochen, den Mietvertrag fertig zu machen und mir zuzuschicken. Die Schlüssel gibt sie mir Ende der Woche. Es fehlt noch ein Haustürschlüssel, den ihr meine Vorgängerin per Post geschickt hat, der aber noch nicht angekommen ist. Auf dem Rückweg zu Tim sage ich alle weiteren Termine ab. Diese Wohnung war eh meine erste Wahl und Susa ist einfach … Ich weiß auch nicht. Es ist einfach mit ihr, als würden wir uns schon ewig kennen und befreundet sein.

Jetzt freue ich mich richtig auf meinen Umzug. Die Stadt ist zwar noch fremd, aber mit Susa habe ich zumindest eine Person an der gleichen Hochschule und vielleicht sogar meine erste Freundin in Köln. Und das Beste ist, sie ist schon länger da und kann mir sicher einiges zeigen. Ich stehe also nicht, wie befürchtet ganz alleine da, wenn ich nach Köln komme.

7. Kapitel

Mein Umzug verlief relativ reibungslos. Bis zu meinem Einzug habe ich weder was von Joe gehört, noch ihn um Hilfe gebeten. Die Erstsemesterwoche beginnt immer mit einer großen Party. Susa, meine neue Mitbewohnerin, ist schon im dritten Semester. Sie kennt sich daher schon aus und überzeugt mich, zur Erstsemesterparty mitzugehen. Eigentlich halte ich nichts von solchen Partys. Es sind eine Menge Leute da, die sich nicht kennen, es wird viel geraucht und getrunken. Und am Ende wird etwa gekotzt oder geknutscht. Einen Tag später, im nüchternen Zustand, will man das dann alles nur wieder vergessen. Ich verstehe einfach nicht, was alle Welt daran findet.

Aber ich will nicht in meiner ersten Woche gleich als Außenseiterin abgestempelt werden und was wird schon auf einer Party Schlimmes geschehen, wenn ich eh nüchtern bleiben werde?

Die Party findet nur 2 Blocks von unserer Wohnung entfernt statt. Ich kann daher jederzeit alleine nach Hause gehen, falls es mir zu doof wird und Susa noch bleiben möchte.

Die Party ist schon voll im Gange, als Susa und ich ankommen. In der Mitte des Raumes gibt es eine große Tanzfläche, auf der sich schon viele Leute tummeln. An der Bar herrscht großes Gedränge. Kein Wunder, wenn ein halber Liter Bier nur 1,00 Euro kostet. Viele Studenten stehen in kleinen Gruppen zusammen.

Susa fängt an, mir die Gruppen näher zu erklären.

„Die dort", Susa zeigt auf eine Gruppe direkt in ihrer Nähe, „sind die Streber. Sie zeigen sich zwar auf den Partys, aber immer nur kurz, sie trinken nichts und haben immer die besten Noten. Sie sind aber sterbenslangweilig."

„Das da," Susa zeigte auf eine reine Mädchengruppe, „sind die Obertussis. Immer fett geschminkt, auch zu den Sporteinheiten. Immer durchgestylt von Kopf bis Fuß. Naja, siehst du ja." Susa lacht und ich muss unweigerlich mitlachen. Sie wirken auch echt fehl am Platz. Eher wie auf der Fashion week oder dem roten Teppich, als auf einer Studentenfeier in einem kleinen, nicht elitären Club.

„Sie sind zickig, arrogant und meinen, sie seien was Besseres," fährt Susa fort, „also denk´ dir nichts dabei, wenn sie einen dummen Spruch oder so bringen. Frei nach dem Motto ´nett lächeln und winken´."

„Und die Jungs da," Susa zeigt auf die Gruppe, in der auch Joe steht. Sein Anblick versetzt mir einen Stich. Ich könnte hingehen und etwas sagen, aber wüsste nicht was. „Vor denen sollte sich jedes Mädchen hüten," fährt Susa fort. „Sie saufen, rauchen und legen alles flach, was nicht bei 3 auf den Bäumen ist."

Ich nicke nur stumm. Das hatte ich irgendwie befürchtet oder geahnt. Joe ist nicht so, wie ich gedacht habe. Dabei hat er an unserem ersten Abend so einen sympathischen Eindruck gemacht. Ich schaue noch einmal zu ihm hinüber. Im selben Moment scheint er mich auch gesehen zu haben. Er sieht mich zwar direkt an, macht jedoch keine Anstalten zu grüßen oder irgendwie zu erkennen zu geben, dass wir uns kennen würden.

Ich schaue in die Richtung, in die Susa nun deutet, doch ich kann ihr irgendwie nicht richtig zuhören. Ich nicke zwar, als würde ich es tun, doch kreisen meine Gedanken um Joe. Was war das nun wieder? Was sollte das?

Ich beschließe, ihn genauso wenig zu beachten und werde weiter versuchen, ihn zu vergessen. Es war sicher eh nur eine dumme Schwärmerei. Was soll ausgerechnet ich mit einem Aufreißer, der auch noch raucht und trinkt? Ich habe einen Plan für mein Leben und davon würde er mich eh nur ablenken. Ablenkung kann ich nicht gebrauchen. Da bin ich ausnahmsweise mal der Meinung meiner Eltern. Erst einen vernünftigen Schulabschluss und dann eine vernünftige Ausbildung oder ein Studium. Wenn man dann im Berufsleben Fuß gefasst hat, konnte man sich um Männer kümmern.

Susa geht zur Bar und zieht mich mit sich. Sie drängt sich einfach zwischen den Jungs hindurch und bestellt. Ich trinke keinen Alkohol. Ich bin durch und durch Sportlerin. Kein Alkohol, keine Zigaretten und keine Drogen. Ich will es schließlich mal zu was bringen und habe eine eiserne Disziplin an den Tag gelegt um so weit zu kommen und mir einen der wenigen Studienplätze an der Sporthochschule zu sichern.

Ich schaue noch einmal zu Joe. Ich sehe, dass er gerade ein hübsches Mädchen im Arm hält, welches über irgendetwas kichert, dass er ihr ins Ohr sagt. Wobei hübsch vielleicht nicht das richtige Wort ist, wo ich sie näher betrachte. Sie gehört eindeutig zu den Obertussis, wie Susa sie vorhin bezeichnet hat. Wer weiß, wie sie ohne die ganze Schminke und die viel zu kurzen und engen Klamotten aussehen würde. Sie sieht eher nuttig aus als hübsch. Susa hält mir einen Becher Bier hin.

„Ich trinke nicht," sage ich nur.

„Na komm, Sportler ist, wer raucht und trinkt und trotzdem seine Leistung bringt. Wenn wir schon nicht rauchen, können wir wenigstens ein Bier trinken."

Susa stößt mit ihrem Becher gegen den, den sie mir gerade gegeben hat. Ich zucke nur mit den Achseln und denke, ´ach, was soll´s. Ist ja nur ein Bier´. Ich nippe an dem Becher. So schlecht schmeckt es gar nicht und es ist ja nur ein Bier. Susa und ich gehen zu Susas Freunden hinüber. Wir unterhalten uns quer durcheinander über alles Mögliche. Es geht und hin und wieder jemand zur Bar und holte neue Getränke. Immer wieder wird mir ein neuer Becher Bier gegeben, den ich trinke. So langsam hebt sich meine Laune. Ich will einfach vergessen, dass Joe da ist und das auch noch mit einer Anderen. Ich will ihn einfach komplett vergessen. Vergessen, dass ich ihn je kennengelernt habe und was noch wichtiger ist, vergessen, wie sich der Kuss mit ihm angefühlt hat. Alleine schon der Gedanke lässt mir wieder die Knie weich werden oder ist das die Wirkung des Alkohols?

Peer, ein Freund von Susa, führt mich auf die Tanzfläche. Ich lasse es einfach geschehen. Wir tanzen miteinander, als ein langsamer Song anfängt, legt Peer die Arme um mich und zieht mich an sich heran. Ich will nichts von Peer. Ich habe ihn ja gerade erst kennengelernt, aber es ist ja nur ein Tanz und seine Hände liegen nur auf meinen Hüften. Also, was soll´s? Da wird Peer von mir weggerissen. Ich brauche einen Moment um zu realisieren, was überhaupt geschieht. Der Alkohol macht meinem Gehirn mehr zu schaffen, als ich bis eben dachte.

„Darf ich abklatschen,“ höre ich Joes Stimme bevor ich ihn richtig sehe. Ich stehe nicht mehr so sicher auf meinen Beinen, wie ich es gewohnt bin. Ich wanke leicht und Joe versucht mich zu fassen, doch ich kann ihm ausweichen und gehe. Ich will an die frische Luft, ich will weg, einfach nur weg von dieser Party und vor allem weg von Joe. Soweit weg, wie es nur irgendwie möglich ist. Was will er denn nun schon wieder?

Ich stoße die Tür nach draußen auf und stürze beinahe. Ich merke nur, wie mich jemand fasst und hochhebt. Dann verliere ich das Bewusstsein.

8. Kapitel

Am nächsten Morgen wache ich auf und versuche mich zu orientieren. Wo zum Teufel bin ich? Ich öffne meinen Augen. Nichts kommt mir auch nur ansatzweise bekannt vor und ich kann mich einfach nicht erinnern, was gestern passiert ist. Ich hebe vorsichtig die Decke. Ich trage noch meine Klamotten von gestern, etwas zerknittert, aber alles noch angezogen. Ich höre Stimmen aus dem Nebenzimmer. Vorsichtig und leise tapse ich zur Tür und öffnet sie einen Spalt.

„Nein, wirklich. Es geht ihr gut. Sie ist ohnmächtig geworden und da hab´ ich sie zu mir getragen. Ich wusste nicht, wo ihr wohnt und ob sie einen Schlüssel dabeihat. Da dachte ich, sie kann auch bei mir ihren Rausch ausschlafen." Es ist Joe. Mit wem telefoniert er nur?

Joe trägt nur schwarze, enganliegende Boxershorts. Er steht mit dem Rücken zu mir. So kann ich in Ruhe seinen Rücken und seinen Hintern begutachten. Obwohl sein Gesicht eingefallen aussieht und er einen insgesamt eher schlechten Eindruck macht, sind seine Muskeln nach wie vor stark ausgeprägt. Ich würde gerne über die Konturen streichen.

Woher kommen nur die ganzen blauen Flecken auf Höhe der Nieren. Einige sind noch blau, andere schon gelb. Was hat er nur angestellt?

Mein Blick wandert tiefer und sein Hintern gefällt mir richtig gut. Am liebsten würde ich hingehen und hineinkneifen. Einfach so. Er lädt ja gerade dazu ein. In der Boxershorts kommt sein Hintern noch mehr zur Geltung als in den Jeans, in denen ich ihn bisher gesehen habe.

„Ich bring´ sie dir zurück, sobald sie wach ist und gefrühstückt hat. Bis später."

Zurück? Wem bringt er mich zurück. In dem Moment dreht er sich um und lächelt mich an. Ich hebe schnell den Blick und hoffe, dass er nicht bemerkt hat, wie ich ihn gemustert habe. Ich sehe, dass er auf der Brust eine Tätowierung hat. Kann aus der Entfernung jedoch nicht erkennen, was es ist. Es ist relativ klein und schwarz und sieht verschnörkelt aus. Nicht anstarren, ermahne ich mich.

„Na Prinzessin. Gut geschlafen?"

Er greift nach dem Shirt, dass über einer der Stuhllehnen hängt und zieht es an. Eigentlich schade, dass er mir den sehr attraktiven Anblick nicht gönnt, aber vielleicht kann ich so eher meine Gedanken sortieren. Er legt das Handy auf den Küchentisch und ich erkenne, dass es mein Handy ist. Er folgt meinem Blick.

„Dein Telefon hat seit Stunden geklingelt und als ich Susas Namen gesehen habe, dachte ich, ich gehe ran und sage ihr, dass mit dir alles ok ist. Ich kenn Susa ja schon seit unserem ersten Semester."

Innerlich seufze ich. Ja, das hatte ich mir gedacht, dass er Susa kannte. Woher sonst sollte sie wissen, wie er und seine Kumpels drauf sind. Sie hat mich gleich vor ihnen gewarnt. Aber wie um alles in der Welt bin ich hierhergekommen?

Als hätte er meine Gedanken gelesen, sagt er, „du bist gestern bewusstlos geworden, als du an die frische Luft gekommen bist. Da habe ich dich hergetragen und in mein Bett gelegt, damit du schlafen kannst. Ich habe nur deine Schuhe ausgezogen. Ich habe auch nur neben dir geschlafen und nichts angestellt." Er grinst etwas verschmitzt. „Ich wollte dich nur gerne im Blick haben, falls es dir noch schlechter geht. Möchtest du was trinken oder was essen?"

„Ein Glas Wasser bitte." Ich fühle mich irgendwie schwach und zittrig. Ich setze mich zum Trinken hin.

„Warum bist du weggelaufen, als ich mit dir tanzen wollte?"

„Ich brauchte frische Luft," lüge ich und schaue in mein Wasserglas. Hoffentlich merkt er nicht, dass ich lüge.

„Und das war alles?"

„Ja, das war alles. Warum wolltest du überhaupt mit mir tanzen? War deine Freundin schon weg?"

„Meine was?"

„Deine F R E U N D I N?" Ich spreche es ganz langsam aus, als wäre er einfach zu dumm um zu verstehen, was das Wort Freundin bedeutet.

„Wie kommst du denn darauf, dass ich eine Freundin habe?"

Ich zucke mit den Achseln. „Ist auch nicht wichtig. Ich werde jetzt gehen. Vielen Dank, dass du dich um mich gekümmert hast." Ich stehe auf und entdecke den Flur, wo meine Schuhe stehen.

„Ich bringe dich."

„Nicht nötig. Ich finde den Weg schon. Aber danke."

So schnell ich kann ziehe ich meine Schuhe an und verlasse das Haus. Im Treppenhaus nehme ich fast immer 2 Stufen auf einmal um nur schnell wegzukommen. Wie peinlich. Ich habe mich betrunken, das erste Mal in meinem Leben und wer hilft mir? Ausgerechnet ER. Und dann tut er auch noch so, als wäre mit der anderen gestern Abend nichts gewesen. Aber es geht mich ja auch nichts an. Wir kennen uns von Feiern eines Freundes und waren einmal zusammen unterwegs. Geküsst haben wir uns auch nur einmal auf einer Feier. Ich habe keinerlei Besitzansprüche an ihn und habe ich nicht gestern Nacht beschlossen, ihn zu vergessen?

Genau das werde ich jetzt tun. Auch wenn ich mir das schon oft vorgenommen habe. Nun werde ich mich auf mein Studium konzentrieren. Schließlich habe ich dafür hart gearbeitet. Was Susa wohl nun von mir hält?

Hoffentlich denkt sie nicht allzu schlecht von mir. Auch wenn wir erst kurz zusammenwohnen, fühle ich mich mit Susa verbunden. Auf Anhieb haben wir uns gut verstanden. Es ist als wären wir schon Jahre lang befreundet. Wir mögen dieselben Filme und Serien, dasselbe Essen und

Susa wirkt auf mich wie eine fleißige Studentin. Vielleicht nicht ganz so zielstrebig wie ich, aber doch sehr zielorientiert.

Unten angekommen, starte ich meine Navigationsapp auf dem Handy. Auch wenn ich behauptet habe, den Weg zu finden, weiß ich doch nicht, wo ich überhaupt bin. Aber ich will auf keinen Fall, dass Joe mich nach Hause bringt. Ich atme tief durch, als mein Handy mir endlich den Weg anzeigt. 10 Minuten zu Fuß. So bleibt mir wenigstens etwas Zeit an der frischen Luft um meine Gedanken zu sortieren.

9. Kapitel

Am Abend versuche ich mich auf meinen Stundenplan zu konzentrieren. Morgen ist Montag und die Vorlesungen beginnen. Zwar habe ich schon lange meinen Plan fertig, doch ich bin ziemlich nervös und versuche zu prüfen, ob ich alle Kurse belegt habe, die ich belegen muss und ob ich alle freiwilligen Kurse belegt habe, die in meinen Zeitplan passen. Es klingelt an der Tür. Schon während ich den Knopf der Gegensprechanlage drücke, beschleicht mich ein komisches Gefühl.

„Ja?"

„Anna?" sofort erkenne ich die Stimme von Joe und bin kurz gelähmt. Was will er hier und woher weiß er, wo ich wohne?

„Ich hab´ Pizza und DVDs dabei. Genau das richtige nach einer Nacht wie der Letzten."

Susa ist unterwegs und er weiß nun, dass ich zuhause bin. Will ich ihn wirklich reinlassen? Wäre es nicht etwas kindisch, ihn wegzuschicken? Immerhin war er letzte Nacht sehr nett und hat sich um mich gekümmert. Was war da schon ein Abend mit Pizza und DVDs?

Ich seufze und drücke auf den Summer. Schlimmer als letzte Nacht kann es kaum werden. Ich schau an mir herunter, Kuschelshirt, Jogginghose und dicke Socken. Naja, lässt sich jetzt eh nicht mehr ändern und ich will ihn ja eh vergessen und habe keinerlei Interesse mehr an ihm. Genau, ich will nichts von ihm und so kann ich auch gut so bleiben, wie ich bin. Unscheinbar und in Sonntags-kuschel-Klamotten.

Und erst jetzt merke ich, dass mein Magen knurrt. Ich öffne die Tür in das Treppenhaus und kann hören, wie Joe die Treppen nach oben springt.

Er grinst verschmitzt, „hi."

„Hi. Woher weißt du, wo ich wohne?" frage ich schnell, bevor mein Hirn überhaupt reagiert.

„Ich hab´ Susa gefragt. Ich wollte wissen, ob du gut nach Hause gekommen bist und wie es dir ergangen ist. Ich habe deine Nummer nicht. Susa meinte, sie sei unterwegs und ich könne ja selber nachsehen, wie es dir geht. Und da bin ich." Wieder lächelt er. Er sieht so unwiderstehlich aus, besonders wenn er lächelt. Dann bekommt er richtig niedliche Grübchen.

Ich mache einen Schritt zurück, um ihn in die Wohnung zu lassen und gehe voraus in mein Zimmer. Unsere Wohnung besteht nur aus Küche, Flur, Bad und zwei Schlafzimmern; meines und das von Susa. Mir bleibt also nichts anderes übrig, als Joe in mein Schlafzimmer zu lassen, um Filme zu sehen.

Joe folgte mir. „Ich wusste nicht, was für Filme du schaust, also habe ich ´Stirb langsam 6´, ´Manhattan Love Story´, ´50 Shades of Grey` und ´Fack jü Göthe´ mitgebracht." Ungefragt setzt er sich auf den Fußboden vor meinem Bett, um es als Rückenlehne zu nutzen, stellt den Pizzakarton vor sich auf den Boden und breitet die DVDs aus. „Such´ dir einen aus."

Wie würde er wohl reagieren, wenn ich mir jetzt ´50 Shades of Grey´ aussuchen würde? Bei dem Gedanken muss ich schmunzeln.

„Was?"

„Nichts, wieso?"

„Weil du lächelst."

„Stirb langsam."

Er wirft mir die DVD zu und ich lege sie in den Recorder. Joe öffnet den Pizzakarton. „Thunfisch war doch deine Lieblingspizza, oder?"

„Ja, aber woher weißt du das?"

„Erstes Jahr bei Tims Geburtstag. Da gab es Minipizzen und du hast gefragt, ob es auch Thunfisch gibt."

Ich setze mich neben ihn, drücke Play und nehme mir ein Stück Pizza. „Lecker!"

„Die ist von Marcos. Das ist hier die Straße runter, bis zum Ende beziehungsweise wo die große Ampelkreuzung kommt. Die zweitbeste Pizza der Stadt. Die von Antonios wäre aber kalt gewesen, bis ich hier gewesen wäre."

Ich lehne mich zurück an mein Bett. Vielleicht wird der Abend ja doch nicht so schlimm. Auf der Pizza sind Zwiebeln und das heißt ja nun eindeutig, dass er nicht versuchen wird mich zu küssen, oder sonst etwas in dieser Richtung. Vielleicht möchte er einfach nur nett sein und mit mir befreundet sein.

Ich kenne zwar alle Filme, die Joe mitgebracht hat, doch ich habe heute einfach Lust auf einen Actionfilm. Bloß keine Liebesschnulze und keine Gefühle. Ich frage mich aber doch, warum er diese Auswahl getroffen hat und warum er überhaupt ´50 Shades of grey´ besitzt. Ich schiebe die Gedanken beiseite, genieße die leckere Pizza und konzentriere mich auf den Film.

Ich bemerke, dass Joe mich beobachtet. „Was?"

„Nichts."

„Warum beobachtest du mich dann?"

„Nur so."

Seine Augen sind so braun wie bei einem Teddybären. Stundenlang könnte ich einfach nur dasitzen und hineinsehen. Ich merke, wie in Zeitlumpe, wie er seine Hand nach meinem Gesicht ausstreckt, meine Wange streichelt und sein Gesicht näherkommt. Als seine Lippen die meinen berühren schließe ich die Augen. Es durchfährt mich wie ein Stromschlag. Überall bekomme ich Gänsehaut. Als wäre es das Natürlichste der Welt, öffnen sich meine Lippen und seine Zunge spielt mit meiner. Der Kuss wird intensiver, fordernder.

Joe lehnt sich über mich, bis ich auf dem Boden liege und er über mir. Ich merke, wie nur dieser Kuss mich erneut derart erregt, wie ich es noch nie in meinem Leben erlebt habe. Ich hoffe, dass er meine erregten Brustwarzen nicht spürt. Hätte ich nach dem Duschen doch nur einen BH und einen Pullover angezogen, statt meines Kuschel-T-Shirts. Er legt sich neben mich, ein Bein zwischen den meinen und streichelt meinen Bauch. Im Gegensatz zu seinem fordernden Kuss, streicheln seine Finger ganz sanft über meinen Bauch unter dem T-Shirt.

Ich drücke mich Joe entgegen. Ich will mehr von ihm. Ich möchte, dass er mich überall streichelt, überall berührt, überall küsst. Ich bin selbst überrascht und schockiert von meinen Gedanken. Zwar ist Joe nicht der erste Mann den ich küsse, doch noch nie hatte ich so ein Verlangen nach Jemanden. Wollte so sehr, dass ein Mann mich begehrt. Ich merke durch unsere Hosen, dass auch Joe von diesem Kuss erregt ist. Das erregt mich nur noch mehr.

„So gefällst du mir noch besser, als gestylt für eine Party," flüstert er mir ins Ohr.

„Ich bin zu Hause," ruft Susa aus dem Flur. Joe und ich setzen uns schnell kerzengerade hin. Susa, stimmt, ich wohne ja nicht alleine und meine Zimmertür ist auch nicht abgeschlossen. Joe und ich wollten ja nur einen Film sehen. Da klopft es auch schon an ihrer Tür und Susa steckt den Kopf zur Tür herein.

„Oh," sagt sie verblüfft, „ich wollte euch nicht stören."

„Quatsch," sagt Joe, als wäre nichts geschehen. „Anna und ich haben nur einen Film geschaut und Pizza gegessen. Ist noch ein Stück übrig, wenn du magst."

„Nein, danke. Ich war gerade Essen mit den Mädels. Dann euch noch viel Spaß." Und damit ist sie auch schon weg.

Was mag Susa nur von mir denken. Erst besaufe ich mich und bleibe über Nacht bei Joe, dann sage ich, ich gehe nicht mit zum Essen, weil ich meine Ruhe haben möchte und als Susa vom Essen kommt, ist Joe bei mir. Wo Susa mich doch vor ihm gewarnt hatte.

Die Spannung zwischen Joe und mir ist abgekühlt. So als wäre Nichts gewesen. Als hätte es diesen Kuss, der meine Welt ins Wanken bringt, gar nicht stattgefunden. Der Film ist so gut wie zu Ende.

„Ich muss los." Joe springt auf und geht zur Tür. „Wir sehen uns Prinzessin."

Und weg ist er, kein Kuss, keine Umarmung, nichts. Ich sitze einfach da wie vom Donner gerührt und bin mal wieder total verwirrt. Was wollte er? Was für ein Spiel spielte er?

Kurz darauf steckt Susa wieder ihren Kopf durch die Tür. „Hey, darf ich reinkommen?"

„Klar," sage ich und setzt mich auf mein Bett. Susa setzt sich zu mir.

„Tut mir leid. Ich wollte euch nicht stören. Ich habe nicht darauf geachtet, dass im Flur Schuhe stehen. Willst du mir sagen, was da los ist?"

„Wir haben nur zusammen einen Film gesehen."

„Genau. Und eure Gesichter waren gerötet, weil der Film so spannend und aufregend war."

Betreten schau ich zu Boden.

„Hör´ zu, du musst es mir nicht sagen. Ich dachte nur, du willst vielleicht darüber reden. Ich kenne Joe noch aus meinem ersten Semester."

„Ja", seufze ich. Ich will nicht daran denken, dass Joe und Susa etwas miteinander hatten, womöglich miteinander im Bett waren. Es versetzt mir einen Stich, wenn ich nur daran denke. „ich weiß."

Susa nimmt meine Hände. „Ich möchte nur, dass du auf dich aufpasst. Joe und seine ganze Clique behandeln Frauen wie den letzten Dreck. Sie nehmen sich, was sie wollen und dann beachten sie sie einfach nicht mehr. Und irgendetwas Zwielichtiges läuft bei Ihnen ebenfalls. Ich weiß nicht, was es ist und ich will es auch nicht wissen.

Aber - und ich finde, dass solltest du wissen - ich habe noch N I E von einem Mädel gehört, die Joe nüchtern dazu gebracht hat, zu ihr nach Hause zu gehen und mit ihr einen Film zu sehen UND keine Frau durfte bisher in seine Wohnung, geschweige denn in seinem Bett schlafen."

„Mh." Mehr bringe ich nicht heraus. Was hat das alles nur zu bedeuten.

„Na gut. Ich geh mal meine Sachen für morgen packen. Und wenn du reden willst, bin ich für dich da. Schlaf gut."

„Danke, du auch." Und das meine ich wirklich ernst. Ich danke Susa, dass sie für mich da sein möchte, aber mir sind die Gedanken an Joe peinlich und die Gefühle, die er in mir weckt. Besonders peinlich sind mehr die Gedanken, die ich habe, wenn er mich küsst. Ich bin doch sonst nicht so. Ich bin ein liebes und braves Mädchen. Ich schmeiße mich keinem Kerl an den Hals und ich werde auch nicht einfach meine Jungfräulichkeit einem Kerl wie Joe hinterherwerfen. Da kann er noch so treue Augen haben, wenn er mich ansieht, noch so süße Grübchen, wenn er lächelt. Ich seufze und vergrabe mich in meinen Kissen.

10. Kapitel

Es ist Wochenende. Die erste stressige Woche ist vorbei und ich freue mich auf einen ruhigen Abend zu Hause. Ich freue mich auf ein gutes Buch, das mal nichts mit dem Studium zu tun hat. Einfach mal in die heile Welt der Romane flüchten. Ich weiß noch nicht welches Buch ich anfangen werde, aber es liegen einige auf dem „die-lese-ich-bei-Gelegenheit"-Stapel. Da wird schon ein interessantes Buch dabei sein. Ich habe noch einige Bücher gekauft, bevor ich nach Köln gezogen bin. Ich wusste nicht, wie stressig die Wochen sein würden und ob ich auch am Wochenende lernen muss. Ich wollte die freien Abende und Wochenende nutzen, um zu entspannen bei dem einen oder anderen guten Buch.

Ich liebe es, mich in Romane zu flüchten. Wenn sie gut sind, kann man die Welt um sich herum vergessen und sich jede Szene genau vorstellen. Man kann sich mit einem der Charaktere so identifizieren, dass man das Gefühl hat, Teil der Geschichte zu sein. Für die Stunden des Lesens kann man den Alltag und das eigene Leben einfach vergessen.

Als ich in die Wohnung komme, empfängt Susa mich. „Wir gehen feiern. Es gibt keine Widerrede. Die erste lange Woche ist vorbei und wir haben es uns verdient. Also zieh dich um, in einer Stunde geht es los." Und zack ist sie wieder in ihrem Zimmer verschwunden. Was ist denn in Susa gefahren?

Da kann sie schön alleine hingehen. Ich will auf keine Party. Ich möchte nur meine Ruhe und etwas ausspannen. Ich schlüpfe in meine Jogginghose und lege meine Unterlagen, die ich am Wochenende noch durcharbeiten muss, auf den Schreibtisch. Und da sagen immer alle, Studenten haben ein einfaches Leben und viel zu viel Freizeit. Ich seufze und schließe kurz die Augen.

„Willst du noch duschen? Sonst gehe ich schon mal ins Bad," ruft Susa aus dem Flur.

„Ich gehe nicht mit. Mach´ ruhig," rufe ich lachend zurück.

Sie reißt meine Zimmertür auf. „Was meinst du damit, du kommst du nicht mit? Du musst. Bitte, bitte, bitte. Ich habe schon allen Freunden gesagt, dass du auch kommst. Alle mögen dich echt und auch wenn Peer seit letzter Woche ein blaues Auge hat, freut er sich total auf dich. Du musst mitkommen. Schließlich hat er das blaue Auge nur wegen dir."

„Was?" Susa und ich hatten nicht weiter über die Party geredet. Sie hatte nur gefragt, ob in der Nacht irgendwas passiert ist und ob es mir gut geht.

„Na, weißt du das nicht mehr? Joe hat ihm eine geknallt, weil er anscheinend mit dir tanzen wollte oder es ihm nur einfach nicht gefiel, dass du mit Peer so eng getanzt hast." Susa lacht, als wäre es das Natürlichste der Welt, dass jemand ein blaues Auge verpasst bekommt. Ich starre sie ungläubig an. Ich habe nur mitbekommen, dass Joe ihn weggezerrt hat, aber ich bin so schnell weggerannt, dass ich von einem oder gar mehrerer Schläge nichts mitbekommen habe.

„Oh, geht es ihm sonst gut?" presse ich hervor.

Susa lacht noch immer, „klar, ist ja nicht sein erstes blaue Auge. Aber als Entschädigung musst du jetzt einfach mitkommen, ja?"

Ich gebe mich geschlagen. Ich habe wirklich ein schlechtes Gewissen und ich bin stinksauer auf Joe. Wie kann er einfach Peer schlagen? Was bildete er sich eigentlich ein? Wir haben uns einmal geküsst, nicht mehr und nicht weniger. Naja, bis zu diesem Tag jedenfalls. Und er hat schließlich so getan, als würden wir uns nicht kennen. Er hat mit einer anderen geflirtet.

„Ja, ok. Aber ich komme nur kurz mit. Wo ist die Party?"

„Im selben Club wie letztes Mal und wenn es dir zu doof wird, kannst du wieder gehen."

Weil ich nicht wirklich Lust habe, auf die Party zu gehen, schlüpfe ich einfach in Jeans und eine ärmellose Bluse, nichts Aufregendes, schlicht und einfach. Ich höre, wie Susa das Bad verlässt und gehe hinein. Ich schminke mir nur etwas die Augenringe weg. Ich halte eh nicht viel von Makeup. Jede Frau sollte stolz darauf sein, wie sie aussieht und nicht wie ein Tuschkasten herumlaufen.

Ab und zu sehe ich eine Frau oder ein junges Mädchen und muss lachen bei dem Gedanken, wie wohl ein Mann sich fühlt, wenn er morgens aufwacht und die Dame ohne 10 Kilo Schminke sieht. Ob er überhaupt erkennt, dass das Objekt seiner Begierde in der Disco oder des Clubs war?

Aber meine dunklen Augenringe möchte ich etwas verbergen. Sonst fragt jeder, was los ist. Und ich möchte weder lügen, noch die Wahrheit sagen. Die Wahrheit ist, dass ich nachts kaum schlafen kann, weil ich immer nur an Joe denke. Ich brauche ewig lange, um einzuschlafen, wenn überhaupt. Und morgens klingelt der Wecker, selten um mich zu wecken, eher um mir mitzuteilen, dass ich nun aufstehen kann.

Tagsüber geht es einigermaßen, weil ich durch die Kurse und die Sporteinheiten abgelenkt bin. Am Meisten helfen die Sporteinheiten. Ich nehme mir vor, ab Montag dreimal in der Woche vor den Kursen schwimmen zu gehen. Die Schwimmhalle ist für uns kostenlos und montags, mittwochs und freitags fangen meine Kurse erst um 9 Uhr an. Da konnte ich um 8 in der Schwimmhalle sein und trainieren. Wenn Sport hilft, die Gedanken an Joe zu vertreiben, dann kann ich das auch ebenso gut nutzen, um mir in den Sportkursen einen Vorteil zu verschaffen, indem ich neben den Kursen trainiere.

Die Party ist schon wieder in vollem Gange. Was tun die Anderen eigentlich? Ich war nach den Kursen nur eine Stunde zuhause und so weit habe ich es nicht zur Uni. Einige sind auch schon wieder sehr betrunken. Entweder vertragen sie nichts oder sie haben einfach viel zu früh damit angefangen. Es ist doch gerade erst irgendwas um 20 Uhr. Wie kann man so nur sein Leben verbringen?

Susa und ich gehen rein und finden sofort die kleine Gruppe von Freunden, die ich letzte Woche kennenlernen durfte. Peer hat tatsächlich ein tiefes blaues Auge. Ich lehne mich zu ihm hinüber und sage, „es tut mir total leid." Ich zeige auf sein Auge, nur falls er nicht verstanden hat, was ich meine.

„Ach, kein Ding," sagt er mir ins Ohr. Die Musik ist so laut, dass man den andern nur verstehen kann, wenn man ihm direkt ins Ohr spricht oder ihn anbrüllt.

„Ich wusste nur nicht, dass Joe anscheinend scharf auf dich ist." Wie kommt Peer denn auf den Schwachsinn? Ich denke, Joe hat mir deutlich gezeigt, dass er kein wirkliches Interesse an mir hat. Außerdem haben Peer und ich ja nur getanzt.

„Ach, Quatsch. Der hatte sicher einfach nur zu viel getrunken. Da ist nichts. Tut mir auf jeden Fall echt leid. Kann ich es irgendwie wieder gut machen?"

Peer schaut mich skeptisch an. „Na, wie du meinst. Gib einfach die nächste Runde Bier aus," grinst er.

Da werde ich an die Schulter gefasst und ich weiß sofort, dass es Joe ist. Ich habe ihn noch gar nicht auf der Feier gesehen, aber auch wenn, was hätte es mir gebracht? Er hätte eh wieder nur so getan, als würde er mich nicht kennen und ich habe keine Lust mehr auf seine Spielchen.

Ich schaue ihn genervt an, doch ohne jegliche Vorwarnung küsst er mich, hart und fest. Mir bleibt kurz das Herz stehen und mein Hirn scheint sich mit Watte zu füllen. Meine Lippen öffnen sich und seine Zunge spielt mit meiner. Meine Knie werden weich, aber Joe hat mich fest im Griff. Ich drücke mich in seine Arme, ohne dass ich es wirklich beeinflussen kann.

Genauso abrupt wie er mich geküsst hat, lässt er mich wieder los und geht zu seinen Kumpels. Diese johlen und geben ihm high fives. Ich sehe, wie Joe Geld von seinen Kumpels bekommt.

„Was war denn das?" rutscht es mir lauter heraus als ich wollte.

„Anscheinend wieder eine ihrer Wetten," erklärt mir Susa. „Jedes Jahr das Gleiche. Die ersten Wochen wetten sie um alles Mögliche bei den Erstsemestermädchen. Manchmal harmlos wie ein Kuss oder ein Date und manchmal fieser, wie, wer sie als Erstes flachlegt."

Ich schaue Susa einfach nur mit großen Augen an. Ich kann es einfach nicht fassen. Wie können Männer sowas tun? Einfach mit den Gefühlen von jungen Mädchen spielen für Geld und das Gefühl cooler als die Anderen zu sein. Das Schlimmste aber ist, Joe ist einer von ihnen. Wer weiß, was noch Bestandteil der Wette ist, außer diesem Kuss. Was hatte er noch alles nur aus Berechnung getan, weil er eine Wette gewinnen will? Mir wird schlecht bei dem Gedanken, wie ich mich gehen gelassen habe, als er mich küsste. Was ich fühle, wenn er mich küsst und berührt. Ich habe davon geträumt, wie es sein würde, wenn wir weitergingen. Auch wenn ich versuche, ihn zu vergessen, habe ich mir doch nichts sehnlicher gewünscht, als dass er mich begehrt und nun das.

Ich bin so unendlich naiv und dämlich. Ein kleines Mädchen, das in die große Stadt kommt und meint, ihr Märchenprinz wartet auf sie. Wie konnte ich nur meinen, ein Mädchenschwarm wie Joe könnte sich auch nur die Bohne für mich interessieren? Wo er jede der aufgemotzten Weiber haben kann. Eine, die nicht in Kuschelklamotten die Tür aufmacht. Ich schäme mich und zugleich werde ich sauer.

Ich weiß nicht, ob er schon so ein Arschloch war, als wir uns das erste Mal begegnet sind, aber er ist jetzt so und das ist das was zählt. Ich balle die Fäuste und werde immer wütender. Er hatte mir gesagt, er kennt Susa. Ich hatte angenommen, die beiden wären einmal ein Paar oder so gewesen, aber wahrscheinlich war sie eine Wette gewesen und hat mich deswegen vor ihm und seinen Kumpels gewarnt. Aber habe ich gehört? Nein. Ich war einfach naiv und hormongesteuert. Genau das ist es, hormongesteuert. Es hat nichts mit verliebt sein zu tun, wie ich gedacht habe. Meine Hormone spielen nur verrückt, wenn ich ihn sehe und das macht mich noch wütender.

Ich war noch nie in meinem Leben so sauer wie jetzt. Ich gehe einfach zu der Gruppe hinüber. Ich merke die Blicke der anderen in meinem Rücken. Ich tippe Joe auf die

Schuler. Er dreht sich um und ohne Vorwarnung schlage ich ihm mit der Faust ins Gesicht.

Ich bin so froh, dass ich regelmäßig Fitness mache. So hat mein Schlag wenigstens Kraft und wirkt. Aus Joes Blick entnehme ich Überraschung und Bestürzung. Ich drehe mich um und gehe hoch erhobenen Hauptes zu meinen Leuten zurück. Ja, meine Leute, meine Freunde waren es ja nicht wirklich, ich habe sie ja erst einmal vor heute gesehen, aber ich mag sie. Vielleicht werden wir ja noch Freunde. Wobei ich nicht weiß, ob sie noch mit einer gewalttätigen Frau befreundet sein wollen. Wobei ich meinen Ausbruch selber nicht verstehe und mich schon dafür schäme, dass ich so ausgerastet bin.

Ich schaue in total überraschte Gesichter. Peer ist der Erste, der seine Sprache wieder zu finden scheint, „wow, was war denn das? Die Runde Bier kannst du vergessen. Das war mehr als nur Wiedergutmachung für mein blaues Auge. Dafür würde ich noch mehr blaue Augen riskieren."

Susa sagt, „hast du die dummen Blicke der anderen gesehen?"

Silke: „Das hat sich noch nie jemand getraut. Egal ob Mann oder Frau."

Mir tut die Hand weh, aber das war es wert. Ich konnte ihm endlich zeigen, was ich von ihm halte und ich hoffe, Susa fühlt sich auch etwas besser. Ich traue mich nicht, sie zu fragen. Sie hat mir ja nicht gesagt, was genau zwischen ihr und Joe vorgefallen ist. Vielleicht wird sie es irgendwann tun. Aber es ist ihre Privatsache.

Während unsere Gruppe mich wie einen Helden feiert, sehe ich aus dem Augenwinkel, wie eine der Modepüppchen Joe ein Kühlpack bringt. War ja klar, dass er gleich eine andere hat, die ihn bemuttert und sich bei ihm einschmeichelt.

Ich habe gar nicht bemerkt, dass Peer weg war. Er legt mir ebenfalls ein Kühlpack auf meine Hand.

„Es tut weh, oder?" fragt er mit einem frechen Grinsen, dass mir gut gefällt. Peer ist attraktiv und wie Susa ein Jahr älter als ich.

„Etwas," gebe ich zu. „Aber das war es wert."

Wir lachen. Mir ist aber doch etwas mulmig zu mute. Ich habe Angst, dass Joe auf Peer losgeht, wenn er ihn alleine trifft, weil er uns zusammen sieht. Andererseits wüsste ich auch nicht, warum er das nach heute noch tun sollte.

„Ich werde jetzt gehen. Ich möchte nicht, dass er noch einmal auf dich losgeht." Sage ich trotzdem.

„Bist du sicher? Ich kann auch noch ein blaues Auge verkraften," scherzt er.

„Das glaube ich dir, aber ich möchte nicht schuld sein."

„Gehst du mal mit mir aus? Essen oder Kino?"

Die Einladung trifft mich total unvorbereitet. Ich finde ihn zwar attraktiv, habe aber nicht gemerkt, dass ich ihm aufgefallen bin. Was soll ich nur tun? So sauer wie ich eben geworden bin, weiß ich, dass Joe mir nicht egal ist, aber Peer hat sich schon ein blaues Auge wegen mir eingefangen.

„Klar, Susa gibt dir meine Nummer. Melde dich einfach."

Die anderen versuchen, mich zum Bleiben zu überreden, aber ich denke, es ist die beste Lösung, wenn ich jetzt gehe. Es soll erstmal etwas Gras über die Sache wachsen. Ich hoffe, dass die Sache bis morgen durch irgendeine Aktion eines Anderen vergessen ist. Heute ist ja alles so schnelllebig, dass man sich einzelne Aktionen kaum merkt. Und so schlimm schien es Joe ja nicht zu gehen, er hatte ja gleich ein Häschen, das sich um sein Aua gekümmert hat. Mir wird schlecht bei dem Gedanken.

Also kein Grund, ein schlechtes Gewissen zu haben oder auch nur einen weiteren Gedanken daran zu verschwenden. Wahrscheinlich habe ich ihm sogar noch geholfen, dass die Weiber noch mehr auf ihn fliegen.

Den Weg nach Hause finde ich dieses mal schnell. Es ist noch früh und ich überlege, was ich noch mache. Zum Lernen habe ich keine Lust und bin irgendwie auch noch zu geflasht. Noch nie habe ich sowas getan. Alle Freunde sagen, ich bin eine besonnene und ruhige Person. Ich werde nie laut und brülle auch nie. Wenn die wüssten, dass ich eben einfach einem Mann eine geknallt habe. Ich muss über mich selber lachen.

Mir fallen die DVDs ins Auge, die noch immer vor meinem Fernseher liegen. Wo sie schon mal da sind, kann ich mir auch einen Film ansehen. Ich schaue mir ´Fack ju göthe´ an. Kuschel mich in mein Bett und kann auch beim vierten Mal über die Witze lachen. Ich dachte eigentlich, ich würde bei dem Film einschlafen. Da dies nicht der Fall ist, greife ich nach „Shades of grey". Den habe ich erst einmal gesehen. Ich finde die Bücher zwar wesentlich besser, aber es ist ein guter Film und wo er schon einmal da ist, kann ich ihn auch noch einmal sehen.

Gerade, als die Hauptdarstellerin gesteht, dass sie noch Jungfrau ist, klingelt es Sturm. Susa hat bestimmt ihren Schlüssel vergessen oder verloren. Also krabble ich aus meinem Bett und gehe zur Tür. Dennoch betätige ich zuerst die Gegensprechanlage.

„Ja, wer ist da?"

„Anna, verdammt, mach auf." Ach du Scheiße, was will Joe denn hier?

„Bist du alleine?" frage ich etwas ängstlich. Nicht, dass er mir mit seinen Kumpels etwas antun möchte.

„Natürlich bin ich alleine. Ich muss mit dir reden. Mach auf."

Ich zögere. Was will er. Kommt es mir nur so vor oder ist er betrunken?

„Anna, mach auf oder ich brülle die ganze Nachbarschaft zusammen."

„Okay, okay, aber sei um Himmelswillen ruhig."

Ich öffne unsere Wohnungstür einen Spalt und lausche nach draußen. Ich höre wirklich nur seine Schritte. Sie wirken etwas schwerfällig. Also ist er tatsächlich betrunken. Meine Neugier steigt. Was will er hier und dazu noch um die Uhrzeit.

„Nun lass mich rein." Er schiebt mich mehr zur Seite, als dass ich aktiv zur Seite gehe. Im Laufen schlüpft er aus seinen Sneakern und lässt sie achtlos im Flur liegen. Ich räume sie zur Seite. Falls Susa gleich kommt, müssen sie ihr ja nicht gleich auffallen.

Als ich in mein Zimmer komme, sitzt er bereits auf meinem Bett und starrt auf den Fernseher. Als ich die Tür hinter mir schließe sieht er mich an: „Auf sowas stehst du also?" Er rappelt sich auf und geht auf mich zu.

„Was willst du?" frage ich und verschränke die Arme vor der Brust.

„Dich," sagt er als wäre es das selbstverständlichste der Welt.

Ich lache laut auf. „Ja, nee, ist klar." Er steht direkt vor mir und ich sehe ihm direkt in die braunen Augen. In ihnen verändert sich etwas als ich lache. Es sieht so aus, als wäre er traurig oder verletzt.

„Um was für eine Wette geht es dieses Mal?" frage ich ihn direkt. Ich habe keine Lust mehr auf Spielchen. Soll er es mir sagen und wir haben es hinter uns. Seine Spielchen kosten mich schon genug Schlaf und Nerven. Ich will das es vorbei ist. Hier und jetzt.

Er fängt an in meinem Zimmer auf und ab zu laufen. „Es tut mir leid mit dem Kuss. Es war eine bescheuerte Idee, auf die Wette einzugehen. Aber schon als du zur Tür reingekommen bist in diesen Jeans, die deinen Arsch so zur Geltung bringen, wollte ich dich küssen. Ich wollte dich packen und nicht wieder loslassen. Als Lars dann sagte, wer die Neue ohne Vorwarnung küsst, bekommt von allen anderen 50 Euro, war es quasi einfach meine Chance, dich vor allen anderen zu küssen."

Ich lasse die Arme sinken und mein Mund steht offen. Was war denn das nun wieder für eine Geschichte. Er sieht mich direkt an. Ich versuche eine passende Erwiderung in meinem Kopf zu finden, aber ich kann die Geschichte einfach nicht einordnen. Ist das wirklich wahr oder wieder nur eine Geschichte, weil eine größere Wette ansteht. Ich werde einfach nicht schlau aus ihm. Ich frage das einzige, was in meinem Kopf kreist. „Was willst du? Warum bist du hier?"

Er sieht mir direkt in die Augen und kommt wieder auf mich zu. Ich habe mich kein Stück vom Fleck bewegt und stehe noch immer direkt an der Tür. Meine Beine wollen sich einfach nicht bewegen.

„Wollen wir den Film zusammen sehen?" fragt er, als wäre nichts gewesen.

„Was?"

„Ob wir den Film zusammen ansehen wollen?" Wiederholt er, als hätte ich ihn nicht verstanden. Er nimmt meine Hand und zieht mich zum Bett. Wie auf Autopilot lege ich mich hin und kuschle mich in meine Decke. Joe legt sich hinter mich. Mein Fernseher steht auf meiner Kommode und die steht quer zum Bett. Wir müssen daher auf der Seite liegen um ihn sehen zu können.

Ich kann dem Film nicht folgen. In meinem Kopf wirbeln alle möglichen Fragen herum. Ich weiß nicht, was ich von all dem halten soll. Er ist sicher wieder nur hier, weil er betrunken ist oder weil es um eine Wette geht. Ich drehe mich zu ihm um ihn zu fragen, da drückt er seine Lippen auf meine. Ich will nicht, dass er mich küsst, ich will wissen, was das alles bedeutet. Als er an meiner Lippe knabbert, sind alle Fragen wie weggeblasen. Nur noch Watte befindet sich in meinem Kopf. Ich erwidere den Kuss. Joe schmeckt nach Bier und noch etwas, dass ich nicht kenne. Er löst sich von meinen Lippen und ich habe Angst, dass er jetzt einfach geht, doch seine Lippen wandern an meinen Hals. Er knabbert daran. Mir laufen wohlige Schauer über den Rücken. Ich will nicht, dass er je wieder aufhört.

„Prinzessin, was machst du nur mit mir," murmelt er.

Auch, wenn ich kaum bei Verstand bin, will ich es wissen: „Nennst du jede Frau Prinzessin, mit der du rummachst?" Diese Frage habe ich mir schon so oft gestellt. Schon nach der ersten Party habe ich mich gefragt, ob es einfach ein Kosename für jede Frau ist, mit der er etwas hat. Ich habe aber eigentlich Angst vor der Antwort.

Abrupt hört er auf meinen Hals zu liebkosen. Ich wusste es, ich hätte nicht fragen sollen. Er sieht mir direkt in die Augen.

„Nein, ich habe es noch nie zu einer Frau gesagt." Ich schaue ihn fragend an und er scheint die Frage zu verstehen, denn er fährt fort, „als ich dich bei Tim zum ersten Mal gesehen habe, dachte ich, mich trifft der Schlag. Genauso wie dich habe ich mir schon als Kind die Prinzessinnen in den Märchen der Gebrüder Grimm vorgestellt."

Diese Aussage trifft mich völlig unerwartet. Ein kleiner Teil meines Hirns vermutet, dass er dies nur sagt, um mich rumzukriegen. Der andere schmilzt einfach dahin, sowohl über den Inhalt der Aussage, als auch über die Offenheit die Joe an den Tag leg.

Bisher hat er es gerne vermieden, direkt auf Fragen zu antworten und dann diese Aussage. Ich kann nicht anders, ich lehne mich zu ihm und küsse ihn. Ich schlinge meine Arme um ihn und ziehe ihn dicht an mich heran. Ich möchte ihn so dicht wie möglich bei mir haben. Die Zärtlichkeit mit der seine Hände mein Gesicht streicheln steht im krassen Gegensetz zu der Härte, mit der er mich küsst.

Ich will ihn fühlen. Meine Hände wandern unter sein T-Shirt. Als meine Fingerspitzen seinen nackten Bauch berühren, zuckt er kurz. Drückt sich dann aber gegen meine Hände. Ich erkunde seine Muskeln, sie sind härter als erwartet. Also kein Bauch zum Raufkuscheln. Wieso denke ich das überhaupt?

Meine Hände wandern weiter nach oben zu seinen Brustmuskeln. Unter meiner rechten Hand fühle ich die Tätowierung. Er hält durch das T-Shirt meine Hand fest, so dass ich nicht darüberstreichen kann. Seine Lippen wandern wieder zu meinem Hals. Seine andere Hand streichelt meinen Rücken. Meine Hand liegt direkt über seinem Herzen und ich kann seinen schnellen Herzschlag spüren.

Er hört auf, mich zu küssen und atmet schwer an meinem Hals. Wir liegen eine Weile schweigend aneinander gekuschelt, bis ich das stetige tiefe Atmen von Joe höre. Er ist eingeschlafen.

11. Kapitel

Ich wache auf, weil mir Joe eine Haarsträhne aus dem Gesicht streicht. Ich blinzele, um langsam aus den Augen gucken zu können.

„Soll ich dir das Beste an Köln zeigen? Naja, abgesehen von mir natürlich," fragt Joe mich und überrascht mich damit, dass er etwas mit mir unternehmen möchte. Ich bin viel zu überrascht, um ihn dafür zu hauen oder zu tadeln, dass er so arrogant ist und meint, er wäre das Beste an Köln. Neben meinem Studium ist er das zwar für mich. Er ist aber auch gleichzeitig das Schlimmste.

„Und was ist deiner Meinung nach das Beste an Köln?"

„Na ich!"

Nun boxe ich ihn doch leicht in die Seite. „Ja, ja und wo möchtest du mit mir hin?"

„In´s Schokoladenmuseum. Oder warst du schon da?"

„Nein, war ich nicht."

„Na dann los. Du wirst sehen, was du bisher verpasst hast."

Ich muss unweigerlich lächeln bei so viel Begeisterung und dann auch noch für ein Museum. Es steht eh auf meiner Liste, was ich alles noch in Köln sehen möchte. Warum also nicht mit Joe? Ist sicher schöner als alleine.

„Alles klar. Frühstück?"

„Wegen mir können wir uns gerne an der Ecke beim Bäcker was holen. Die haben auch leckeren Kaffee zum Mitnehmen. Wir fahren dann mit dem Bus in die Altstadt."

„Alles klar. Ich putz mir nur eben die Zähne und ziehe mir was Vernünftiges an." Ich schnappe mir eine Jeans, ein Shirt und einen Pullover und verschwinde im Bad.

Als ich aus dem Bad komme, hat Joe sich schon angezogen. Ich kann mich gar nicht erinnern, wann er überhaupt die Jeans ausgezogen hat. Aber als ich ins Bad verschwunden bin, hatte er nur Boxershorts an, oder? Ich überlege fieberhaft. Aber ich habe nicht so sehr darauf geachtet. Ich war viel zu überrascht von seinem Tatendrang und seiner Freundlichkeit.

„Welches ist deine Zahnbürste?" fragt er mich und reißt mich damit aus meinen Gedanken.

„Was?"

„Welches deine Zahnbürste ist. Ich möchte mir die Zähne putzen und nicht die von Susa benutzen."

„Ach so, warte." Ich gehe zu meine Kommode und entnehme der oberen Schublade eine neue Zahnbürste. Joe zieht etwas überrascht die Augenbrauen in die Höhe.

„Na, ich hab´ mir eine neue gekauft und es war ein 2er Pack. Meine Zahnpasta ist die neben dem blauen Zahnputzbecher."

Er nimmt mir die Zahnbürste ab und geht ins Bad.

Das Museum steht auf einer eigenen kleinen Insel im Rhein. Von außen sieht es modern und nicht groß aus. Im Inneren fällt mir jedoch gleich auf, dass es sich auf mehreren Ebenen erstreckt und somit mehr zu sehen gibt, als ich beim Anblick von außen dachte. Gleich hinter den Kassen steht ein riesiger Brunnen, aus dem unaufhörlich Schokolade fließt, die man auf Waffeln probieren kann.

„Die ist köstlich," schwärme ich.

„Ja, die beste Schokolade, die es gibt. Noch nicht verarbeitet und geformt." Erklärt Joe mir.

Ich könnte den ganzen Tag hier stehen und Schokolade essen. Aber die Schlange hinter uns ist lang.

Wir machen uns auf den Weg, das Museum zu erkunden. Es gibt viel zu sehen. Wie die Kakaobohnen geerntet werden, wie sie verarbeitet werden, wie die Formen hergestellt werden und und und. Der ganze Ablauf vom Baum bis zur fertigen Schokolade. Je nach Saison kann man die Hohlfiguren sehen und wie sie entstehen. Es gibt ein Laufband, auf dem Pralinen hergestellt werden. Es ist alles faszinierend. Hin und wieder erklärt mir Joe etwas zu den einzelnen Schritten. Er scheint oft hier zu sein.

Es gibt einen Raum, der gefüllt ist mit alten Schokoladenautomaten. Einige funktionieren sogar noch. Joe hält mir ein 5 Cent Stück.

„Vertrau mir. Cent-Stücke nimmt er genauso wie Pfennige."

Ich nehme die Münze, stecke sie in den Automaten, drehe das Rädchen und höre, wie ein Schokotaler herausfällt.

„Cool," ich kann nicht anders, ich strahle ihn an. Der Automat sieht nicht nur richtig toll aus mit den verschnörkelten kleinen Figuren, die handgeschnitzt sind, die Schokolade ist richtig niedlich verpackt. Ich sehe gerade noch, wie sein Handy in seiner Hosentasche verschwindet. Ich sehe fragend darauf.

Er zuckt mit den Achseln: „So einen Moment muss man doch festhalten."

Ich lege den Kopf schief bevor ich sage, „aber nur, wenn du sie mir schickst."

Er sieht so aus, als hätte er mit einer anderen Reaktion gerechnet. Ich frage mich zwar, wieso er ein Foto von mir gemacht hat, aber eigentlich will ich da nicht weiter darüber nachdenken.

„Dann brauche ich aber noch deine Nummer," sagt er etwas verlegen und reicht mir sein Handy. Da erst fällt mir auf, dass er mir zwar damals seine Hilfe angeboten hat, ich ihn aber gar nicht hätte erreichen können, weil wir keine Nummern ausgetauscht haben. Vielleicht hat er sich auch deshalb damals nicht bei mir gemeldet.

Ich tippe schnell meine Nummer hinein und reiche es ihm wieder. Den Namen darf er selber eintippen. Da hat ja jeder sein eigenes System. Ich speichere die Leute gerne mit Vor- und Nachnamen ein, aber Lena zum Beispiel liebt es, Leute mit Spitznamen einzuspeichern. Er tippt etwas, was ich nicht sehen kann. Mein Handy vibriert und ich werfe nur kurz einen Blick darauf. Nachrichten von unbekannter Nummer. Das müssen die Bilder sein.

„Danke," sage ich schlicht und wir gehen weiter. Joe nimmt einfach meine Hand und wir schauen uns den Rest der Ausstellung an. Wir kommen an einer riesigen Schokolade vorbei.

„Stell dich mal davor und beiße hinein," sagt Joe.

„Was?"

„Na, du sollst nur so tun."

Ich schüttele lachend den Kopf, aber tue ihm den Gefallen und er macht schnell ein Foto. Kurz darauf vibriert wieder mein Handy.

„Hab ich dir geschickt. Du bist so verfressen," sagt er lachend. Ich boxe ihn gegen die Schulter, er zieht mich an sich und küsst mich auf die Stirn. Das fühlt sich so gut an. Es ist eigentlich nur eine kleine Geste, aber es fühlt sich einfach himmlisch an. Sind wir jetzt ein Paar, schießt es mir durch den Kopf, aber ich traue mich nicht, ihn zu fragen.

Er schnappt meine Hand und wir gehen weiter.

Im Shop kaufe ich ein paar Kleinigkeiten für meine Eltern.

„Wollen wir noch etwas in der Stadt spazieren gehen?"

„Klar." Bisher ist es ein schöner Tag. Ich weiß nicht, wie es weitergehen wird, also genieße ich einfach die unbeschwerte Zeit. Wir biegen gerade in die Einkaufsstraße, als ich seine Freunde sehe, die auf uns zu kommen. Ruckartig lässt er meine Hand los und hält mehr Abstand zu mir. Was soll denn das nun wieder?

„Hey Joe, was treibt ihr denn hier?" fragt Lasse.

„Wir haben uns hier nur zufällig getroffen." Er dreht sich zu mir und sagt, „also dann, man sieht sich." Und geht mit seinen Freunden die Straße in die Richtung, aus der wir gekommen sind.

Ich bleibe völlig perplex und benommen zurück. Was soll denn der Scheiß? Wir haben einen schönen Tag miteinander verbracht und dann tut er so, als würden wir uns kaum kennen.

Ich beeile mich, um die nächste Bushaltestelle zu finden. Ich will nicht in der Öffentlichkeit weinen und ich will einfach nur nach Hause.

Ich bin so blöd! Wie konnte ich nur meinen, dass er sich einfach so ändert? Warum sollte mein Schlag in ihm eine so tiefgreifende Veränderung hervorrufen können, dass er auf einmal ein netter Kerl ist?

Während ich mich über mich selber ärgere, sehe ich eine neue Nachricht auf meinem Handy. Ich will nicht nachsehen, doch ich bin auch auf seine Ausrede gespannt. Aber sie ist nicht von Joe, sie ist von Peer.

Hey, hab´ deine Nummer von Susa. Lust morgen auf Essen und Kino? LG Peer

Ich seufze. Peer scheint wirklich ein lieber Kerl zu sein. Und warum sollte ich mich nicht mit ihm treffen? Joe ist ein Arsch und wir werden keine Zukunft haben. Ich muss nach vorne sehen. Und es ist ja nur ein Essen und Kino. Vielleicht bringt mich das auf andere Gedanken.

Ja, gerne. Wann und wo?

18 Uhr bei Antonios? Oder wie lange hast du Vorlesung?

Das passt. 18 Uhr. Bis morgen.

Ich freue mich. Bis morgen.

Zuhause kuschle ich mich gleich in mein Bett mit einer Tüte Chips und schalte den Fernseher an. Ich versuche mich auf das Programm zu konzentrieren, aber immer wieder wandern meine Gedanken zu Joe. Das wird eine lange Nacht.

12. Kapitel

Meine Augen gehen kaum auf, aber mein Wecker klingelt erbarmungslos. Auch wenn ich weder Kraft noch Lust habe, quäle ich mich aus dem Bett. Ich versuche mit einer ausgiebigen heißen Dusche meine Lebensgeister zu wecken. Doch das hilft leider auch nicht.

Susa ist schon los zu ihren Kursen und wie immer, wenn sie vor mir geht, hat sie noch Kaffee für mich übriggelassen. Er ist noch heiß und ich trinke 2 Becher. Aber auch das hilft nichts. Ich seufze, nehme meine Tasche und verlasse das Haus. Wenigstens werde ich nicht zu spät kommen.

Der Tag und die Kurse ziehen sich ewig hin. Ich versuche, mich zu konzentrieren und nicht allzu viel zu verpassen. Sonst muss ich es versuchen nachzuholen oder hoffen, dass es nicht in einer der Klausuren drankommt. Zwar bin ich wie gerädert, aber ich freue mich auf den Abend. Zuhause würde ich eh nur über Joe grübeln. Mit Peer wird es sicher ein schöner Abend.

Er wartet schon auf mich, als ich um die Ecke bei Antonios biege. Drinnen ist es relativ voll, aber wir bekommen noch einen Tisch und bestellen uns eine Pizza.

„Wie war dein Tag?" fragt er mich.

„Lang," antworte ich wahrheitsgemäß. Er lacht.

„Wie läuft es bei dir? Welche Richtung machst du genau?" frage ich ihn. Einerseits weil es mich wirklich interessiert, andererseits, weil ich selber keine Lust habe, viel zu reden.

„Gut. Ich hab ja auch schon das erste Jahr geschafft," er grinst. „Ich mache das gleiche wie Susa. So haben wir uns auch kennengelernt. In einem der Seminare." Er erzählt mir von seinem Studium und was ihm am Meisten gefällt und wie es für ihn war, aus einem kleinen Dorf in Niedersachen nach Köln zu kommen. Ich merke gar nicht, wie die Zeit vergeht, bis er fragt: „Sollen wir noch ins Kino? Dann müssten wir jetzt los. Oder wir bleiben noch etwas hier und verschieben das auf ein anderes Mal."

„Oh, so spät schon. Also ich würde sonst gerne noch etwas hier sitzen. Es sei denn, du möchtest heute etwas Bestimmtes sehen?"

„Nein, eigentlich nicht. Ich weiß auch gar nicht, was läuft. Ich dachte, wir entscheiden einfach, wenn wir da sind. Ich weiß ja nicht mal, was du gerne schaust."

Es klingt ein bisschen wie eine Frage, daher sage ich: „Ach, das kommt ehrlich gesagt ganz auf meine Laune an. Aber ich mag definitiv keine Horrorfilme und nichts mit ekligen Monstern."

„Also typisch Frau," neckt er mich. Ich sehe es an seinem Blick und seinem leichten Grinsen. Ich schlage ihm spielerisch auf den Arm.

„Was denn?", verteidigt er sich.

„Okay, es mag auf die meisten Frauen zutreffen. Was schaust du denn gerne?"

„Eigentlich alles, außer Liebesschnulzen."

„Also typisch Mann."

„Touché." Er lacht und ich stimme mit ein.

Wir unterhalten uns weiter über Filme und Serien und lachen viel. Als wir schließlich aufbrechen, ist es nach elf. Peer bringt mich noch bis zu meiner Haustür. Ich bin etwas nervös. Wie soll ich mich von ihm verabschieden? Ich werde immer nervöser, je näher wir unserem Haus kommen. Er nimmt mir die Entscheidung schnell ab. Er nimmt mich einfach in den Arm und gibt mir ein Küsschen auf die Wange.

„Gute Nacht. Es war wirklich ein schöner Abend," sagt er.

„Gute Nacht. Ja, mir hat er auch gut gefallen."

Ich bin mir nicht sicher, ob ich mich darüber freue, dass er mir nur ein Küsschen gegeben hat oder traurig darüber sein soll, dass er mich nicht geküsst hat. Ich weiß ja selber nicht, was ich wollte. Solange ich mir noch so viele Gedanken um Joe mache, will ich Peer eigentlich keine Hoffnungen machen, aber ich frage mich schon, warum er mich nicht geküsst hat.

Ich bin erst kurz in Köln und was ist aus mir geworden? Eine Frau, die unbedingt will, dass ein Mann sie küsst. Aber will ich das wirklich? Eigentlich bin ich froh, dass er es nicht versucht hat. So können wir uns weiter treffen, ohne dass es jetzt schon komisch ist.

Ich schließe die Wohnungstür auf und freue mich auf mein Bett. Hoffentlich kann ich heute Nacht schlafen. Ich bin so müde und erschöpft, dass ich es hoffe. Ich habe ein komisches Gefühl, als ich die Wohnung betrete. Irgendwas stimmt hier nicht. Mein Magen zieht sich zusammen und ich habe eine leichte Gänsehaut. Das kann nicht sein. Joe kann nicht in unserer Wohnung sein. Ich öffne die Tür zu meinem Zimmer. Da steht er, am Fenster.

„Wo warst du?"

Wie bitte? Was soll das denn jetzt? Was macht er in meinem Zimmer? Wie kommt er hier rein?

„Was machst du hier?"

„Ich habe gefragt, wo du warst."

„Und ich habe gefragt, was du hier machst."

„Ich habe auf dich gewartet."

„Und wie kommst du hier rein?"

„Ich habe einen Schlüssel."

„Wie bitte."

„Ich habe einen Schlüssel."

„Ja, das habe ich gehört. Aber wieso hast du einen und wieso hast du dich selber reingelassen?"

„Das Mädchen was hier vorher gewohnt hat, hat ihn mir zugesteckt und meinte, wenn ich mal Spaß haben möchte, dann soll ich gerne nachts vorbeischauen."

„Aha." Es versetzt mir einen Stich, dass er hier in meinem Zimmer mit einer anderen Sex hatte. Zwar nicht in meinem Bett, aber immerhin in meinen derzeit eigenen vier Wänden.

Als könnte er meine Gedanken lesen, sagt er: „Ich habe ihn nie benutzt." Er seufzt und macht einen Schritt auf mich zu." Ich hebe die Hände um ihm zu bedeuten, dass er nicht näherkommen soll. Er spricht weiter: „Ich habe geklingelt und geklingelt. Es hat aber keiner aufgemacht. Ich dachte, du willst mich nur nicht reinlassen. Da bin ich nach Hause und habe den Schlüssel geholt. Also nochmal, wo warst du?"

„Und auf die Idee, mich anzurufen bist du nicht gekommen?" Wobei mir einfällt, dass ich gar nicht mehr auf mein Handy geachtet habe, seit Peer und ich das Restaurant betreten haben.

„Ich dachte, dass du eh nicht rangehen würdest."

„Und da dachtest du, dass du dich einfach selber reinlässt, weil ich dann mit dir reden muss?"

Er läuft auf und ab, reibt sich die Schläfen. „Hör´ zu. Ich weiß, ich hab Scheiße gebaut."

„Scheiße gebaut? Scheiße gebaut?" Ich werde lauter. Wie kann er das einfach tun? „Geh!" schreie ich.

„Hör mir doch bitte zu."

„Nein, ich werde dir nicht zu hören! Geh. Sofort. Sonst rufe ich die Polizei." Er schaut mich lange an. Anscheinend sieht er, dass ich es ernst meine. Als er an mir vorbeigehen will, sehe ich den Schlüssel in seiner Hand und nehme ihm diesen ab. „Aber," fängt er an. Doch ich schneide ihm gleich das Wort ab, in dem ich meine Hand auf seinen Mund lege.

„Ich will nichts mehr von dir hören." Es ist ein Fehler meine Hand an seinen Mund zu legen. Sofort bekomme ich eine Gänsehaut und in meinem Inneren breitet die

Leidenschaft aus. Obwohl ich so sauer auf ihn bin, weil er mich einfach hat stehen lassen, begehre ich ihn noch immer. Das muss aufhören, hier und jetzt. Ich schiebe ihn zur Tür hinaus.

Als ich seine Schritte auf der Treppe höre, sinke ich an der Tür hinunter und vergrabe mein Gesicht in den Händen. Ich würde so gerne weinen. Aber ich bin so durcheinander. Ich weiß einfach gar nicht mehr, was ich denken soll. Mühsam erhebe ich mich und gehe in mein Zimmer. Den Schlüssel lege ich in der Küche auf den Tisch. Es ist schon wieder viel zu spät. Ich lege mich ins Bett und versuche, zu schlafen, ich mache mir nicht einmal die Mühe, mich auszuziehen.

13. Kapitel

Auch diese Nacht war nicht wirklich von Schlaf erfüllt. Mein erstes Seminar fällt zwar aus, aber ich bin trotzdem früh wach. Da kann ich auch in die Schwimmhalle gehen. Normalerweise bekomme ich beim Schwimmen immer einen klaren Kopf. Trainieren muss ich eh und ich hatte es mir ja auch vorgenommen.

Die Nutzung der Schwimmhalle ist für uns Studenten kostenlos. Bei meinem schmalen Geldbeutel ist das natürlich sehr praktisch. Ich packe meine Schwimmsachen zusammen und trinke einen Kaffee. Wie erwartet, hilft er nicht wirklich.

In der Schwimmhalle ist niemand. Ich dachte, es würden immer Kurse stattfinden. Aber so ist es mir lieber. So habe ich meine Ruhe. Ich fange an, meine Bahnen zu schwimmen.

Mein Gehirn rast noch immer und ich weiß gar nicht, wo ich anfangen soll mit Gedankensortieren. Ich versuche einfach, nichts zu denken. Einfach auf die kontinuierlichen Bewegungen der Arme und Beine konzentrieren.

Kurz bevor ich meine 40 Bahnen geschwommen bin, kommt eine Gruppe in die Schwimmhalle. Ich schenke ihr keine Beachtung. Ich möchte meine Ruhe. Ich komme aus dem Takt, als ich eine leichte Gänsehaut bekomme und ein Ziehen im Magen verspüre.

Das darf doch wohl nicht wahr sein. Ich kann ihn zwar nicht sehen, aber so wie mein Körper reagiert, muss Joe bei der Gruppe dabei sein.

Ich beende dennoch mein Training, steige aus dem Wasser und wickle mich in mein großes Handtuch. Ohne nach der Gruppe zu schauen, marschiere ich Richtung Duschen. Ich versuche, mich zu beeilen ohne zu rennen. Ich will einfach nur weg. Ich stelle mich direkt unter die Dusche und atme erstmal auf.

„Was machst du hier?" Joe klingt sauer und aufgebracht. Dabei war ich doch nur schwimmen.

„Ich war schwimmen."

„Ausgerechnet jetzt und so?" er deutet auf mich.

„Wieso ausgerechnet jetzt? Mein Kurs ist ausgefallen und ich war einfach schon wach. Da dachte ich, wenn ich eh wach bin, geh ich trainieren. Und was meinst du mit so?"

Ich habe meinen normalen Badeanzug an. Wie soll ich denn sonst schwimmen gehen?

Er sieht noch immer sauer aus und kommt einen Schritt auf mich zu. Ich kann nirgendwohin. Die Duschen sind alle einzeln gemauert und gefliest. Hinter mir ist direkt die Wand. Joe kommt noch einen Schritt dichter. Er packt mich und küsst mich. Ich will mich wehren, aber seine Lippen auf meinen, das fühlt sich so gut an. Mein Hirn setzt aus. Meine Lippen öffnen sich ganz automatisch. Seine Zunge spielt mit meiner. Sofort breitet sich die Lust in mir aus. Ich dränge mich an ihn. Er knappert an meinem Ohrläppchen, drückt meine Hüfte gegen seine und flüstert, „spürst du das? Und das nur, weil du hier in diesem verdammten Badeanzug auftauchen musstest. Tu das nie wieder!"

Ich stöhne leise auf. Mein Hirn arbeitet kaum. Ich weiß nicht, was er mir sagen will. Der Badeanzug ist alt. Nichts modernes oder besonders Aufreizendes. Er sollte praktisch sein. Meine Oberweite so festhalten, dass ich vernünftig schwimmen kann. Er hat auch keinen besonders hohen Beinausschnitt oder ähnliches. Was meint er nur?

„Hast du mich gehört, komm nicht wieder her, wenn die Jungs und ich Training haben." Ich nicke schwach. „Ich muss zurück, Prinzessin."

Er dreht sich um und geht. Wieder lässt er mich verwirrter zurück als je zuvor.

Da hatte ich gerade mal etwas Ruhe und konnte mich beim Schwimmen etwas erholen von meinen ganzen nervigen Gedanken und dann das. Ich werde noch verrückt.

Ich dusche mich ab und versuche beim Haarewaschen meine beginnenden Kopfschmerzen weg zu massieren. Doch es hilft nicht. Ich föhne mir die Haare, binde sie zu einem Pferdeschwanz und mache mich auf den Weg nach Hause, um meine Schwimmsachen gegen meine Unterlagen zu tauschen.

Den Rest des Tages höre ich nichts mehr von Joe. Die Kurse verlaufen ebenfalls wie immer unspektakulär und ich freue mich auf zu Hause. Falls Susa zuhause ist, werde ich sie fragen, ob wir uns etwas zu essen bestellen wollen. Ich habe keine Lust zu kochen. Eigentlich habe ich auf gar nichts Lust.

14. Kapitel

„Wo bleibst du denn?" Susa scheint ganz aufgeregt zu sein.

„Ich hatte bis eben Vorlesung."

„Wir gehen heute Abend doch zu einer Geburtstagsparty. Also hopp hopp, zieh dich um."

„Susa, ich weiß von keiner Party und ich bin müde. Außerdem sind morgen Vorlesungen."

Susa schmollt: „Ach, komm schon. Ich habe den Anderen schon gesagt, dass du kommst und es gibt was zu essen, das heißt, wir müssen nicht kochen. BIIIIIIIIIIIITE.." Susa schaut mich so bittend an, dass ich lachen muss.

„Na gut, aber ich bleibe nicht lange."

„Juhu," Susa klatscht begeistert in die Hände. „Es ist ja auch nicht weit. Da kannst du jeder Zeit allein nach Hause gehen, wenn du möchtest. Aber wir werden schon unseren Spaß haben."

Ich mache mich auf den Weg in mein Zimmer, um mich umzuziehen. „Was ist denn überhaupt mit einem Geschenk?" fällt mir noch ein.

„Nichts, wir haben ihm schon was geschenkt. Er hat sich Karten für ein Konzert gewünscht und ich habe deinen Namen einfach mit drauf geschrieben. So teuer waren die nicht."

„Ich gebe dir gerne was dazu."

„Quatsch, komm einfach mit, amüsiere dich und gut."

Ich seufze nur und ziehe mich schnell um. Da ich aber nicht so viel Lust habe, bleibt es bei Jeans. Dazu eine ärmellose Bluse mit Kragen. Ich versuche meine

Augenringe wenigstens etwas zu kaschieren. Leider ohne viel Erfolg.

„Wo findet die Party überhaupt statt?" frage ich Susa, als wir uns auf den Weg machen.

„Ca. 10 Minuten zu Fuß. Der Weg ist leicht. Den findest du später auf jeden Fall auch alleine, falls du früher als ich gehen möchtest."

Manchmal muss man Susa echt alles aus der Nase ziehen. Aber heue habe ich da einfach keine Lust zu. Also frage ich nicht weiter. Ich werde es dann ja sehen, wenn wir ankommen.

Scheiße. Die Party ist in dem Haus, in dem auch Joe wohnt. Ich wusste, der Weg kommt mir bekannt vor. Mist, Mist, Mist. Ich atme tief durch, als wir hinein gehen. Vielleicht ist er ja gar nicht eingeladen. Nur weil man im selben Haus wohnt, muss man sich ja nicht zwangsläufig auch mögen, oder?

Die Feier findet im 4. Stock statt und schon ab dem 3. Stock müssen wir uns an Menschen mit Getränken vorbei drängeln. Musik hört man hier auch schon laut genug. Eigentlich könnte man auch hierbleiben, aber Susa zieht mich weiter.

„Die Anderen sind bestimmt schon oben," ruft sie mir über die Musik hinweg zu. Einen Stock höher im Wohnzimmer finden wir die Anderen dann auch tatsächlich. Die Musik hier drin ist so laut, dass man kaum ein Wort von dem versteht, was Andere sagen.

Das wird sicher ein super Abend, denke ich grimmig und genervt. Warum habe ich mich nur überreden lassen? Aber ich habe Susa ja schon gesagt, dass ich nicht lange bleiben werde. Mal sehen, wann ich mich am Besten vom Acker mache.

Ich schaue mich im Raum um, ob ich noch andere Leute kenne. Ich habe mich in den Kursen mit ein paar Leuten immer mal kurz unterhalten, kenne aber ihre Namen nicht. Ich erwarte aber auch nicht, einen von ihnen hier zu sehen. Schließlich ist der erste Kurs morgen um 8 Uhr.

Als ich meine Aufmerksamkeit wieder auf unsere Gruppe konzentriere, habe ich kein mir bekanntes Gesicht ausmachen können, aber Robert kommt gerade mit einer Runde Bier aus der Küche zu uns.

Ich will eigentlich ablehnen, weil ich nie wieder was trinken wollte, aber vielleicht kann ich ja nach einem Bier endlich mal wieder eine Nacht richtig schlafen. So kann es ja schließlich nicht weitergehen. Wir stoßen an und ich trinke einen großen Schluck.

Nach der Hälfte des Bieres knurrt mein Magen und mir fällt ein, dass ich noch immer nichts gegessen habe. Ich versuche Susa zu fragen, doch die ist vertieft in ein Gespräch mit Robert.

Da merke ich schon wieder dieses Kribbeln in mir und die Gänsehaut. Ich schließe kurz die Augen und atme tief durch. Ich habe keine Ahnung, was mich erwartet, wenn er mich sieht. Oder schlimmer, wenn ich ihn erst einmal sehe.

Da zwickt mir jemand in den Hintern. Ich drehe mich um und sehe, dass Joe mit dem Rücken zu mir steht. Ich packe ihn am Arm und drehe ihn zu mir um.

„Hast du mir was zu sagen?" brülle ich ihn an.

„Ja," brüllt er zurück und zieht mich aus der Wohnung. „Aber hier kann man ja nichts verstehen."

Ich weiß nicht warum, aber ich lasse mich von ihm mitziehen. An der Wohnungstür nimmt er meine Hand und zieht mich weiter nach unten. Ich denke, wir gehen an die frische Luft, doch stattdessen zieht er seinen Schlüssel aus der Tasche und öffnet seine Wohnungstür.

Er zieht mich hinter sich in die Wohnung und schließt die Tür hinter uns. Sofort drückt er mich gegen die Tür und küsst mich. Ich schnappe erschrocken nach Luft. Das nutzt er, um mir seine Zunge in den Mund zu schieben. Sie spielt mit meiner. Ich versuche zu verstehen, was hier vor sich geht. Aber mein Hirn hat sich ausgeschaltet und in mir lodert wieder diese Lust auf. Sie breitet sich in meinem ganzen Körper aus. Mir wird heiß und ich will mehr. Ich schiebe meine Hände unter sein T-Shirt. Er packt meinen Hintern und hebt mich hoch. Ich schließe meine Beine um seine Hüfte und er trägt mich in sein Schlafzimmer.

Er setzt sich aufs Bett. Ich sitze auf seinem Schoß. Seine Hände streicheln unter meiner Bluse über meinen Rücken. Ich erschauere unter seinen Berührungen. Ich drücke mich dichter an ihn. Er lehnt sich zurück aufs Bett und zieht mich mit sich.

Ich löse mich jedoch etwas von ihm, um meine Hände wieder unter sein Shirt zu schieben und seine Brust zu streicheln. Meine Finger streichen über seinen Bauch. Die Bauchmuskeln zittern leicht unter meinen Berührungen. Joe zieht die Luft zischend ein.

Ich schiebe meine Hände seine Brust hinauf und fahre das Muster seiner Muskeln nach. Als meine Hand sich über die Tätowierung über seinem Herzen schiebt, greift er nach meiner Hand und hält sie fest. Ich runzle die Stirn und er küsst mich zwischen die Augenbrauen, genau auf die Falte, die sich gebildet hat. Langsam setzt mein Hirn wieder ein. Ich setzte mich ganz auf und schaue auf ihn hinunter. Er schaut fragend zu mir auf. Da stehe ich auf.

„Ich gehe lieber. Ich muss morgen früh raus."

„Du willst jetzt gehen?"

„Ja." Ich drehe mich zur Tür. Er springt so schnell auf, dass ich mich richtig erschrecke, als er mich an der Hüfte festhält.

„Geh nicht." Er sagt es leise und flüstert es mehr. „Bitte."

Ich atme tief durch. „Ich werde jetzt gehen. Ich kann das hier nicht. Entweder du entscheidest dich, was du willst und stehst dazu oder ich entscheide. Es reicht." Ich drehe mich zu ihm um. Er lässt die Arme sinken und schaut mich erstaunt an.

„Außerdem," füge ich hinzu, „weiß ich nicht, ob ich wirklich damit umgehen kann, dass du mit Susa geschlafen hast und das nur wegen einer bescheuerten Wette." Ich sage es langsam und leise.

Er zuckt bei meinen Worten zusammen. „Ich habe nie mit Susa geschlafen. Weder so, noch wegen einer Wette."

Seine Stimme klingt aufrichtig. Aber ich bin mir nicht sicher, ob ich ihm glauben kann. Ich weiß in Bezug auf ihn ja eigentlich gar nichts.

Ich lasse ihn stehen und gehe. Ich will weg von ihm und versuchen, meine Gedanken und Gefühle zu sortieren. Ich habe Joe gesagt, dass er sich entscheiden muss. Ich habe keine Ahnung, wo das Selbstvertrauen und die Selbstbeherrschung herkamen.

Ich will ihn so sehr. Ich habe das Gefühl, mit jeder Begegnung werden meine Gefühle für ihn stärker. Ich begehre ihn so sehr, dass es fast weh tut. Ich möchte jede Sekunde des Tages mit ihm verbringen. Es vergeht kaum eine Minute, in der ich nicht an ihn denken muss.

Ich will umdrehen und zu ihm laufen, doch da fällt mir ein, dass er gar nicht darauf reagiert hat, als ich sagte, er müsse sich entscheiden. Wahrscheinlich war es ihm egal. Wahrscheinlich hatte er gehofft, ich würde einfach mit ihm schlafen und die Sache wäre danach vergessen. Ich seufze. Wäre nicht Susas Bild vor mir aufgetaucht, als ich kurz zu Atem kam, als er meine Hand erneut festhielt, weil ich über die Tätowierung streichen wollte, wer weiß, was noch passiert wäre.

Ich gehe nicht zu den Anderen zurück. Die werden mich eh nicht wirklich vermissen. Ich habe ja eh zu Susa gesagt, ich bleibe nicht lange. Ich will einfach nur nach Hause. Die frische Luft tut hoffentlich gut. Vielleicht komme ich irgendwie zu Verstand. So kann es doch nicht weitergehen. Seit über 3 Jahren drehen sich einfach viel zu viele Gedanken nur um ihn. Ich werde sauer. Sauer auf ihn, weil er so ist wie er ist und sauer auf mich, weil ich einfach nicht von ihm lassen kann.

15. Kapitel

Mein Wecker klingelt erbarmungslos. Kurz überlege ich, ob ich meine Kurse heute einfach schmeißen soll und im Bett bleibe. Aber ich kenne mich, ich kann so etwas mit meinem Gewissen nicht vereinbaren. Andere haben die Chance nicht bekommen, hier zu studieren. Ich darf meine Chance nicht ungenutzt verstreichen lassen.

Ich quäle mich aus dem Bett und lasse den Kaffee durchlaufen, während ich dusche. Wenigstens kehrt etwas Leben in meinen Körper zurück. Mit meinem Kaffeebecher für unterwegs und meinen Büchern mache ich mich auf den Weg zu meinen Kursen. Mir fällt ein, dass mein Handy noch auf meinem Nachttisch liegt. Normal verlasse ich das Haus nie ohne Handy. Aber ich habe absolut keine Zeit mehr es zu holen und was soll schon Weltbewegendes passieren, während ich in meinen Kursen hocke?

Der erste Kurs fordert meine ganze Aufmerksamkeit und ich versuche wirklich, mich auf unseren Dozenten zu konzentrieren. Ich bekomme dennoch nur die Hälfte von dem mit, was er sagt.

Ich beschließe, mir vor dem nächsten Kurs noch einen Kaffee zu holen. Es gibt zum Glück auf dem Weg zwischen meinen Kursen einen kleinen Kaffeestand. Gerade als ich bestelle, sehe ich Peer auf mich zukommen.

„Hey," begrüßt er mich.

„Hey."

„Du bist gestern einfach verschwunden. Alles ok?"

„Ja, ich hatte nur Migräne." Und schon wieder eine Lüge. Ich werde immer besser darin. Traurig, zu was Joe mich bringt. Ich will meine Freunde nicht anlügen.

Wobei, ist Peer überhaupt mein Freund? Das spielt nicht wirklich eine Rolle. Ich will ihm nur nicht sagen, dass ich mit Joe in seinem Zimmer war und dass wir rumgeknutscht haben. Ich habe das Gefühl, dass es ihn verletzen würde, wenn er es wüsste.

Aber ich darf lügen nicht zu einer neuen Gewohnheit werden lassen. Da ich Joe aber ja eh nicht mehr sehen werde, ist die Gefahr wohl relativ klein.

„Oh, geht es dir besser?"

„Ja, etwas. Ich versuche mit Kaffee fit zu werden." Das ist immerhin keine richtige Lüge.

„Ich hab dir vorhin geschrieben."

„Oh, ich habe mein Telefon zu Hause vergessen. Ich bin einfach nicht richtig wach geworden heute morgen."

„Okay, ich dachte nur …" er spricht nicht weiter.

„Du dachtest was?"

„Dass du mir vielleicht nur nicht antworten wolltest," sagt er und wird etwas rot. Das sieht wirklich niedlich aus.

„Quatsch," antworte ich lächeln. „Was hast du denn geschrieben?"

„Ob alles ok ist und warum du verschwunden bist." Er schaut auf seine Schuhspitzen, bevor er fortfährt: „und ob du Lust hast, heute was mit mir zu unternehmen."

„Heute?"

„Ähm, hmm, naja, ja, ist auch ok, wenn du nein sagst. War nur so eine Idee."

Ich lege meine Hand auf seinen Arm, „sehr gerne. Ich bin aber nicht besonders fit heute. Wenn dich das nicht stört, lass uns nach den Kursen was unternehmen."

Lächelnd sieht er mich an. „Wirklich."

„Klar. Ich muss los, sonst komme ich zu spät zu meinem nächsten Kurs. Treffen wir uns hier um 18 Uhr?"

„Ja, sehr gerne."

Ich winke ihm zum Abschied und beeile mich, um nicht zu spät zu kommen.

Peer wartet schon auf mich, als mein letzter Kurs endlich zu Ende ist. Es war echt kräftezehrend heute. Umso mehr freue ich mich jetzt auf einen schönen und entspannenden Abend mit Peer.

„Also, wozu hast du Lust?" fragt er zur Begrüßung.

„Ehrlich gesagt, keine Ahnung. Ich kenn mich hier ja kaum aus. Was fällt dir denn ein?"

„Pizza oder Kino?" schlägt Peer vor.

Wie zur Bestätigung, knurrt mein Magen. Da fällt mir ein, dass ich das Mittagessen genauso wie das Frühstück komplett vergessen haben.

Er grinst: „Also Pizza!"

„Wenn du Hunger hast?"

„Pizza geht immer und ich hab noch gar kein Mittag gegessen," sagt er und wir gehen los. Antonios scheint wirklich das beste Lokal zu sein. Heute ist ein normaler Wochentag und trotzdem ist das Lokal brechend voll.

Wir finden noch einen kleinen Tisch im hinteren Teil des Restaurants. Es ist urgemütlich und wir sitzen nicht mittendrin. So kann man sich wenigstens gut unterhalten.

„Und? Wie gefällt es dir bisher in Köln?" fragt Peer mich.

„Ganz gut." Ja, was soll ich sonst auch sagen, ich habe noch nicht viel von der Stadt gesehen und die Sache mit Joe treibt mich in den Wahnsinn, aber das werde ich Peer nicht sagen. „Ich habe aber noch nicht so viel gesehen von Köln."

„War bei mir am Anfang auch so. Erstmal kommt das Studium. Es ist ja alles neu. Die Wohnung, die Umgebung, das Studium. Man muss sich erstmal an alles gewöhnen und einen guten Tagesrhythmus finden. Danach wirst du sehen, wie schön es hier ist." Ich nicke nur, weil ich nicht weiß, was ich dazu sagen soll. Ich denke, er wird recht haben, aber er weiß ja nichts von Joe und wie sehr mich das aus der Bahn geworfen hat. „Schon Heimweh?"

„Ja," sage ich ehrlich. „Auch wenn ich viel um die Ohren habe, vermisse ich meine Eltern und meine Freunde. Ich werde nächstes Wochenende nach Hause fahren. Lena, meine beste Freundin, besucht auch ihre Eltern. Ich bin gespannt, wie es ihr ergangen ist und wie ihr Studium läuft."

„Das ist schön. Ich bin am Anfang jedes zweite Wochenende nach Hause gefahren, aber je länger man hier ist, umso mehr spielt sich das Leben hier ab und man fährt nicht mehr sooft."

Ich werde nachdenklich. Eigentlich kann ich es mir nicht vorstellen, dass ich nicht mehr nach Hause fahren wollen werde. Aber vielleicht hat er recht. Wenn man hier neue Freunde hat und vielleicht sogar eine Beziehung, dann fällt es einem auch schwer, übers Wochenende wegzufahren.

Unsere Pizza wird gebracht und ich bin froh darüber. Der verführerische Duft steigt mir sofort in die Nase und mein Magen knurrt vor dem ersten Bissen.

„Gefällt dir denn das Studium oder bereust du es schon?"

„Nein, es gefällt mir. Wieso?"

„Ach, nur so. Viele Studenten stellen in den ersten zwei Wochen fest, dass es doch nicht das ist, was sie sich vorgestellt haben und brechen ab. Ich wollte nur sichergehen, dass du von deinen Eltern wiederkommst." Er lacht und ich stimme mit ein.

Mit Peer ist es herrlich. Es ist einfach total ungezwungen. Bis auf die Geschichte mit Joe brauche ich mir keine Gedanken darüber machen, was ich sage. Und er bringt mich zum Lachen. Das kann ich momentan am Meisten gebrauchen. Wir essen und reden weiter über alles Mögliche und ich habe bald schon Bauchschmerzen vom Lachen.

„Ich glaube, wir sollten gehen," sagt Peer nach einem Blick auf die Uhr. Ich sehe mich um und stelle fest, dass wir fast die letzten Gäste sind. Es ist schon nach elf. Ich wollte doch früh ins Bett.

„Ja, das sollten wir."

„Ich bring dich aber noch nach Hause, wenn ich darf."

„Klar darfst du das, aber musst du nicht."

„Na, ich werde dich doch um die Uhrzeit nicht alleine laufen lassen."

„Aber sind ja nur 20 Minuten," lachend hake ich mich bei ihm ein und wir machen uns auf den Weg zu meiner Wohnung.

„Du glaubst gar nicht, was in 20 Minuten alles passieren kann," seufzt er theatralisch. Und ich muss schon wieder lachen.

Wir albern weiter rum, bis wir fast an meiner Wohnung sind. Als wir um die letzte Ecke biegen, bin ich einen Moment froh, dass Peer mich begleitet und ich nicht alleine bin. Vor unser Haustür steht jemand. Ich kann nur erkennen, dass es ein Mann ist. Als ich ein Ziehen im Magen verspüre bin ich mir nicht sicher, ob es Angst ist oder, nein, das kann nicht sein, Joe steht dort.

Peer scheint mein Unbehagen zu spüren. Er legt seine Hand auf meine, die noch immer bei ihm untergehakt ist. „Alles ist gut. Ich bin bei dir und bring dich sonst auch gerne noch mit hoch." Ich nicke nur und zermartere mir das Hirn. Was will Joe denn hier? Will er überhaupt zu mir? Wird er eine riesige Szene machen? Wird er einfach gehen? Ich atme einmal tief durch. Ich kann es eh nicht ändern.

Je dichter wir kommen, desto nervöser werde ich. Joe hat uns schon entdeckt und sieht irgendwie, nun ja, sauer aus. Warum sollte er sauer sein.

„So sieht es also aus," sagt er barsch.

„So sieht was aus?" fragt Peer ahnungslos.

Joe ignoriert ihn. „Deswegen gehst du den ganzen Tag nicht an dein Handy, weil du mit dem da rummachst." Er deutet auf Peer.

„Wie bitte?" frage ich total überrascht von seinem Ausbruch.

„Vögelt er denn wenigstens gut?"

„Wie bitte?" frage ich überrascht.

„Du hast mich schon verstanden. Ich hoffe, dass er gut vögelt, wenn du dich ihm gleich an den Hals wirfst."

„Joe," brülle ich. „Spinnst du?" Ich sehe peinlich berührt zu Peer. „Ich glaube du gehst jetzt besser. Ich bekomme das schon in den Griff. Ich meld´ mich nachher bei dir."

Ich will nicht, dass Peer noch mehr hört oder Joe ihn womöglich noch angreift. So wütend wie er ist, möchte ich es nicht darauf ankommen lassen. Ich hoffe, dass ich Joe alleine schneller beruhigen kann, sofern das überhaupt möglich ist. Ich weiß noch immer nicht, wo überhaupt sein Problem ist. Aber ich hoffe, es herauszufinden.

„Bist du sicher?" sagt Peer mich mit einem Blick auf Joe, der schon rot angelaufen ist vor Zorn.

„Ja, bin ich," sage ich mit fester Stimme und bin froh, dass sie nicht so wackelig ist, wie ich mich fühle.

Peer nickt und geht. Ich drehe mich zu Joe um.

„Wo ist dein Problem?" frage ich und bemühe mich um einen ruhigen Tonfall, der in krassem Gegensatz zu meinen Gefühlen steht. Ich will ihn anschreien, aber das würde erstens nichts bringen und zweitens würden es alle Nachbarn hören.

„Mein Problem? Ich versuche den ganzen Tag, dich zu erreichen und dann komme ich her, um zu sehen, ob es dir gut geht und du vögelst diesen, diesen, Lackaffen."

„Zunächst einmal, brüll nicht so. Zweiten habe ich mein Handy heute morgen in der Wohnung vergessen, drittens habe ich nicht mit ihm geschlafen und viertens ist er kein Lackaffe."

Joe schaut mir direkt in die Augen und scheint herausfinden zu wollen, ob ich lüge oder nicht. Ich versuche seinem Blick standzuhalten. Auch, wenn ich nicht gelogen habe, ist es schwer, weil sein Blick so intensiv ist. Seine Augen sind zusammengekniffen und das Braun der Augen ist fast schwarz und das leider nicht vor Leidenschaft.

„Was habt ihr dann getrieben?" er klingt noch sauer, brüllt aber nicht mehr.

„Wir waren essen. Nicht mehr und nicht weniger."

Wieder schaut er mich mit diesem intensiven Blick an. Mein Blut fängt nur von diesem Blick an zu kochen. In meinen Ohren rauscht es. Er packt mich, drückt mich gegen die Hauswand und küsst mich. Ich schlage ihm auf die Schultern und versuche mich zu lösen. Was soll der Mist?

Erst brüllt er mich an und wirft mir vor, dass ich mit einem anderen geschlafen habe, blamiert mich zutiefst vor Peer und dann küsst er mich einfach, als wäre nichts gewesen?

Ich will das nicht oder doch? Seine Zunge fährt über meine Lippen und sie öffnen sich ganz von alleine. Sofort schiebt sich seine Zunge in meinen Mund. Sie spielt mit meiner. Mein Widerstand schmilzt. Ich ergebe mich in seinen Kuss. Das Gefühl ist herrlich. Meine Hände streichen durch seine Haare. Er löst sich etwas von mir, sodass ich nicht mehr ganz so fest gegen die Wand gedrückt werde. Ich weiß nicht, ob es mir gefällt. Ich entscheide mich dagegen und drücke mich dichter an ihn.

„Kein Mann wird dir bei einem Kuss dieses Gefühl geben," flüstert er mir ins Ohr.

Seine Hände schieben sich in meine hinteren Hosentaschen und drücken meine Hüfte dichter an seine. Ich beiße leicht in seinen Hals um nicht aufzustöhnen. Dafür stöhnt er auf.

Als die Tür neben uns klickt, kommen wir beide in die Realität zurück und zucken auseinander. Ich kenne den jungen Mann zwar nicht, der das Haus verlässt, aber ich hoffe, er hat nichts bemerkt. Es wäre mir peinlich, wenn uns jemand beobachten würde, wie wir hier wie verliebte Teenies an einer Hausmauer stehen und herumknutschen.

Der Typ würdigt uns keines Blickes und geht in die andere Richtung davon. Unschlüssig stehe ich da. Soll ich Joe mit nach oben bitten oder nicht? Ich muss schlafen, sonst werde ich morgen in meinem Kurs auch nicht viel mitbekommen. Aber ich würde auch gerne Zeit mit Joe verbringen.

„Also, ich sollte besser gehen. Ich sehe, es geht dir gut. Und morgen früh habe ich um acht Uhr den ersten Kurs," sagt er, klingt aber etwas unschlüssig. Wo ich nun einen Meter von ihm entfernt stehe, kann ich wenigstens etwas vernünftig denken.

„Ja, ich auch."

„Na dann." Er geht los ohne ein weiteres Wort und ohne sich noch einmal umzudrehen.

Ich atme tief durch und schließe die Tür auf. Was ist hier eigentlich los? Wie konnte das alles nur so außer Kontrolle geraten?

Susa ist anscheinend schon im Bett. Da kann ich mich auch gleich hinlegen und schlafen. Vorher werfe ich noch ein Blick auf mein Handy. 20 Anrufe in Abwesenheit und 4 Nachrichten. Eine von Peer, wie er erwähnt hat und 3 von Joe.

1. Nachricht:
Wie geht es dir, Prinzessin? Ich muss mit dir reden.

2. Nachricht:
Warum gehst du nicht ans Telefon?

3. Nachricht:
Verdammt, wo steckst du? Geh endlich ans Telefon. Ist dir was passiert?

Ich schreibe Peer noch schnell, dass es mir gut geht, ich den Abend mit ihm schön fand und nun schlafen gehe.

Ich bin so erschlagen von der letzten Nacht, dass ich gleich einschlafen kann, ohne weiter über die Nachrichten von Joe und deren Bedeutung nachzudenken.

16. Kapitel

Es ist Freitagnachmittag und ich habe tatsächlich frei. Keine Ahnung, warum die Kurse ausfallen, Hauptsache, ich muss nicht los. Lernen muss ich auch nicht, weil ich alles schon erledigt habe.

Ich habe bisher weder von Peer noch von Joe etwas gehört oder gesehen. Einerseits bin ich etwas traurig darüber, aber es tut auch mal gut, durchzuatmen und mich einfach nur auf meine Kurse zu konzentrieren. Kein Drama, kein Streit, keine Verwirrung.

Ich bin nun schon zwei Wochen an der Sporthochschule und habe mich noch nicht um einen Nebenjob gekümmert. Meine Eltern bezahlen zwar meine Miete, aber so viel Geld haben sie auch nicht und es ist mir unangenehm, sie jedes Mal fragen zu müssen, wenn ich mir etwas kaufen möchte.

Also durchforste ich das Internet auf der Suche nach Jobangeboten. Ich würde gerne etwas mit Sport machen. Das bietet sich ja auch an. Ich habe in meiner Heimatstadt schon viele Sportkurse gegeben. Warum also damit nicht weitermachen?

Ich finde eine Anzeige von einem Fitnessstudio in der Nähe. Sie suchen neue Trainer. Sowohl für die Kurse, als auch für die Geräte. Das habe ich zwar noch nie gemacht, aber ich kann ja mal anfragen.

In der Anzeige steht, man soll einfach persönlich vorbeischauen. Bevor ich weiter überlegen kann und mir alles Mögliche vorstelle, was schiefgehen könnte, mache ich mich gleich auf den Weg.

Das Studio ist zu Fuß 15 Minuten entfernt von meiner Wohnung. Das wäre schon mal sehr praktisch.

Das „Fit", wie das Studio heißt, sieht von außen klein und unscheinbar aus.

Ich atme einmal tief durch und öffne die Tür. Ich bin etwas überrascht. Das Studio sieht riesig aus. Eine große Fläche voller Geräte. Fast alle scheinen besetzt zu sein. Am Tresen steht ein Typ, den ich auf Mitte vierzig schätzen würde. Er hat eine Glatze und sieht aus, als würde er regelmäßig die Geräte nutzen. Er lächelt mich an und sieht trotz der vielen Muskeln sympathisch aus.

„Hey, kann ich dir helfen?" fragt er mich. Seine Stimme macht ihn noch sympathischer. Sie klingt tief und irgendwie wohlwollend, wenn man es so nennen kann.

„Hallo mein Name ist Anna und ich hab´ im Internet gelesen, dass ihr noch Personal sucht. Da dachte ich, ich schau gleich mal vorbei."

„Ich bin Kai und der Chef vom Fit. Schön, dass dich ein Job bei uns interessiert. Am Besten, ich zeige dir einfach mal alles und dabei unterhalten wir uns, ok?"

„Klar."

Er zeigt mir den oberen Raum, der noch größer ist als ich dachte. Eigentlich ist es einfach nur eine riesige Fläche auf der alles Mögliche an Fitnessgeräten steht: Laufbänder, Fahrräder, Butterfly und und und.

Nebenbei fragt Kai mich nach meinen bisherigen Erfahrungen im Fitnessbereich. Er erklärt mir, dass er hauptsächlich jemanden für den Tresen vorne sucht und für Frauenkurse. Ich bin etwas überrascht, bisher habe ich nur Männer gesehen. Kai führt mich eine Treppe nach unten.

„Hier unten ist der Kursraum," er öffnet eine Tür zu einem Raum, in dem ca. 40 Leute Platz haben. Je nach Sportart. Alle Wände sind verspiegelt, es gibt eine kleine Bühne und eine Musikanlage.

„In diesem Raum sind die Polestangen," Kai öffnet eine weitere Tür. Auch hier sind alle Wände verspiegelt. Ich zähle 20 Polestangen.

„Hier finden jeden Vormittag Kurse statt und unsere Mitarbeiter und Mitarbeiterinnen dürfen hier üben. Sowohl an den Polestangen, als auch für ihre Kurse. Wir wollen den Kursraum gerne den ganzen Tag über mit Kursen füllen. Die Polekurse nachmittags haben wir nicht mehr. Warum auch immer die Mädels alle nur vormittags trainieren wollen. Vielleicht, weil die Männer da noch schlafen oder in ihren Kursen sind. Wie dem auch sei, Polekurse lohnen sich für uns nur vormittags und deswegen können dann die Angestellten hier für sich trainieren."

Ich nicke nur. Was soll ich dazu auch sagen.

„Hier," sagt Kai während er weitergeht, „beginnt unsere Saunalandschaft. Wir haben nur gemischte Saunen, weil uns sonst der Platz zu schnell ausgehen würde. Die zeige ich dir heute nicht, weil man nicht angekleidet hineindarf. Du darfst aber gerne wiederkommen oder leihst dir oben ein Handtuch."

„Ach, ich bin nicht so für Sauna," sage ich, weil es stimmt. Ich mag es zwar warm und ich würde auch gerne in die Sauna gehen, aber ich hasse es, wenn mir andere Menschen dabei zusehen. Ich bleibe immer in mein Handtuch gekuschelt und versuche den Blicken anderer Menschen auszuweichen. Als ich das letzte Mal in der Saune war, saß eine Frau direkt auf der anderen Seite und positionierte sich schön breitbeinig auf der Bank, damit alle im Raum wirklich alles sehen konnten. Mich schüttelt es noch bei dem Gedanken an diese Schamlosigkeit.

„So, das war es auch schon," sagt Kai, während wir die Treppe wieder nach oben gehen. „Die Umkleidekabinen sind hier direkt neben dem Tresen."

„Was genau müsste ich denn am Tresen tun?"

„Jeder, der rein kommt, muss seine Karte hier durch das Gerät ziehen. Sowohl, wenn er kommt, als auch wenn er geht. So sehen wir immer, wie viele Leute im Studio sind. Einmal sehen wir dann, zu welchen Zeiten wir besonders ausgelastet sind, andererseits wüssten wir im schlimmsten Fall, wie viele Leute schnell rausmüssen."

Ich nicke und Kai erklärt mir, wie es mit den Getränken läuft, wie Schnupperteilnehmer behandelt werden und alles Andere. Mir raucht ganz schön der Kopf, als er sagt: „Und? Hast du noch eine Frage?"

„Mir fällt gerade nur ein, wieviel Geld man verdient."

Er lacht: „Stimmt, das habe ich dir noch nicht gesagt. Also unsere Kurstrainer, die nur Kurse geben, bekommen 25,00 Euro die Stunde. Unsere Angestellten, die auf Stundenbasis arbeiten bekommen 28,00 Euro die Stunde, egal, ob als Kurs oder am Tresen oder als Trainer an den Geräten. Ich würde mich freuen, wenn du es einrichten könntest, 1 Tag in der Woche abends 2-4 Stunden am Tresen zu arbeiten und an 1 Tag 2 Kurse zu geben. Am besten wäre Bauch-Beine-Po und Pilates."

„Okay."

„Okay, du machst es, oder okay, ich habe alle Informationen und überlege es mir?"

Ich muss lachen. Kai ist wirklich nett. „Okay, ich werde gründlich meinen Stundenplan studieren und komme morgen nochmal vorbei."

„Das klingt super. Und wenn du es dir überlegst, kannst du gerne gleich von 18:00 – 20:00 Uhr mit mir hier am Tresen arbeiten. Dann bis morgen."

„Okay. Bis morgen."

17. Kapitel

Endlich ein Schritt in die richtige Richtung. Das Studio scheint sauber und ordentlich und Kai macht einen wirklich netten Eindruck. Morgen ist Samstag. Da ist sicher nicht viel los im Studio, da könnte ich reinschnuppern.

Ich studiere meinen Stundenplan und überlege hin und her. Meine Wochenenden möchte ich eigentlich nicht regelmäßig im Studio verbringen. Ich möchte zum Beispiel nächstes Wochenende zu meinen Eltern fahren. Ich vermisse sie sehr. Wenn ich aber Kai sage, welche Tage ich im FIT arbeite, möchte ich ungern immer wieder eine Vertretung finden müssen. Also müssen die Stunden in der Woche nach meinen Vorlesungen sein.

Susa unterbricht meine Gedanken, als sie anklopft.

„Hey, Bock auf Pizza?"

„Klar." Es ist herrlich, dass Susa mein Laster der Pizzasucht teilt. Ich könnte jeden Tag Pizza essen.

„Alles klar. Ich bestelle eben. Dasselbe wie immer?"

„Ja, bitte." Ich werde die Tage schon finden. Dann brauche ich mir keine Sorgen mehr machen über das ganze Geld, dass mich die Pizzasucht kostet.

Ich folge Susa in die Küche, während sie telefoniert. Nachdem sie bestellt hat, setzt sie sich zu mir an den Tisch.

„Na, was hast du vorhin gemacht? Ich war kurz hier, du aber nicht."

So erzähle ich ihr von meinem Besuch im Fitnessstudio.

„Das klingt super. Gehst du morgen Abend da hin?"

„Ja, ich denke, das wäre gut. Dann hab ich auch einen Eindruck, wie es laufen wird. Ich kann danach immer noch sagen, dass es mir nicht gefällt. Kai macht aber wirklich einen netten Eindruck und würde es sicher verstehen."

„Das klingt toll." Sie greift nach dem Schlüssel, der immer noch auf dem Küchentisch liegt. „Was ist das eigentlich für ein Schlüssel?"

Ich hole tief Luft. Sagen muss ich es Susa so oder so, also beschließe ich, es gleich hinter mich zu bringen. „Der fehlende Haustürschlüssel," sage ich daher.

„Fehlender Haustürschlüssel?"

„Ja, meine Vorgängerin war so nett, ihn Joe auf einer Party zuzustecken, falls er nachts mal Lust gehabt hätte, hätte er gerne vorbeikommen können."

Susa sieht mich ziemlich geschockt an.

„Es kommt noch besser," ich beschließe ihr einfach die ganze Geschichte zu erzählen. Schließlich mag ich Susa wirklich und ich vertraue ihr.

„An dem Abend wo ich mit Peer zum Essen war, hat er sich damit selber reingelassen, weil wir nicht aufgemacht haben. Da habe ich ihn rausgeworfen und habe ihm den Schlüssel abgenommen."

„Er hat was?"

„Er hat sich selber reingelassen."

„Ich weiß gar nicht, was ich sagen soll. Aber was zum Teufel fällt der dummen Kuh eigentlich ein, einfach den Wohnungsschlüssel an jemanden herauszugeben, den sie kaum kennt. Zumindest glaube ich, dass sie sich nicht einmal wirklich unterhalten haben. Sie war ja nur ein Semester hier. Aber, Anna?"

„Ja."

„Ich weiß nicht, wie ich es dir sagen soll, aber das hier ist keiner von unseren Haustürschlüsseln." Susa holt ihren Schlüsselbund aus der Tasche ihrer Jacke. „Siehst du? Unsere sind alle eckig. Dieser ist rund. Und ich weiß genau, dass alle eckig waren. Die für die Haustür sind eckig, die für die Zimmer sind rund."

Jetzt wo Susa es sagt, fällt es mir auch auf. Wir benutzen die für die Zimmer nie. Susa und ich sind uns einfach irgendwie so sympathisch, dass wir uns keine Gedanken darübermachen, ob der eine unbefugt in das Zimmer des anderen geht. Außerdem ist es praktisch, wenn man etwas vergessen hat und der andere es mit zur Hochschule bringen kann. Ich habe mir den Schlüssel daher auch nie genauer angesehen.

„Aber was für ein Schlüssel ist es dann?" frage ich Susa.

„Keine Ahnung. Ich befürchte, da musst du Joe fragen und auch gleich unseren Schlüssel holen. Joe ist zwar der Vernünftigste und Netteste der Runde, aber wohl ist mir dabei nicht, dass einer von denen in unsere Wohnung kann, wann immer er Lust dazu hat."

„Wieso meinst du, dass er der Vernünftigste und Netteste ist? Ich dachte, er hätte wegen einer Wette mit dir.." Ich breche ab. Es geht mich ja nichts an und ich hatte mir vorgenommen, Susa nie danach zu fragen. Es wurmt mich zwar schon, seit Joe zu mir gesagt hat, er hätte nichts mit Susa gehabt, aber es ist ihre Privatangelegenheit

Es klingelt an der Tür und Susa springt auf, um sie zu öffnen. Wir wechseln uns jedes Mal ab mit dem Bezahlen. Da die Pizza gleich teuer ist, spielt es keine Rolle und wir müssen nicht immer nach Kleingeld suchen.

Ich darf das Thema nicht wieder anschneiden. Es ist Susas Privatsache. Es geht mich nichts an, mit wem sie schläft und mit wem nicht.

„Also," sagt Susa und legt die Schachteln auf den Tisch. „Ich hatte keinen Sex mit Joe."

„Oh," mehr bringe ich nicht heraus.

„Ich werde dir jetzt etwas erzählen, was niemand weiß. Wirklich niemand. Du darfst es auch keinem Menschen erzählen. Versprochen?"

„Versprochen."

„Okay, sonst bringst du mich in echte Schwierigkeiten. Aber dazu brauche ich was zu trinken. Wir haben hier irgendwo eine Flasche Sekt." Susa beginnt in den Schränken zu suchen. Ich habe noch nie Sekt getrunken und habe auch eigentlich keine Lust dazu. Aber ich bin wirklich neugierig auf ihre Geschichte. Ein Glas zu Hause kann ja schließlich auch nicht schaden. Ich kann danach ja gleich in mein Bett gehen.

„Ha, siehst du, ich hab doch gesagt, wir haben eine." Sie schenkt uns beiden ein Glas ein uns setzt sich wieder an den Tisch. Sie prostet mir zu.

Ich muss mich zusammenreißen, um mich nicht zu schütteln. Ist das eklig. Er schmeckt vielleicht nur kalt, überlege ich kurz, als Susa wieder anfängt zu sprechen.

„Also, es war in meinem ersten Semester hier. Ich war neu in der Stadt und kannte niemanden. In den Kursen habe ich nach und nach neue Freunde gefunden. Ein paar davon kennst du ja. Ich bin dann mit ihnen in der zweiten Woche auf einer Party gewesen. Dort waren auch Joe und die anderen Jungs. Ich habe mir nichts dabei gedacht, dass sie öfter an mir vorbeigelaufen sind und mich angelächelt haben. Sie sehen ja auch alle nicht schlecht aus.

Danach habe ich sie dann immer öfter gesehen. Meistens immer alleine. Wie ich dachte zufällig. Am Coffeeshop, in der Bibliothek, in der Buchhandlung. Wo man halt so herumläuft als Student.

Erinnerst du dich an Ralf? Der mit der schiefen Nase?"

Ich nicke und versuche nebenbei meine Pizza zu essen und nach und nach den widerlichen Sekt zu trinken. Ich mag Susa nicht sagen, dass ich das Zeug nicht mag. Ich möchte sie auch nicht unterbrechen. Ich bin viel zu neugierig.

Susa scheint kein Problem damit zu haben, während eines solchen intimen Themas zu essen.

„Also die schiefe Nase hatte er damals noch nicht." Sie kichert und ich weiß nicht, warum. „Er gefiel mir und als er mich fragte, ob ich mit ihm ins Kino gehe, habe ich mich wirklich gefreut und bin mit ihm ausgegangen. Er legte den Arm um mich im Kino und flüsterte mir

Komplimente ins Ohr. Ich genoss den Abend und ließ mich zum Abschied küssen. Nicht mehr und nicht weniger. Es war ein phantastischer Kuss. Das muss ich ihm lassen und wenn ich nicht so eigen wäre, hätte ich ihn vielleicht mit in die Wohnung gebeten. Aber ich hab damals schon hier gewohnt und wusste nicht, ob meine damalige Mitbewohnerin zuhause war. Ich wollte nicht, dass sie wusste, dass ich ein Date hatte, geschweige denn, dass ich mit einem Mann rummache. Also haben wir uns für den übernächsten Abend verabredet. Wir wollten bei ihm Filme schauen.

Am nächsten Tag bin ich in ein kleines Café gegangen, dass damals schon eines meiner liebsten Orte war.

Ich kann es dir gerne einmal zeigen. Es ist keine 10 Minuten zu Fuß entfernt. Es ist von außen klein und unscheinbar mit großer Glasfront. Jedoch wirft kaum einer einen Blick hinein, der es nicht kennt. Innen ist es urgemütlich, mit bequemen Sesseln und Sofas. Ich sitze da gerne zum Lesen oder Lernen. Der Kaffee ist köstlich und nicht teuer. Und meine damalige Mitbewohnerin hat die ganze Zeit laut Musik gehört. Da war das Lernen zu Hause eigentlich nicht möglich.

Naja, auf jeden Fall bin ich dort hingegangen und wollte etwas lesen. Als ich das Café betrete, sehe ich ihn sofort. Joe. Er saß da und las ein Buch. Ich war so überrascht, dass ich ihn angestarrt habe. Ich bitte dich, sieht er aus, als würde er freiwillig lesen?" Sie lacht kurz und ich muss mitlachen.

„Er muss es gemerkt haben und schaute hoch. Er grüßte nett und fragte, ob ich mich zu ihm setzen will. Ich holte mir einen Kaffee und setzte mich zu ihm. Warum auch nicht. Sie machten ja alle einen netten Eindruck.

Ich warf einen Blick auf sein Buch um zu sehen, ob er es irgendwie lesen muss. Aber es war „Stolz und Vorurteil". Das verwirrte mich etwas.

Da sagte er, dass er mich wirklich nett findet und ich anders sei, als die Anderen. Deswegen müsste er mir etwas sagen, auch wenn ich danach nie wieder mit ihm reden würde.

Er erzählte mir, dass sie alle auf der Party, auf der ich war, beschlossen hatten, dass ich die neue Wette sei. Jedes Semester würden sie ein paar Mädchen aussuchen, welche der Reihe nach flachgelegt werden sollten. Es gab jeweils einen Gewinner bei den Frauen und am Ende einen Gesamtsieger. Derjenige war Gesamtsieger, der die meisten Frauen flachgelegt hat. Es musste sich aber an die Reihenfolge gehalten werden. Derzeit wäre ich dran.

Ich wusste nicht, ob ich ihm glauben sollte oder nicht. Aber ich wusste auch nicht, warum er mich belügen sollte. Ich war total geschockt. Wie können Männer nur so sein?

Ich habe mir einfach meinen Kaffee genommen und bin ohne ein weiteres Wort gegangen."

„Wow, und was hast du mit Ralf gemacht? Einfach abgesagt?"

„Nein, ich habe den Rest des Vormittages im Bett gelegen und geweint. Ich dachte ja wirklich, dass er mich mag. Ich habe nicht geweint, weil ich ihn geliebt hätte oder so, sondern einfach, weil er so gemein war und ich so unglaublich dumm. In dem Moment war ich einfach nur froh, dass ich eine Mitbewohnerin hatte, die quasi verhindert hat, dass ich einen Fehler mache.

Und dann habe ich überlegt, wie ich mich rächen konnte. Sowas kann man ja wohl nicht auf sich sitzen lassen. Auch wenn ich Glück hatte und nicht mit ihm geschlafen habe, ist die Sache an sich eine Schweinerei und gehört bestraft.

Ich kam aber erstmal auf Nichts. Abends war eine Party und die Anderen überredeten mich, hinzugehen. Und ich dachte, warum soll ich Ralf den Triumph gönnen, dass ich so fertig bin. Also habe ich mich extra rausgeputzt und bin mit den Anderen mit.

Joe schien den Anderen nichts von unserem Treffen erzählt zu haben. Hatte ich auch nicht angenommen. Dann wären sie sicher auf ihn los. Schließlich hat er ihre Wette damit sabotiert. Ich habe dann angefangen zu trinken." Sie lacht.

„Ich habe das erste Mal getrunken. Aber es fühlte sich gut an. Nach einigen Bieren kam mir eine Idee. Ich bin zu Ralf und habe ihn angetanzt. So richtig heiß gemacht, dass er mit mir nach draußen ist. Ich konnte sein siegessicheres Grinsen sehen, als wir an den Anderen vorbei sind. Ich wollte ihn heiß machen und mit runtergelassener Hose stehen lassen.

Als wir um die Hausecke waren, ließ er auch sofort die Hose fallen - im wahrsten Sinne des Wortes - und ich drehte mich zum Gehen." Sie lacht erneut und ich lache mit. Ich weiß nicht, ob es der Sekt ist oder die Vorstellung von Ralf mit heruntergelassener Hose.

„Er hielt mich am Arm fest, meinte, ich könnte jetzt nicht einfach so gehen und wollte mich gegen die Wand drücken. Da kam mir erst so richtig die Erkenntnis, was für ein mieses Arschloch er ist. Wer weiß, mit wie vielen Frauen er das schon gemacht hat. Arme junge Frauen, die das erste Mal weg von zu Hause sind und noch nicht an die fiesen Penner hier gewöhnt sind. Also habe ich ausgeholt und seine Nase gebrochen. Da hat er mich losgelassen. Ich bin dann zurück in den Club zu seinen Kumpels und habe gesagt, euer Freund könnte Hilfe gebrauchen. Ein empfindliches Teil ist gebrochen.

Dann bin ich zu meinen echten Freunden zurück und habe ihnen erzählt, was ich getan habe. Ich war nicht einmal wirklich in Panik. Zum Glück war ich einfach zu besoffen, um mir über die rechtlichen Konsequenzen auch nur eine Minute Sorgen zu machen."

„Ich weiß nicht, ob ich lachen oder weinen soll." Das meine ich wirklich ernst. Es tut mir leid, dass Susa wirklich dachte, Ralf würde sie mögen und er hat sie nur verarscht. Aber wenn ich mir vorstelle, wie er ihr nach ist, in der Hoffnung auf eine leichte, schnelle Nummer und sie ihn dann stehen ließ mit runtergelassener Hose, ist es witzig.

„Ich entscheide mich immer für lachen. Aber ich hab auch sein dummes Gesicht gesehen." Susa lacht und ich stimme mit ein.

„Und? Hat er dich angezeigt?" frage ich etwas unsicher. Ich würde es echt fies von ihm finden, wenn er es getan hätte. Andererseits ist er ein absolutes Arschloch und scheint keinen Funken Anstand im Leib zu haben. Sonst würde er nicht so mit den Erstsemestermädchen umgehen.

„Nein. Dafür bin ich ihm sogar dankbar. Mir wäre es peinlich, wenn jeder wüsste, wie dumm ich war. Aber ich glaube, er hat es nicht getan, weil sonst jeder von ihren Wetten erfahren hätte und es ist ja auch peinlich, dass eine Frau einem Mann die Nase bricht." Sie lacht erneut.

Ernster fügt sie dann hinzu: „Ich habe schon so vielen Frauen von den Wetten erzählt, aber die meisten sagen dann, ich wäre nur neidisch, weil die Männer mir keine Aufmerksamkeit schenken würden. Dann kann ich es auch nicht ändern.

Mehr als sie warnen, kann ich auch nicht. Joe bin ich wirklich dankbar, dass er es mir erzählt hat, aber ich bin auch angeekelt, dass er überhaupt dabei mitmacht. Ich habe ihn auch nicht gefragt, wie oft er schon gewonnen hat.

Ich glaube aber nicht, dass er es auch anderen Mädchen erzählt hat. Aber auch danach habe ich ihn nie gefragt."

Ich spüre ein leichtes Ziehen in der Brust bei dem Gedanken, dass Joe mit anderen Frauen schläft und wer weiß was noch. Ich versuche, alle Gedanken daran zu vertreiben.

„Kennst du denn die Namen der Frauen?" frage ich daher. „Also die, die auf der Wettliste stehen?"

„Nein, aber wenn du darauf achtest, wirst du es schnell sehen. Sie konzentrieren sich alle auf eine Frau. Weil es ja eine Reihenfolge gibt. Wenn auf einmal alle Kotzbrocken zu Charmeuren werden und das bei ein und derselben Frau, ist das schon auffällig. Es sind immer Erstsemester, die neu hier sind und erst wenige Freunde hier haben."

„Ich werde mal darauf achten." Ich bin Susa dankbar, dass sie mir die ganze Geschichte erzählt hat. Joe hat also nicht gelogen, was Susa anbelangt, aber wer weiß, wie viele andere es gab, die er nicht so nett fand wie Susa und bei denen er die Wette gewonnen hat.

„Und? Rufst du Joe an und fragst wegen unseres Schlüssels? Auch wenn ich mir nicht so recht vorstellen kann, dass er ihn weitergibt. Und in seine Wohnung darf ja keiner. Soweit ich weiß nicht mal die anderen Jungs. Aber ich weiß ja nicht, ob er den Schlüssel zuhause aufbewahrt."

„Echt? Wieso? Die Wohnung ist doch ganz nett." Susa schaut mich fragend an.

„Ach ja, du warst ja da nach deinem ersten Vollrausch," sagt sie lachend. Sie schüttelt sich vor Lachen.

„Ja, und," ich schlage mir die Hand vor den Mund.

„Und?" fragt Susa mit hochgezogenen Augenbrauen.

Ich seufze ergeben. Susa war so ehrlich zu mir und hat mir ihre Geschichte anvertraut, an die sie sicher nicht so gerne erinnert werden möchte, da ist es das Mindeste, dass ich jetzt auch ehrlich zu ihr bin. Vielleicht hilft es mir ja auch, wenn ich darüber rede.

„Nach der letzten Party." Ich erzähle ihr einfach alles. Von jeder unserer Begegnungen. Ich lasse allerdings weg, welche Gefühle Joe in mir auslöst, wenn er mich küsst oder berührt.

Ich will nicht noch verzweifelter und bescheuerter erscheinen als ich es eh schon bin. Susa schaut mich total erstaunt an.

„Ich verstehe das nicht," sagt sie als ich fertig bin.

„Ich auch nicht," seufze ich und stütze das Kinn in die Hände.

„Also ich weiß nicht, was ich sagen soll. Ich weiß, dass niemand seine Wohnung betreten darf, geschweige denn, bei ihm schlafen. Er ist auch einer der wenigen Studenten, die alleine wohnen und das bei den Mieten.

Dich hat er sogar schon zweimal mitgenommen in seine Wohnung. Und", sagt sie jetzt eindringlich, „wenn er eh einen Schlüssel zu unserer Wohnung hat, hätte er dich nach der Party auch in unsere Wohnung bringen können, oder?"

Daran hatte ich noch gar nicht gedacht. „Vielleicht hat er es in dem Moment vergessen."

„Er hätte mich auch anrufen können."

„Hm, hätte er."

„Ja, hat er aber nicht. Und so wie ich das sehe, bist du auch keine Wette. Ich glaube auch nicht, dass sie so dumm sind. Sie alle wissen ja, warum Ralfs Nase krumm ist und dass ich es dir sofort erzählen würde. Außerdem hat dich von denen noch keiner angesprochen, oder?"

„Nein. Ich glaube nicht, dass sie überhaupt wirklich wissen, dass ich existiere. Was ja, nachdem was ich jetzt weiß, nicht unbedingt das Schlechteste ist."

„Da hast du allerdings Recht."

Das Gespräch mit Susa hat mich noch mehr verwirrt. Oder ist es der Sekt, der mir gleich zu Kopf gestiegen? Ich weiß einfach nicht, was ich denken soll. Ich will ihn eigentlich vergessen, weil er sich so benommen hat, aber nach Allem was Susa erzählt, ist er nicht so ein Arsch wie seine Kumpel und vielleicht auch nicht, wie ich dachte. Was soll ich nur tun?

Ich kuschle mich in mein Bett. Ein Glas Sekt und mein Kopf fühlt sich an wie gepolstert. Die Gedanken kommen nur ganz langsam. Da kann ich bestimmt endlich mal schlafen.

18. Kapitel

Ich wache auf, als ich Susas Zimmertür zugehen höre, weil sie ebenfalls ins Bett geht. So tief habe ich also gar nicht geschlafen. Wofür ist der verdammte zweite Schlüssel? Es ist schon 1 Uhr morgens. Trotzdem krabble ich aus meinem Bett, steige in meine Jeans und horche, ob ich Susa höre. Doch es ist still. Ich lasse mein Schlafshirt an. Ich ziehe eh eine Jacke drüber und mich wird ja keiner sehen.

Ich weiß gar nicht genau wieso, doch ich nehme den Schlüssel vom Tisch und gehe los. Erst als ich vor der Haustür zu Joes Block stehe, überlege ich, was ich hier überhaupt mache. Ich schiebe den Gedanken beiseite und teste, ob der Schlüssel passt. Er passt nicht nur, er lässt sich auch drehen und öffnet die Tür.

Ich atme tief durch. In meinem benebelten Hirn rührt sich nichts. Also gehe ich die Treppen hinauf. Vor der Wohnungstür versucht meine innere Stimme mich etwas zu fragen, aber ich versuche nicht, den Gedanken klar werden zu lassen und öffne die Tür.

„Joe," rufe ich, bevor ich zur Tür hineingehe. Doch er antwortet nicht. Was mache ich hier überhaupt? Ich schüttle den Kopf, um den Gedanken zu vertreiben, bloß nicht nachdenken.

Ich gehe in sein Schlafzimmer, doch auch hier ist er nicht. Ich setze mich auf sein Bett und stütze das Gesicht in die Hände. War ja irgendwie klar, dass er nicht da ist. Er ist sicher bei irgendeiner anderen Tussi um eine weitere Wette zu gewinnen.

Was habe ich mir nur gedacht, dass er mir den Schlüssel gibt, damit ich ihn immer besuchen kann? Nein, er hat mir nur einfach den falschen Schlüssel gegeben. Wer weiß, was er mit diesem Schlüssel hier vorhatte. Susa sagte zwar, dass keiner in seine Wohnung darf, aber vielleicht irrt sie sich.

Ich sollte jetzt gehen. Was soll ich auch hier. Joe ist bei einer anderen Frau und ich bin von einem Glas Sekt so benebelt, dass ich gleich zu ihm renne. Wie peinlich. Aber er wird es ja nicht erfahren, dass ich hier war. Ich stehe auf und im selben Moment höre ich die Haustür. Mist, Mist, Mist. Vor Schreck kann ich mich nicht bewegen und bleibe mitten im Schlafzimmer stehen. Ich höre, wie er seine Schuhe ins Regal im Flur stellt. Dann öffnet sich die Schlafzimmertür.

Joe bleibt mitten in der Tür stehen und starrt mich einfach nur an. „W-Was machst du hier?"

„Ich," ja, was mache ich hier. „Ich wollte gerade gehen." Sage ich und zwinge meine Füße, sich in Bewegung zu setzen. Ich will mich unter seinem Arm, der gegen den Türrahmen gestützt ist, hindurch ducken, doch er hält mich fest.

„Was machst du hier?"

Ich hole tief Luft. „Susa meinte, dass der Schlüssel, den du mir gegeben hast, nicht unser Schlüssel wäre und ob ich unseren Schlüssel holen kann. Also natürlich nicht heute Nacht, sondern generell. Und da war ich neugierig, wofür der andere Schlüssel ist." Meine Stimme klingt irgendwie schwer und langsam.

„Hast du getrunken?"

„Nur ein Glas Sekt."

„Du hast Susa von dem Schlüssel erzählt?"

„Ja."

Er nickt, geht zur Kommode und zieht die oberste Schublade heraus. Ich bleibe einfach stehen. Er holt einen Schlüssel heraus.

„Wie viele hast du da drin?" frage ich ihn und denke gleichzeitig, dass wohl der Sekt aus mir spricht. Ich werde nie wieder Sekt trinken.

Er zieht eine Augenbraue hoch und sieht zum Anbeißen aus. Ich gehe zu ihm und sehe hinein. Keine anderen Schlüssel. Nur ein Notizbuch und ein Kalender.

„Zufrieden?" fragt er mich mit einem spöttischen Unterton.

Ich zucke mit den Achseln: „Na, jetzt weiß ich nur, dass du nicht jeder Zeit zu anderen Frauen gehen kannst, ohne dass sie da sind. Wer weiß, wie viele Frauen dich so mitnehmen." Ich versuche zwar, es leicht klingen zu lassen, doch ich befürchte, meine Eifersucht kann ich nicht ganz heraushalten. Mit wie vielen Freuen er wohl schon geschlafen hat oder bei welcher er heute war?

Er geht auf mich zu und bleibt ganz dich vor mir stehen. „Willst du das wirklich wissen?"

Ich schüttle lieber den Kopf. Er hat recht, wenn ich ehrlich bin, will ich es nicht wirklich wissen. Er lacht leise, zieht mich an sich und küsst mich.

Seine weichen Lippen auf meinen fühlen sich einfach wunderbar an. Ich öffne nur ganz leicht die Lippen und spüre sofort, wie seine Zunge meine Unterlippe entlangfährt. Ganz zärtlich und leicht. In meinem Kopf dreht sich Alles und das kommt definitiv nicht nur von dem Sekt.

Als seine Zunge in meinen Mund gleitet und mit meiner Zunge spielt, versagen mir die Beine. Joe packt mich und drückt mich so fest an sich, dass ich nicht umfallen kann. Ich beiße ihm zaghaft in die Unterlippe und er stöhnt kurz auf. Er packt meinen Hintern mit seinen Händen und hebt mich hoch. Ich lege die Beine um seine Hüften und merke, dass er schon leicht erregt ist. Wie kann das sein, wo er gerade bei einer Anderen war? Ich schiebe den Gedanken schnell beiseite. Andere Frauen haben jetzt keinen Platz in meinem Kopf. Ich will nicht denken, ich will genießen. Ich will Joe genießen.

Er legt mich auf sein Bett und legt sich über mich. Obwohl er einiges mehr wiegt, als ich, fühlt es sich gut an. Er stützt die Ellenbogen neben mir ab, streichelt mit den Fingern über meine Wangen. Seine Lippen fangen an, meinen Hals entlang zu wandern und knabbern an meinen Ohrläppchen. Ich erschauere. Durch meinen Körper schießt eine Woge des Feuers. Mir wird heiß und ich merke, wie sich meine Brustwarzen aufstellen und mir fällt ein, das ich gar keinen BH trage. Ich hoffe, dass er durch seine Jeans nicht spürt, dass ich feucht werde.

„Das gefällt dir, oder?" haucht er in mein Ohr. Ich kann nur nicken. Er fängt an, meinen Bauch zu streicheln.

„Deine Haut ist so weich. Es fühlt sich so gut an, sie zu streicheln." Ich versuche regelmäßig zu atmen, doch es wird immer schwerer. Seine Hand gleitet langsam höher. Als er meine linke Brust umfasst, habe ich das Gefühl, ich müsste bald zerspringen. Sie fühlt sich geschwollen an. Er beginnt sie langsam zu streicheln, mit ihr zu spielen und kneift leicht in die Brustwarze. Ich stöhne kurz auf.

Daraufhin rutscht Joe tiefer und umfasst meine Brustwarze mit den Lippen. „Joe," seufze ich. Mehr bringe ich nicht zu Stande. Das Gefühl ist einfach herrlich.

„Deine Titten sind so schön. Groß und fest. Es macht mich total scharf, wenn ich sehe, wie sie sich bewegen." Ich bin total verwirrt. Wieso spricht er so mit mir und wieso gefällt mir das so?

Er krabbelt wieder zu mir und ich kann seinen Rücken streicheln. Er zuckt kurz zusammen unter meiner Berührung und ich runzle die Stirn, doch er küsst einfach auf die Falte zwischen meinen Augen und ich vergesse es gleich wieder.

Er knabbert wieder an meinem Hals. „Aber wo wir schon bei dem Thema waren, Prinzessin, wie viele Männer durften dich denn schon vögeln?"

Ich bin sowohl von seiner Ausdrucksweise als auch von der Frage geschockt. Wieso will er das wissen? Meine Hände halten inne. Ich weiß nicht, was das jetzt soll. Er kitzelt leicht meinen Bauch und küsst meinen Hals. „Anna?"

„Ja," antworte ich mit erstickter Stimme.

Er stützt sich auf seinen Ellenbogen und sieht mich an. Seine Finger kreisen noch immer auf meinem nackten Bauch und es jagt mir weiter wohlige Schauer durch den Körper.

„Ist alles ok?"

„Ja."

„Hast du meine Frage gehört?"

„Ja."

„Und du antwortest nicht, weil?"

Ich weiß nicht, ob er es wirklich meinem gequälten Gesichtsausdruck ablesen kann oder meinem Verhalten entnimmt. Er hält inne und starrt mich an.

„D-Das ist nicht dein Ernst, oder?" fragt er. Seine Stimme wirkt unsicher, gleichzeitig aber auch neugierig.

„Ich glaube, ich sollte jetzt wirklich gehen," sage ich und versuche aufzustehen, doch Joe drückt mich sanft aufs Bett zurück.

„Du willst doch nicht wirklich gehen?"

„Ja, nein. Ich weiß nicht." Ich weiß es wirklich nicht. Ich will nicht über so ein Thema mit Joe reden. Es ist mir peinlich, dass ich keinerlei Erfahrungen mit Männern habe, aber ohne dieses Thema fühle ich mich wohl hier bei Joe.

„Dann bleib. Es ist mitten in der Nacht. Ich verspreche dir, mich zu benehmen." Ich überlege, was ich tun soll. Ich möchte wirklich nicht gehen, ich möchte aber eigentlich auch nicht, dass er sich benimmt. Ich möchte aber auch nicht einfach nur eine von Vielen sein. In meinem Kopf dreht sich schon wieder alles. Also beschließe ich den einfachsten Weg zu gehen und hier zu bleiben.

„Aber in den Arm nehmen ist ok, oder?" fragt er etwas unsicher.

Ich nicke stumm. Er steht auf, zieht seine Jeans aus und legt sich nur in Boxershorts und T-Shirt ins Bett. Joe tut es mit einer solchen Selbstverständlichkeit, dass ich mich lieber nicht frage, wie oft er das schon vor einer Frau getan hat.

Seine Beine sind die eines Sportlers. Durchtrainiert und wirklich schön anzusehen. Ich schlage mir innerlich die Hand über den Mund. Wieso denke ich denn sowas? Beine sind doch einfach nur Beine.

Er klopft auf die Bettseite neben sich. Ich überlege kurz, ob ich meine Jeans nicht lieber anbehalten soll. Verwerfe den Gedanken aber gleich wieder. Ich bin kein Kind mehr und Jeans sind echt unbequem zum Schlafen.

Joe tut so, als würde er die Augen zu behalten, doch ich sehe, dass er sie leicht öffnet, um mich zu beobachten. Ich fühle mich zwar etwas unwohl, doch es erregt mich auch zugleich, dass er nicht anders kann, als mich anzusehen.

Mein Shirt ist zum Glück lang genug, dass es bis über meinen Hintern geht und einen Teil meiner Oberschenkel bedeckt. Schnell schlüpfe ich unter die Decke, kuschle mich an ihn und lege meinen Kopf auf seine Schulter. Er zuckt wieder kurz zusammen. Was hat er denn? Will er nicht von mir berührt werden? Ich versuche mich umzudrehen, doch er hält mich fest. „Nicht," flüstert er leise. „Bleib liegen." Seine Hand streichelt sanft meinen Rücken und schließlich schlafe ich ein.

19. Kapitel

„Nein, nein. Das darf nicht sein."

Ich versuche wach zu werden. Wer schreit hier? Joe! Er schreit und wirft sich hin und her. Ich packe ihn an den Schultern. „Joe, wach auf." Er reagiert nicht. Ich setze mich auf ihn, packe ihn an den Schultern und schüttle ihn fester. Ich brülle ihn an. „Wach auf!"

Er blinzelt. Weint er? Sein Gesicht ist nass, aber ich kann es im Halbdunklen nicht richtig erkennen. Ich bin nur froh, dass er wach zu werden scheint. Er sieht verwirrt zu mir auf. Ich weiß nicht, was ich sagen oder tun soll. Ich bin nur so froh, dass er wach ist.

„S-Soll ich gehen?" frage ich nach einiger Zeit, weil es mir unangenehm ist, dass er mich so anstarrt.

„Nein," sagt er so bestimmt, dass ich mich frage, ob der Albtraum doch nicht so schlimm war. Er drückt mich an seine Brust.

„Willst du mir davon erzählen?" frage ich vorsichtig.

„Nein." Er beginnt meinen Rücken zu streicheln, fährt langsam mit den Fingern meine Wirbelsäule entlang. Mir jagt ein Schauer über den Rücken.

„Ich bin froh, dass du da bist," flüstert er. Ich kuschle mein Gesicht an sein T-Shirt. Er riecht so gut. Von seinem Aftershave ist kaum noch etwas übrig, dadurch ist sein Geruch nur noch intensiver. Ich liebe diesen Geruch. Noch nie hat mir der Geruch eines Mannes so sehr gefallen. Wobei ich bisher immer nur bei freundschaftlichen Umarmungen den Geruch eines Mannes einatmen konnte und den von Nick. Nick roch jedoch immer nur nach Aftershave. So als hätte er darin gebadet, um ja kein Fitzelchen eigenen Körpergeruchs nach außen dringen zu lassen. Aber ich will jetzt nicht an Nick denken. Ich atme Joes Geruch noch einmal tief ein.

Joe dreht sich mit mir um, sodass ich auf dem Rücken liege. Er liegt nur halb auf mir, ein Bein zwischen meinen. Joe streichelt mit den Fingern sanft über mein Gesicht. Er sieht mir intensiv in die Augen. Was ihm wohl gerade durch den Kopf geht?

Ich werde etwas nervös. Warum tut er das? Bevor ich etwas sagen kann, beugt er sich vor und küsst mich. Er haucht den Kuss eher auf meine Lippen, als dass es ein richtiger Kuss ist. Seine Lippen berühren meine kaum. Ich zögere, doch dann lege ich meine Arme um seinen Hals und ziehe ihn tiefer zu mir. Sofort wird sein Kuss wilder. Seine linke Hand greift nach meiner Brust und drückt sie. Ich will nach Luft schnappen, doch er küsst mich unaufhörlich weiter. Drückt seine Lippen auf meine. Spielt mit meiner Zunge. Ich fahre mit meinen Fingern durch seine Haare. Er hebt leicht den Kopf an.

„Es gefällt dir, so geküsst zu werden, oder?" fragt er und seine Stimme klingt tief und rau.

Ich nicke nur. Er sieht mich weiter an und knetet weiter meine Brust. Als er in meine Brustwarze kneift, muss ich die Augen schließen. Mein Körper hebt sich leicht gegen seine Hand.

„So so, du stehst auch drauf, wenn ich deine großen festen Titte knete." Es ist mir peinlich, wenn er sowas sagt. Ich merke, wie mir das Blut ins Gesicht steigt. Gleichzeitig erregt es mich aber auch. Er lacht und küsst mich auf die Nasenspitze. Diese Geste überrascht mich noch mehr. Sie ist einfach so zärtlich und vertraulich. Nichts, was man mit einem Betthäschen machen würde, oder?

Er legt mir einen Arm unter den Kopf und schlingt den anderen Arm um mich, dreht mich auf die Seite und zieht mich gleich dicht an sich. Sein Bein liegt noch immer zwischen meinen. Mein rechtes Bein lege ich über seine Hüfte. Er zuckt kurz zusammen und ich will es wieder herunternehmen, da greift er danach, damit es an Ort und Stelle bleibt. Erst jetzt wird mir bewusst, dass ich keine Hose anhabe und nur eine Hotpants trage.

Ich weiß nicht einmal, was für eine es ist. Darüber habe ich selbstverständlich nicht nachgedacht, als ich mitten in der Nacht auf die Schnapsidee gekommen bin, zu Joe zu gehen. Ich habe auch gar keine Dessous, wie Joe sie sicher von anderen Frauen gewöhnt ist. Bisher musste ich mir da nie Gedanken drübermachen.

Ich rede mir ein, dass ich ja nicht zu Joe gegangen bin, um ihn zu sehen, sondern weil ich neugierig war, was es für ein Schlüssel war. Wobei mir einfällt, dass ich noch immer nicht sicher weiß, warum er mir den Schlüssel gegeben hat. Ich erinnere mich an die Vermutung heute Nacht, dass er mir einfach im Eifer des Gefechts den falschen Schlüssel gegeben hat.

Ich seufze. Was soll das Alles nur und wo wird es hinführen. Heute Nacht habe ich mir nicht erlaubt, auch nur eine Sekunde darüber nachzudenken. Aber jetzt, so ganz ohne Sekt und ihn neben mir…

„Was?" fragt er.

„Nichts," lüge ich und hoffe, dass ich nicht rot werde. Meine Wangen fühlen sich heiß an. Ich hasse es, zu lügen. Sowohl, wenn man mich anlügt, als auch, wenn ich selber lüge. Ich bin nicht besonders gut darin. Selbst kleinste Notlügen verursachen mir ein schlechtes Gewissen.

„Du lügst," sagt er daher auch gleich und streicht mit seiner Nase über meine Wange. Ich spüre seinen Atem auf meiner Haut und bekomme eine Gänsehaut. Er küsst mich direkt unter dem Ohr und mein Körper drückt sich automatisch gegen seinen. Ich merke, dass er an meinem Hals zu schmunzeln beginnt.

Ich packe seine Haare und ziehe daran, er knurrt leicht und ich weiß nicht, wie ich diese Reaktion deuten soll. Aber sein Knurren direkt an meinem Ohr erregt mich weiter. Ich drücke meine Hüfte dichter gegen seine und merke seine Erregung.

„Das solltest du lieber lassen," flüstert er.

„Warum?"

Er packt meine Hüften und schiebt mich minimal von sich weg.

„Weil ich dir nicht versprechen kann, nicht zu beenden, was wir anfangen."

„Oh," hauche ich. Bei dem Gedanken, dass er mit mir schläft, bliebt mir fast das Herz stehen. Alleine die Vorstellung erregt mich so sehr, dass ich nicht anders kann, als mich wieder an ihn zu drücken.

„Bist du dir sicher?"

Statt einer Antwort küsse ich ihn einfach. Ich will nicht mehr nachdenken. Ich will ihn und wenn es nur eine Nacht lang dauert, dann ist es so. Vielleicht kann ich danach damit abschließen und ihn endlich vergessen. Die Anziehung die zwischen uns besteht, ist sicher keine Liebe. Es ist einfach nur Verlangen und Lust.

Seine Hand wandert zu meinem Hintern. Seine Finger liegen fast zwischen meinen Beinen. Er greift fest zu und ich stöhne leise auf. Eine Hand schiebt er langsam zwischen meine Beine

„Wie feucht du schon bist," raunt er mir ins Ohr. Es ist mir peinlich, dass mein Körper so auf ihn reagiert und das ich feucht werde.

„Das gefällt mir," schnurrt er weiter.

Ich versuche, mich etwas zu entspannen. Als seine Zunge über meine Ohrmuschel streift, werde ich auch die letzten Bedenken über Bord. Er weiß, dass er der erste Mann ist, mit dem ich so etwas mache und wenn es ihm nicht gefällt, ist es auch egal, da es nie wieder passieren wird. Es wird nach dieser Nacht zu Ende sein. Die Anziehungskraft wird fort sein, sobald wir beide einmal miteinander geschlafen haben.

Ich versuche, meine Hände unter sein Shirt zu schieben, doch er liegt darauf. Er löst sich etwas von mir und stützt sich hoch, so dass ich sein Shirt anheben kann. Ich schiebe es über den Bauch und atme zischend ein.

„Was ist das?" Selbst im Halbdunklen kann ich die blauen Flecken erkennen. Einige müssen tiefschwarz sein. Ich hebe mein Bein etwas an und sehe, warum er vorhin zusammengezuckt ist. Seine Hüfte ziert ebenfalls ein tief blauer Fleck.

„Nichts," sagt er und versucht mich wieder an sich zu ziehen.

„Das ist nicht nichts." Ich versteife mich. Ist er etwa ein Schläger? Hat er jemanden zusammengeschlagen und will es mir deswegen nicht sagen? Und wie sieht der andere aus?

„Doch, das ist nichts," sagt er barsch.

Ich drücke auf einen der blauen Flecken und er zuckt zusammen.

„Nichts also, ja?" frage ich etwas spöttisch.

„Ja, es ist nichts. Ich schlafe jetzt. Du kannst bleiben oder gehen, was dir lieber ist." Damit dreht er sich um und zieht die Decke bis zum Hals hoch. Ich werfe einen Blick auf die Uhr. 7 Uhr morgens. Da kann ich eigentlich auch schon nach Hause gehen. Ich stehe auf. Er dreht sich nicht um. Ich ziehe mich an und verlasse leise die Wohnung und das Haus.

Die frische Luft tut gut. Ich bin noch immer etwas verschlafen, aber meine Gedanken werden klarer. Es muss etwas Schlimmes gewesen sein, das er getan hat, sonst wäre er nicht so abweisend gewesen und hätte es mir gesagt. Dazu der Albtraum. Es passt alles zusammen. Mich schüttelt es bei dem Gedanken, dass er wirklich jemanden totgeprügelt haben könnte. Vielleicht ist der Andere auch nur im Krankenhaus.

Mich trifft fast der Schlag: Was wenn er Peer etwas angetan hat? Ich suche fieberhaft nach meinem Handy, nur um festzustellen, dass ich es wieder einmal zu Hause vergessen habe. So ein Mist. Ich versuche, mich zu beruhigen und nicht nach Hause zu rennen.

Die Treppen nach oben renne ich doch und nehme immer zwei Stufen auf einmal. Das darf einfach nicht passiert sein. Aber ich kann ihn auch nicht anrufen, es ist ja noch mitten in der Nacht. Ich stürze mich dennoch auf mein Handy und entdecke zum Glück eine Nachricht von Peer von 4 Uhr morgens. Die ist also definitiv nachdem Joe nachhause gekommen ist.

Hey Sße, bin af einr Patty. Leder one dich.

Ich schmunzle etwas. Peer scheint ordentlich getrunken zu haben. Nur so kann ich mir die Nachricht an sich und die dezenten Rechtschreibfehler erklären. Ich lasse mich erleichtert aufs Bett fallen und schreibe zurück:

Hey, ich hoffe, du bist gut nach Hause gekommen und schläfst deinen Rausch aus ☺

Mir fällt wirklich ein Stein vom Herzen. Aber ich frage mich, was Joe dann vor mir zu verbergen hat. Und nur, weil es Peer gut geht, heißt es ja nicht, dass Joe niemand Anderen verprügelt hat.

Durch den Schreck bin ich hellwach. Ich koche schon mal Kaffee und setze mich dann an den Schreibtisch zum Lernen.

Ich habe noch viel Zeit, bis ich ins Fit gehen muss und ich muss noch viel Lernstoff nachholen.

20. Kapitel

Kai begrüßt mich genauso freundlich wie beim ersten Mal.

„Schön, dass du es dir überlegt hast." Er greift unter den Tresen und reicht mir ein Poloshirt. „Dienstkleidung für Tresen und Fläche. In den Kursen kannst du natürlich tragen, was du möchtest. Ich hoffe, es passt."

Ich schaue flüchtig auf die Größe und bin mir nicht sicher, ob es Zufall ist oder Kai einfach so ein gutes Augenmaß hat.

„Ich geh mich fix umziehen," sage ich und verschwinde in den Umkleidekabinen.

In der ersten Stunde versuche ich, mir einfach so viel wie möglich einzuprägen. Es kommen sehr viele Leute. Aber Kai hatte mir gleich gesagt, dass 18:00 – 19:00 Uhr quasi die Rushhour des Fit ist. Es kommen sehr Viele auf einmal, gehen dann aber vereinzelt nach Hause. Kai hatte recht. Ab 19 Uhr wird es ruhiger.

„Magst du die Handtücher einsammeln?" fragt mich Kai. „Ich verstehe es einfach nicht. Es sind alles erwachsene Leute. Aber anscheinend sind sie es noch gewohnt, dass Mutti hinter ihnen herräumt." Wir lachen beide.

„Das kann gut sein. Klar mache ich."

„Ich hab schon überlegt, ob ich keine Handtücher mehr stellen soll, aber so weiß ich wenigstens, dass sie alle welche nutzen vor allem in der Sauna."

„Ich sammle sie eben ein. Wo sollen sie hin? In die Behälter in den Umkleidekabinen oder woanders?"

„Die kannst du in den Behälter in der Damenumkleidekabine werfen. Wobei die Damen meistens alle ihre Handtücher wegräumen und der Behälter relativ voll ist. Schmeiß´

sie sonst gleich im Lager in den großen Behälter für die Reinigung. Hier mein Schlüssel. Du hast ja noch gar keinen."

Ich mache mich gleich auf den Weg. Es ist wirklich unglaublich. Der Raum ist zwar groß, aber das so viele Teilnehmer einfach ihre Handtücher liegen lassen, überrascht mich doch. Ich grinse in mich hinein. Kai hat wohl recht, wenn er meint, dass die Jungs noch der Meinung sind, Mama räumt ihnen hinterher.

Für viele Leute hier ist es das erste Mal, dass sie eine eigene Wohnung haben und weg von zuhause sind. Ich stopfe die Handtücher in den großen Behälter und schließe die Tür hinter mir, als eine Gruppe junger Männer auf mich zukommt.

Das darf doch nicht wahr sein. Wieso muss das immer wieder passieren? Wieso muss ich immer wieder auf ihn treffen. Ich bleibe einfach an der Tür stehen und lächle nett. Ist ja mindestens für heute mein Job. Sie beachten mich gar nicht und gehen zu den Geräten.

Ich atme auf und gehe zurück an den Tresen, wo Kai sich gerade mit einem jungen Typen über die Geräte unterhält. „Komm ich zeig es dir," sagt er, schaut mich an und als ich nicke, geht er mit dem Typen zu den Geräten.

Ich bin zwar etwas nervös, aber was soll schon passieren. Ich bin zwar alleine am Tresen, aber Kai ist ja zur Not in der Nähe.

„Was zur Hölle machst du hier?" Joe taucht so schnell vor mir auf, dass ich sein Kommen gar nicht bemerkt habe. Er spricht zwar leise, aber seine Stimme ist schneidend.

„I-Ich arbeite hier." Was ist das denn für eine Begrüßung? Ich dachte, wir wären – ach ich weiß auch nicht, was wir sind, oder was ich dachte-, aber gestern Abend haben wir uns immerhin geküsst.

„Scheiße. Warum?"

„Wie, warum? Weil ich einen Job brauche, um meinen Eltern nicht auf der Tasche zu liegen."

„Scheiße," sagt er und geht.

Was war denn das für ein Auftritt? Ich drehe mich um, doch Kai ist vertieft in das Erklären des Butterfly. Auch sonst scheint keiner von der Unterhaltung Kenntnis genommen zu haben.

Was für ein erster Tag. Bis eben gefiel mir der Job eigentlich richtig gut und in die Kurse wird Joe ja nicht kommen. Wenn es ihm nicht passt, dass ich hier arbeite, kann er ja immer dann kommen, wenn ich nicht arbeite. Das sind ja immerhin 5 Tage die Woche und einen bin ich nur unten im Raum. Schließlich scheint er ein Problem damit zu haben und nicht ich. Wenn ihn das stört, muss er sich eben umstellen.

Der Rest meiner Schicht läuft ruhig und ohne weitere Zwischenfälle. Joe taucht auch nicht mehr auf.

„Also, hast du dir überlegt, wann du könntest?" fragt Kai zum Abschied.

„Ja, Dienstag und Donnerstag ab 18:00 Uhr könnte ich schaffen."

„Das ist super. Für Dienstag habe ich noch niemanden und donnerstags ist der Kursraum abends auch frei. Also dienstags Tresen und donnerstags Kurs?"

„Ja, gerne, ab wann?"

„Gleich nächste Woche?"

„Ja, gerne."

„Super, dann bis Dienstag. Einen schönen Abend."

„Danke, dir auch."

Die Luft ist schon kühler und ich schließe meine Jacke ganz. Da packt mich Jemand und zieht mich in eine Ecke des Gebäudes. Ich weiß instinktiv, dass ich keine Angst haben muss, sondern dass es Joe ist. Wobei Angst vielleicht schon, nach seinem Auftritt vorhin.

„Du kannst hier nicht arbeiten."

„Warum nicht?"

„Weil ich es sage."

Da muss ich doch lachen, „und wieso meinst du, du könntest mir verbieten hier zu arbeiten?"

„Scheiße, Anna, du musst mir einfach glauben. Du kannst hier nicht arbeiten."

„Warum nicht?"

„Vertrau mir einfach, bitte." Seine Stimme klingt komisch, ist es wirklich Sorge? Aber selbst wenn, Sorge um mich oder Sorge wegen Etwas, was ich in Bezug auf ihn mitbekommen könnte oder dass ich etwas sagen könnte, was ihm peinlich ist.

„Ich dir vertrauen," ich lache verächtlich. „Als hättest du mir jemals Grund dazu gegeben.

Er seufzt. „Okay, wann arbeitest du?"

„Nicht, dass es dich etwas angeht. Dienstag und Donnerstag ab 18 Uhr. Dienstag am Tresen und Donnerstag gebe ich zwei Kurse"

„Okay, versprich mir, dass du freitags nach 21 Uhr nicht herkommst."

„Ich wüsste nicht, warum ich dir irgendetwas versprechen sollte. Aber ich habe nicht vor, in meiner Freizeit hier zu trainieren."

„Gut." Er sieht ehrlich erleichtert aus. Ich weiß aber noch immer nicht warum.

„Kann ich dann gehen?" Ich bin mittlerweile ziemlich genervt. Was soll das alles hier?

Joe macht einen Schritt auf mich zu. Doch ich hebe die Hand, um ihn daran zu hindern. Ich drehe mich auf den Absatz um und gehe. Ich lasse ihn einfach stehen. Ich habe einfach keinen Nerv auf ihn, keinen Nerv auf das Theater und erst recht keinen Nerv auf das Gefühlschaos, welches seine Küsse und Berührungen bei mir jedes Mal auslösen.

21. Kapitel

Es ist Sonntag und es scheint tatsächlich die Sonne. Heute treffe ich mich mit Tim. Das erste Mal, seit ich in Köln wohne. Irgendwie war immer so viel los.

Obwohl die Sonne scheint, wollen wir einfach nur Filme schauen und Popcorn und Pizza in uns reinschaufeln. Darauf freue ich mich wirklich. Endlich ein ruhiger Nachmittag. Ich gehe duschen und checke mein Handy.

Tim und ich hatten ausgemacht, dass er sich meldet, sobald er wach ist. Siehe da, er ist schon wach. Ich ziehe mir eine meiner Jogginghosen an und über mein Shirt einen Pullover der Sporthochschule. Meine Haare föhne ich nur trocken und binde sie zu einem Pferdeschwanz zusammen. Tim meinte, ich soll in bequemen Klamotten kommen, weil wir uns einen Lümmeltag machen. So etwas liebe ich und lasse ich mir bestimmt nicht zweimal sagen.

Tim hat mir erklärt, welchen Bus ich nehmen muss. Leider wohnt er noch mit dem Bus 60 Minuten entfernt. Sonst hätten wir uns sicher schon vorher und öfter getroffen.

Ich habe meine Wohnung nun mal nach den für mich wichtigsten Wegen ausgewählt und das ist und bleibt der Weg zu meinen Vorlesungen. Ich habe vorher nicht geschaut, wie weit es sein würde von mir zu Tim. Ich muss zweimal umsteigen, aber nach Tims Erklärung ist es wirklich leicht.

Ich bin gespannt, welche Filme Tim ausgesucht hat. Ich habe die Entscheidung ihm überlassen. Schließlich hat er den Prime Zugang und ich muss noch immer auf DVDs oder Blu-rays zurückgreifen.

Bei Tim riecht es schon total lecker nach Popcorn. Der Duft steigt mir sofort in die Nase und lässt mir das Wasser im Mund zusammenlaufen.

„Hey, Schneckchen," begrüßt er mich.

Ich rolle mit den Augen. „Musst du dich ausgerechnet jetzt an meinen Spitznamen erinnern?" frage ich und weiß nicht, ob ich genervt bin oder froh, weil es sich so anfühlt, als wären wir wieder Kinder und die Welt wäre noch in Ordnung und nicht so verdammt kompliziert.

„Komm, der Name ist doch süß und er passt noch immer zu dir. Ich weiß nur nicht mehr, wo er herkommt." Er sieht so aus, als würde er grübeln.

„Ich auch nicht."

„Schneckchen, du warst noch nie gut im Lügen. Aber es wird mir schon irgendwann wieder einfallen," sagt Tim schmunzelnd.

Es klingelt an der Tür. „Ach, ist doch ok, dass Joe auch kommt oder?"

Ich versuche, nicht die Augen zu verdrehen. Ist er ein Stalker oder was? „Klar, warum nicht." Was bleibt mir auch anderes übrig. „Kommt noch jemand?" frage ich und versuche nicht hoffnungsvoll zu klingen. Je mehr wir werden, desto eher kann ich Joe ignorieren.

„Nein. Joe rief gestern nur an und wollte sich mit mir treffen. Gestern war ich schon verabredet. Ich hab ihm erzählt, dass ich heute mit dir Filme schauen möchte. Da hat er gefragt, ob er dazu kommen darf. Ich wollte dich erst anrufen und fragen, ob das ok ist. Aber als wir letztens zu dritt unterwegs waren, war es doch wirklich witzig. Da dachte ich, du hast sicher nichts dagegen."

Tim öffnet die Tür und ich bin wieder überrascht, wie attraktiv ich Joe finde. In meinem Bauch starten sofort die Schmetterlinge. Das darf alles einfach nicht wahr sein. Dahin ist mein ruhiger Sonntag.

„Hey," grüßt Joe. Tim und er schlagen ein. Mich nimmt Joe einfach in den Arm. Als ich seinen Geruch einatme, wird mir kurz schwindelig. Joe lässt mich schnell wieder los und ich versuche, mich zusammenzureißen.

„Also," fängt Tim an, „ich habe überlegt, ob wir einen Fast and Fourios Marathon oder einen Marvel Marathon machen."

„Klingt super," sage ich. Ich schaue gerne Filme mit schnellen Autos. Ich stehe total auf alte Autos. Aber ich mag auch total gerne Marvel. „Mir ist beides recht."

Wir sehen Joe an. „Mh, mir ist es eigentlich auch total egal," sagt er.

Beide sehen mich an und sagen gleichzeitig: „Entscheide du."

Ich überlege kurz. Eigentlich ist es mir wirklich egal. Also nehme ich die vorgeschlagene Reihenfolge. „Dann heute Fast und in zwei Wochen Marvel?"

„Alles klar," sagt Tim und wählt den ersten Teil im Menü aus. Popcorn hat er schon in seinem Zimmer stehen. Das Sofa hat er ausgezogen, so dass wir uns zu dritt gut darauf legen können. Sogar eine Kuscheldecke für mich hat er hingelegt.

„Du kennst mich noch immer ganz schön gut," sage ich zu ihm.

„Tja, Schneckchen, es gibt einfach Dinge, die ändern sich nie."

„Schneckchen?" fragt Joe.

„Ja, aus alten Zeiten," antwortet Tim. „Erzähle ich dir, sobald mir die Geschichte dazu wieder einfällt."

„Wirst du nicht," sage ich zu Tim und drohe ihm spielerisch mit dem Finger.

„Wir werden sehen," sagt Tim und legt sich auf die eine Seite des Sofas. Joe legt sich auf die andere Seite, so dass für mich nur die Mitte übrigbleibt. Ich versuche, mir mein Unbehagen nicht anmerken zu lassen. Ich wollte eigentlich nicht direkt neben Joe liegen. Aber ohne Erklärungen werde ich es nicht ablehnen können. Mir fällt aber kein Grund ein, den ich nennen könnte, warum ich nicht neben ihm liegen will. Was soll schon passieren, außer dass ich mich nicht auf die Filme konzentrieren kann?

Also lege ich mich zwischen die Beiden, kuschle mich in die Decke und greife nach der Schüssel mit Popcorn.

„Kann es losgehen?" fragt Tim. Nachdem ich mich noch etwas zurechtgerückt habe, nicke ich.

Tim hat eine wirklich gute Soundanlage. Fast so, als würde man im Kino sitzen. So kann ich auch in Ruhe Popcorn knabbern ohne für die Anderen zu laut zu sein. Tim und Joe essen aber eh genau so viel Popcorn wie ich.

Joe dreht sich auf die Seite. So liegt er dichter bei mir. Wahrscheinlich aber nur, um besser an das Popcorn zu gelangen. Als Dom Letti in der Werkstatt an ihrem Hintern packt, hochhebt und sich mit ihr auf die Couch legt, stelle ich mir kurz vor, wie Joe das mit mir macht und genau in dem Moment flüstert er: „Ich könnte dir auch mal meine Halle zeigen."

Mich durchfährt ein Schauer. Sein Atem an meinem Hals und diese Vorstellung in meinem Kopf, erregen mich sehr. Ich merke, wie mein Atem stockt und bete, dass Tim nichts merkt. Aber der ist so gefangen vom Film, wie ich es normalerweise auch wäre.

Joe kuschelt sich mit unter meine Decke. Er legt seinen Kopf auf meine Schulter und schaut weiter den Film. Wie gut, dass ich den Film schon bestimmt hundertmal gesehen habe. Es fällt mir wirklich nicht leicht, mich darauf zu konzentrieren. Ich esse nur noch ganz langsam Popcorn, erstens, weil ich langsam satt bin und zweitens, weil mein Bauch einfach verrückt spielt.

Joe schiebt langsam seine Hand unter die Decke und legt sie auf meinen Oberschenkel. Zum Glück steht die Schüssel auf meinem Schoß und die Decke ist nur locker um mich geschlungen. Ich versuche, mir nichts anmerken zu lassen. Meine Haut scheint unter seiner Berührung zu verbrennen. Dabei bewegt er weder seine Hand noch seine Finger.

Nach dem dritten Teil fragt Tim: „Pizza?"

„Rhetorische Frage, oder?" gebe ich zurück.

„Klar," stimmt Joe zu.

„Ich hol die Karte," sagt Tim.

„Quatsch, Thunfisch für das Schneckchen und Hawaii für mich, richtig?" fragt Joe.

„Ja, aber nenn mich nicht Schneckchen." Ich boxe ihm leicht gegen die Schulter.

„Alles klar, dann bestell ich mal eben." Während Tim die Pizza bestellt, nutze ich die Pause, Joes Hand wegzulegen und auf Toilette zu gehen. Außerdem brauche ich eine Pause von Joes Anwesenheit. Ich muss durchatmen und versuchen einen klaren Gedanken zu fassen. Was soll das denn jetzt wieder?

„Sollen wir Pause machen bis die Pizza kommt? Er meinte, es dauert ca. 10 Minuten."

„Das lohnt ja gar nicht den nächsten Teil anzufangen," sage ich. Also setzen wir uns in die Küche. Tim und Joe reden über irgendwelche Lokale, die ich noch nicht kenne und ihrer Meinung nach unbedingt besuchen muss.

„Am Besten ihr macht mir eine Liste, das kann ich mir doch eh alles nicht merken," lache ich.

„Oder wir gehen einfach mit dir hin," sagt Tim.

„Genau," stimmt Joe zu.

Da kommt auch schon unsere Pizza. Wir setzen uns wieder auf das Sofa. Alle im Schneidersitz und Tim startet den vierten Teil.

Die Pizza schmeckt wirklich gut und als Joe sich ein Stück von mir klaut, stupse ich ihn an: „Hey, das ist meine."

Dann tue ich es ihm gleich und klaue mir ein Stück Pizza von ihm. Er versucht, es zurück zu bekommen, aber ich stecke es mir schnell in den Mund. Ich liebe Thunfischpizza, aber ich esse auch gerne mal Hawaii.

Nach der Pizza bin ich sowas von satt, dass ich mich einfach nur lang ausstrecken möchte. Ich lege meinen leeren Karton in den von Joe und strecke mich aus. Er legt die Packungen zur Seite und deckt mich zu. Mir war gar nicht aufgefallen, dass er die Decke neben sich auf den Fußboden gelegt hat. Er legt mir wieder den Kopf auf die Schulter und die Hand auf den Oberschenkel. Ich atme mehrfach tief ein und aus und versuche meine Atmung unter Kontrolle zu bekommen, damit ich den Rest der Filme genießen kann.

Immer wenn ich bei einer Aktionsszene zusammenzucke, lachen Tim und Joe mich aus und ich werde rot. Beim drittenmal reicht es mir. „Mit euch schaue ich keine Filme mehr," ich strecke beiden die Zunge raus und verschränke die Arme vor der Brust.

„Ach, Schneckchen, schmoll doch nicht," sagt Joe und ich werfe ihm einen bösen Blick zu. Dann kuschle ich mich wieder in die Decke und wir schauen den Rest der Filme an.

Meine Augen sind schon ganz klein, als der Abspann des letzten Teils läuft und ich gähne ausgiebig.

„Soll ich dich nach Hause fahren?" bietet Joe an.

„Du hast ein Auto?" frage ich überrascht.

„Ja, aber verrate es keinem, sonst soll ich immer Alle fahren," sagt er und grinst dabei.

Ich habe keine Lust, wieder so lange mit dem Bus zu fahren und es ist schon spät. Aber ich weiß nicht, ob es eine gute Idee ist, mit Joe alleine im Auto zu sitzen. Andererseits, was soll schon passieren? Er muss ja schließlich fahren.

„Okay," sage ich daher zu Joe und wende mich dann an Tim, „also dann bis übernächstes Wochenende. War wirklich schön."

„Ja, war es. Ich freu mich," sagt er und nimmt mich zum Abschied in den Arm.

Die Tür schließt sich und Joe und ich sind alleine. In meinem Körper kribbelt es überall. Es war sicher doch keine gute Idee. Aber jetzt sagen, dass ich doch Bus fahren möchte, kommt mir wirklich bescheuert vor. Ich werde die Fahrt schon durchstehen.

Wir gehen zur Straße und ich lächle, als ich dort einen alten Ford Mustang stehen sehe. Mein absolutes Traumauto.

„Gefällt er dir?" fragt Joe.

„Ja. Ist der Ford Mustang nicht ein absoluter Traum? Was würde ich dafür geben, mal mit einem zu fahren."

„Vielleicht mir einen Kuss geben?" fragt er, legt den Kopf schief und grinst.

„Na, wenn es so leicht wäre, würde ich es sicher tun."

„Fang," ruft er und wirft mir einen Schlüssel zu.

„W-Was?" stottere ich.

„Fahr du dich nach Hause und dann fahre ich mich nach Hause." Er sagt es, als wäre es das Natürlichste der Welt. Ich schau auf das Auto und auf den Schlüssel in meiner Hand. Das kann unmöglich sein Ernst sein. Wahrscheinlich veräppelt er mich einfach. Dennoch stecke ich den Schlüssel ins Schloss und er lässt sich tatsächlich drehen. Ich steige ein.

„Wow." Ich streichle über die Armaturen und die Sitze.

„Lässt du mich auch rein?" fragt er lachend. Ich greife auf die Beifahrerseite und entriegle die Beifahrertür.

„Also, fahr los," sagt Joe zu mir, als er auf dem Beifahrersitz Platz nimmt.

„Das ist doch nicht dein Ernst, oder? Weißt du, wie teuer so ein Auto ist?"

„Ja, weiß ich. Ist ja meiner. Fahr einfach vorsichtig."

„Ich kann doch nicht einfach so mit diesem Auto durch Düsseldorf und Köln fahren."

„Doch kannst du und nun starte. Ich möchte hier nicht stundenlang sitzen. Es ist spät und ich möchte heute noch ins Bett und nicht erst morgen früh." Er sieht mich auffordernd an. Ich stecke den Schlüssel ins Schloss und stelle den Sitz ein. Dann atme ich ein paar Mal tief durch und starte den Wagen. Der Sound des Motors ist einmalig und ich schließe kurz die Augen, um ihn zu genießen.

Als ich sie wieder öffne, fragt Joe: „Toller Sound oder?" Ich nicke nur. Der Sound des Motors klingt in meinen Ohren besser als Musik.

Ich schaue nach den Gängen und lege den ersten Gang ein. Zum Glück ist es ein Parkplatz, aus dem ich nur vorwärts ausparken muss. Ich muss mich echt konzentrieren. Der Mustang fährt sich nicht wie ein normales Auto. Das Schalten, das Gasgeben, alles ist anders, aber es macht irre viel Spaß. Joe hat es sich auf dem Beifahrersitz bequem gemacht. Er sieht richtig entspannt aus.

„Da vorne links," sagt Joe und erst da fällt mir auf, dass ich gar nicht weiß, wie ich überhaupt zu mir komme.

Ich nicke nur. Ich bin froh, dass es schon spät ist und nicht mehr so viel Verkehr. Ich habe wirklich Angst, eine Beule oder Schlimmeres zu riskieren. Joe wühlt in seiner Hosentasche und ich entspanne mich etwas. Er scheint mir das Fahren dieses genialen Technikwunders einfach zuzutrauen. Als es neben mir klickt, zucke ich zusammen und werfe einen schnellen Blick auf ihn.

„Mist," murmelt er, „ich hab vergessen, dass der Ton an ist."

„Hast du etwa gerade ein Foto gemacht?"

„Ich schick es dir, dann verstehst du es. Du siehst einfach so glücklich und aufgeregt aus. Deine Wangen sind vor Freunde gerötet. Das musste ich festhalten. Da vorne rechts."

Ich würde ihn gerne gegen die Schulter boxen oder irgendetwas in der Art, aber ich traue mich nicht, die Hände vom Lenkrad zu nehmen.

Deswegen schüttle ich nur den Kopf. Ich könnte stundenlang fahren. Es ist einfach traumhaft. Viel zu schnell kommen wir an meiner Wohnung an. Zum Glück finde ich einen großen Parkplatz. In einen kleinen Parkplatz hätte ich mich mit diesem Auto nicht getraut.

„Und? Hat es Spaß gemacht?"

Ich strahle ihn an: „Ja, vielen, vielen Dank. Es war einfach wunderbar." Ich klatsche mir vergnügt in die Hände. Ich schiebe den Sitz nach hinten, damit er gleich besser einsteigen kann.

„Du schuldest mir noch was," sagt er herausfordernd.

Die ganze Zeit habe ich nicht daran gedacht. Blitzschnell beuge ich mich vor und küsse ihn auf die Wange.

„Na, so billig kommst du mir nicht davon. Immerhin ist das hier ein Ford Mustang und kein Smart." Er grinst schelmisch.

Ich atme tief durch, drehe mich zu ihm und beuge mich vor. Er küsst mich ganz sanft auf meine Lippen. Er zieht sich sofort wieder zurück. Okay, denke ich. Das war einfach und irgendwie bin ich enttäuscht.

Ich hatte irgendwie angenommen, er würde mich küssen, wie nur er es kann, wild und leidenschaftlich, so dass sich das Feuer der Erregung in mir ausbreitet. Ich weiß nicht, was ich sagen soll und verharre. Ich beiße mir auf die Unterlippe und überlege.

„Ach, Scheiß drauf," sagt er, beugt sich vor und küsst mich. Er schiebt seine Hände in meine Haare. Seine Zunge streicht über meine Unterlippe und ich öffne meine Lippen. Seine Zunge spielt mit meiner. Ich will ihn dichter fühlen. Ich klettere auf seinen Schoß ohne unseren Kuss zu unterbrechen. Er seufzt in meinen Mund, als ich mich auf ihn setze. Meine Hände kraulen seinen Nacken. Ich weiß nicht warum, aber meine Hände scheinen zu wissen, was sie tun sollen. Er beginnt meinen Hals zu küssen und an ihm zu knabbern. Ich seufze. Das fühlt sich so gut an. Ich schiebe meine Hüfte noch dichter an ihn.

„Scheiße, fühlt sich das gut an," stöhnt er und packt meinen Hintern um mich noch dichter an ihn zu drücken. Ich spüre seine Erregung. Es törnt mich an. Ich greife ihm in die Haare und ziehe seinen Kopf zurück. Ich küsse seinen Hals. Er stöhnt auf.

„Du glaubst gar nicht, wie scharf du mich machst," sagt er mit einer rauen und total sexy Stimme. Es jagt mir einen Schauer über den Rücken und die Lust, die ich bereits empfinde, steigert sich noch. Meine Hüfte bewegt sich automatisch auf seinem Schoß.

Ich höre eine Autotür zuschlagen und da fällt mir auf, dass wir noch immer im Auto sitzen. „Kommst du mit hoch," flüstere ich ihm ins Ohr.

„Bist du sicher?"

Ich küsse ihn als Antwort. Meine Zunge gleitet in seinen Mund und umspielt seine. „Dann los," keucht er und öffnet die Autotür. Ich lehne mich zurück, um die Fahrertür zu verriegeln und den Schlüssel abzuziehen. Ich reiche ihn an Joe und verlasse das Auto auf der Beifahrerseite.

Er nimmt meine Hand und streicht mit den Fingern darüber, während wir zur Haustür und die Treppen hinaufgehen. Mein ganzer Körper kribbelt. Meine Finger zittern etwas, als ich die Tür öffne und ich bete, dass Susa nicht zu Hause ist. Die Tür ist jedoch mehrfach verschlossen. Sie ist also nicht zuhause. Wir gehen direkt in mein Zimmer und ich verschließe die Tür hinter mir. Der Schlüssel steckt immer von innen, weil ich ihn nie brauche. Ich greife nach meiner Fernbedienung und schalte den Fernseher ein. Keine Ahnung, welches Programm gleich starten wird. Aber ich will kein Licht machen und falls Susa nach Hause kommt, kann sie uns hoffentlich nicht hören.

Joe zieht mich sofort wieder an sich und küsst mich. Ich dachte, meine Lust würde etwas nachlassen, doch sobald ich seine Lippen auf meinen spüre, brennt das Feuer in mir noch mehr als vorher. Er zieht mich mit sich als er zu meinem Bett geht. Er setzt sich und zieht mich auf seinen Schoß. Seine Hände wandern unter meinem Pullover und unter meinem Shirt meinen Rücken nach oben.

Wohlige Schauer durchfahren meinen Körper. Ich schmiege mein Gesicht an seine Brust. Ich höre, wie schnell sein Herz schlägt.

Er schiebt meinen Pullover und mein T-Shirt nach oben. Ich lehne mich etwas zurück und hebe die Arme, damit er mir Beides ausziehen kann. Sein Blick wandert zu meinen Brüsten. Ich trage einen einfachen weißen BH.

Ich besitze keine schicken Dessous und bereue schon, dass ich mich habe ausziehen lassen. Er hat sicher schon so viele Frauen in Unterwäsche gesehen und bestimmt nicht in so schlichter. Er wird Spitzendessous und raffinierte Farben und Formen gewohnt sein.

Er leckt sich über die Lippen, beugt sich vor und küsst mein Dekolleté. Mit der Zunge fährt er am Rand meines BHs entlang. Ich stöhne auf. Es fühlt sich so gut an. Sofort vergesse ich alle Gedanken an meine Unterwäsche.

Meine Hände greifen in sein Haar. Er öffnet meinen BH und ich zucke kurz zusammen. Er streift ihn über meine Schultern, wobei mir sofort erneut ein Schauer über den Rücken läuft, als er zärtlich über meine Schultern streicht und auf die linke Schulter einen Kuss haucht.

Ich weiß nicht, was ich tun soll, was ihm gefallen könnte. Ich kann aber auch nicht klar denken. Er lehnt sich etwas zurück und ich will meine Hände vor meine Brust halten, damit er mich nicht anstarren kann, doch er nimmt sie weg. Zieht die Luft zischend ein und sagt mit dieser für mich neuen sexy Stimmt: „Nicht verstecken. Deine Titten sind so schön. So voll und fest.‟ Er fängt an, sie mit seinen Händen zu streicheln.

Er legt sich ganz zurück und ich fange an, seinen Bauch zu streicheln. Meine Fingerspitzen streichen über die Muskeln. Als ich am Bund seiner Jeans entlang streiche, zieht er wieder die Luft scharf ein und packt meine Brüste fester.

Ich schiebe sein Shirt nach oben. Er hebt den Oberkörper an, damit ich es ihm ausziehen kann. Ich kann seine Tätowierung nun erkennen. Es ist ein verschnörkeltes `L`. Ich will ihn danach fragen oder es berühren, aber ich will auf keinen Fall, dass er aufhört mich zu berühren und zu küssen. Er beugt sich vor und küsst meine Brüste. Er spielt mit der Zunge an einer meiner Brustwarzen.

„Oh Gott,‟ rutscht mir heraus, ohne dass ich darauf Einfluss habe. Ich spüre sein Grinsen ohne es zu sehen.

Er packt meinen Hintern. „Dein Arsch ist echt der Hammer,‟ knurrt er, hebt mich hoch und legt mich auf mein Bett. Er öffnet meine Hose.

„Okay?" flüstert er. Ich nicke nur. Ich bin eh nicht fähig zu denken oder gar zu sprechen. Ich zittere, als seine Hände den Knoten der Bänder lösen und dabei über mich streichen. Er packt meine Hose und zieht sie aus. Er krabbelt zu mir aufs Bett und legt sich neben mich.

„Du bist so unglaublich sexy," flüstert er, während er mich von Kopf bis Fuß mustert. Ich laufe rot an, das merke ich. Joe zeichnet kleine Kreise auf meinen Bauch. Ich versuche kontrolliert zu atmen.

Ich streiche über seine Brust. Ich will nicht, dass er so weit von mir entfernt ist. Als könnte er meine Gedanken lesen, beugt er sich zu mir und küsst mich. Es liegt noch mehr Leidenschaft darin als vorhin im Auto. Ich dachte nicht, dass das möglich ist. Er knetet eine meiner Brüste und ich kann ihm über den Rücken streicheln. Er stützt sich auf einem Arm ab, um sich nicht mit seinem ganzen Gewicht auf mich zu legen. Ein Bein schiebt er zwischen meine Beine.

Meine Hand wandert zu seinem Bauch, ich will, dass er seine Jeans auszieht. Ich möchte so viel von seiner nackten Haut an meiner spüren, wie es möglich ist. Er greift nach ihr.

„Prinzessin, wenn du das tust, garantiere ich für nichts." Ich runzle die Stirn und verstehe nicht, was er mir damit sagen will. Er küsst mich direkt auf die Falte die zwischen meinen Augen entsteht und legt meine Hand wieder auf seinen Rücken.

„Nicht nachdenken, genießen," flüstert er mir ins Ohr.

Genau das wollte ich doch gerade, als er meine Hand weggenommen hat und .. weiter komme ich mit meinen Gedanken nicht, seine Hand wandert über meinen Bauch und schiebt sich in mein Höschen. Ich schnappe nach Luft. Er knabbert weiter an meinem Hals. Ich versuche mich zu bewegen. Ich weiß nicht wie und warum. Er drückt mich zurück auf die Matratze und fixiert mich mit seinem Gewicht.

„Entspann dich." Wie soll ich mich dabei entspannen? Mein Körper explodiert gleich.

Als er seine Finger ganz zwischen meine Beine schiebt, erschauere ich unter seiner Berührung.

„Gefällt es dir," schnurrt er, während er anfangt meine empfindlichste Stelle zu streicheln. Er beißt mir leicht in den Hals. „Antworte mir."

Ich kann nur nicken. Es ist unbeschreiblich. Ich habe noch nie so etwas gefühlt. Mein Körper spannt sich an.

„Entspann dich, Prinzessin." Ich versuche es. Aber es geht einfach nicht. Er streichelt mich weiter und knabbert an meinem Hals. Ich will mich hin und her bewegen, doch er lässt mich nicht.

„Prinzessin, lass einfach los." Er küsst mich. Seine Zunge liebkost meine und mich durchflutet ein Gefühl, dass ich bisher noch nicht kannte. Jeder Muskel meines Körpers scheint sich anzuspannen und kurz darauf wieder zu entspannen. Es schwappt wie eine Welle über mich hinweg. In meinen Ohren rauscht es. Alles um mich herum ist verschwommen. Der Raum scheint sich zu drehen. Ich zittere leicht und atme wie nach einem Marathon.

Langsam nehme ich wahr, dass Joe seine Hand auf meinen Bauch gelegt hat und meinen Hals küsst. Kleine kontinuierliche Küsse. Ich kuschle mich an ihn und streichle wieder seinen Rücken. Er hebt den Kopf und küsst mich auf die Nasenspitze.

Ich hatte irgendeinen dummen Spruch von ihm erwartet. Irgendwas in die Richtung, dass er ja nun mal der Beste wäre und ein Dankeschön erwartet. Aber nicht, dass er so zärtlich ist. Ich zittere etwas.

„Ist dir kalt?" fragt er.

„Etwas," sage ich, wobei ich gerade nicht weiß, ob mir wirklich kalt ist oder ob es noch die abebbende Erregung ist. Er schnappt sich sein T-Shirt vom Boden und wirft es mir zu.

„Ich könnte eh nicht neben dir schlafen, wenn du kaum etwas anhast," grinst er. Da ist er ja wieder. Frech wie eh und je.

„Wer sagt, dass du hier schlafen darfst?"

„Na, willst du mich etwa nur für einen Orgasmus benutzen und dann rauswerfen?"

Ich laufe dabei rot an. Ich merke es. Also schnappe ich mir schnell das T-Shirt und ziehe es über den Kopf. Ich hoffe, dass er es nicht sehen kann.

„Wirst du etwa rot?" fragt er prompt.

„Nein," lüge ich verzweifelt. Würde mir aber selber nicht glauben. „Und nun komm her, wenn du bleiben möchtest. Morgen früh fängt um 9 mein erster Kurs an."

„Er lacht, zieht seine Jeans aus und ich kann sehen, dass seine Erregung noch nicht ganz vorüber ist. Er wirft mir die Fernbedienung zu und schlüpft mit unter meine Decke. Ich finde ´Two and a half men´, lasse es an und stelle den Sleep timer. Joe nimmt mich in den Arm und küsst mich auf den Nacken.

„Gute Nacht, Prinzessin."

„Gute Nacht."

22. Kapitel

Ich wache auf, weil mein Wecker einfach keine Ruhe geben will. Ich greife neben mich, doch der Platz ist leer. Schlagartig bin ich wach. Ich schaue mich um, doch Joe ist nirgendwo zu sehen.

Vielleicht ist er im Bad. Ich stehe auf und schaue nach, doch er ist weder in der Küche noch im Bad. Susa hat für mich wieder Kaffee dagelassen und ich schenke mir einen ein.

Vielleicht ist er einfach schon los, weil sein erster Kurs um 8 Uhr anfängt und wollte mich nicht wecken. Das wäre ja sogar süß von ihm. Ich seufze und gehe duschen. Diese Grübelei führt ja eh zu nichts.

Nach der Dusche ziehe ich mich an, schnappe meinen Kaffee und mache mich auf den Weg. Die Verkäuferinnen beim Bäcker um die Ecke kennen mich langsam wirklich alle und auch meine Bestellung. Ich bin eben absolut kein Morgenmensch und frühstücke immer erst nach meinem ersten Kurs. Dafür hole ich mir jeden Morgen beim Bäcker eine Käselaugenstange und ein Käsebrötchen. Keine besonders abwechslungsreiche Ernährung, aber mir schmeckt es und mir geht es gut dabei.

Ich bin relativ gut gelaunt heute, weil ich richtig gut geschlafen habe. Als eine Blondine auf den Stuhl neben mir zeigt und fragt: „Ist da noch frei?"

Ich nicke freundlich. Normal sitze ich gerne alleine. Dann stört mich keiner während des Kurses und ich kann der Vorlesung ungestört folgen.

„Ich heiße Sam," sagt sie. Ihre Stimme ist sympathisch.

„Ich heiße Anna."

„Ich saß bisher immer da drüben. Aber da saß ein Typ neben mir, der mir die ganze Zeit nur irgendeinen Mist erzählt hat und ich konnte mich nicht auf den Kurs konzentrieren. Ich hoffe, er lässt mich jetzt in Ruhe."

„Na, ich drücke dir die Daumen." Der Dozent kommt rein und wir konzentrieren uns auf den Kurs. Sam ist mucksmäuschenstill. Sie schreibt genauso eifrig mit wie ich und sie ist mir noch sympathischer.

„Also dann, bis nächste Woche," sagt sie nach dem Kurs und geht.

Ich schaue auf mein Handy. Noch immer keine Nachricht von Joe. Ich seufze. Welche Kurse hat er überhaupt? Ich gehe in meine Nachrichten um ihm ein kleines „hey" zu schicken. Ich weiß nicht, ob ich es tun soll oder nicht. Da fällt mein Blick auf eine Nachricht von Nick. Ich muss sie weggeklickt haben, als ich den Wecker ausgeschaltet habe.

Hey Süße, ich freu mich auf das Wochenende. Ich vermisse dich.

Er ist einfach so süß. Manchmal kann ich es einfach nicht fassen, dass wir es trotz unserer kurzen Beziehung geschafft haben, so gute Freunde zu bleiben. Ich schicke ihm:

Hey, ich freu mich auch. Miss you

Ach, egal, schlimmer kann es wohl kaum werden. Ich warte ja eh die ganze Zeit, dass er sich melden. Ich schicke Joe ein kleines:

Hey, wie geht es dir?

Und gehe zu meinem nächsten Kurs. Je weiter der Kurs fortschreitet, desto länger kommt er mir vor. Immer wieder schaue ich auf mein Handy. Aber es kommt einfach keine Nachricht von Joe. Susa schreibt mir:

Hey, ich bin heute Abend unterwegs. Es wird spät. Mach dir keine Sorgen.

Ich seufze und gehe in den kleinen Supermarkt auf meinem Nachhauseweg und kaufe mir einen großen Pott Vanille Eiscreme und Schokosoße. Damit kuschle ich mich zu Hause

in mein Bett und schaue ´Pretty Woman´ zum gefühlt
tausendsten Mal. Ich esse die ganze Eiscreme, weine und
lache bei dem Film. Am Ende werfe ich die leere Packung
in den Müll, kuschle mich wieder in mein Bett und weine
mich in den Schlaf.

23. Kapitel

Mein Wecker klingelt und ich stehe auf. Ich fühle mich nicht besser als gestern Abend. Meine Augen sind immerhin nicht so rot, wie ich befürchtet habe. Ohne besonders darauf zu achten, ziehe ich mir nach der Dusche etwas an und sortiere meine Tasche für die heutigen Kurse. Ich muss mich beeilen. Normalerweise mache ich das immer am Abend, damit ich morgens keinen Stress habe bzw. nicht mehr als nötig.

Dafür lasse ich heute den Besuch beim Bäcker aus. Ich habe einfach keinen Hunger und ich denke nicht, dass sich das ändern wird.

Der Tag vergeht ohne besondere Vorkommnisse und ich habe meinen ersten richtigen Abend im Fit vor mir. Ich ziehe eine einfache schwarze Trainingshose, eines meiner Arbeitsshirts und einen Pullover an und mache mich auf den Weg. Ich bin nicht wirklich nervös. Ich bin müde und erschöpft. Es lief letztes Mal auch gut, was soll also schiefgehen?

Ich bin 10 Minuten zu früh im Fit und Kai empfängt mich mit seiner freundlichen Art, dass ich mich gleich willkommen fühle. Ich weiß nicht, wieso Joe ein Problem damit hat, dass ich hier arbeite. Gut, ich habe bisher keinen anderen Trainer kennengelernt, aber sonst macht es hier doch einen netten Eindruck.

Die Schicht ist relativ ruhig. Immer wieder kommen und gehen die Mitglieder und Kai geht zwischendurch selber trainieren. Ich räume die Handtücher weg, die ´vergessen´ werden.

Am Ende meiner Schicht frage ich Kai: „wenn du nichts dagegen hast, würde ich unten noch ein Paar Übungen machen, um mich auf die Kurse Donnerstag vorzubereiten."

„Ja, klar. Hab ich dir doch gesagt. Kannst du gerne tun."

„Dann bis später." Ich gehe nach unten und öffne die Tür zum Poleraum. Ich muss das Licht einschalten und sehe die Stangen die vor Chrome glänzen. Ich überlege kurz, ob ich es ausprobieren soll. Schiebe den Gedanken aber beiseite.

Ich stecke mir meine Ohrstöpsel vom Mp3-Player in die Ohren und beginne mit meinem Warm up. Eigentlich bin ich mir sicher, was meine Kurse am Donnerstag angeht. Ich will nur einfach nicht nach Hause und so kann ich noch etwas für meine Fitness tun.

Irgendwann finde ich, dass es reicht. Ich verlasse den Raum. Und gerade als ich die Tür hinter mir schließe, kommt Joe mit seiner Clique an mir vorbei.

„Hey, Baby, ich kann dir auch meine Stange geben, wenn du mal was richtig Hartes haben willst," sagt einer von ihnen, dessen Namen ich noch nicht kenne. Dazu bewegt er die Hüften in vulgärer Art und Weise. Seine Kumpels lachen. Ich sehe zu Joe. Er wendet sofort den Blick ab.

Ich gehe einfach. Ich habe keine passende Antwort. Das ärgert mich maßlos. Ich war noch nie wirklich schlagfertig und heute besonders nicht. Aber noch mehr ärgert mich, dass Joe nichts gesagt hat. Ich will nur noch unter die Dusche.

Als ich am Tresen vorbeigehe, sehe ich Sam und bleibe doch stehen.

„Was machst du denn hier?" frage ich, obwohl es offensichtlich ist, schließlich trägt sie eines der Fit Shirts.

Sie lacht mich an: „Ich wusste gar nicht, dass du auch hier arbeitest."

„Ja, aber auch gerade erst."

„Ich seit 1 Woche." Wir lachen beide.

„Wollen wir morgen zusammen einen Kaffee trinken?" fragt sie mich.

„Ja, sehr gerne. Wollen wir uns an dem kleinen Coffeeshop auf dem Campus treffen? So gegen 16 Uhr?"

„Ja, super gerne."

„Super, ich gehe dann mal duschen."

Ich lasse mir Zeit beim Duschen, das heiße Wasser hilft zumindest gegen meine schmerzenden Schultern. Als ich die Umkleide verlasse, ist Sam gerade nicht am Tresen und ich mache mich auf den Weg nach Hause.

Ich versuche noch eine Stunde zu lernen, doch es klappt einfach nicht. Ich packe meine Tasche und versuche zu schlafen.

24. Kapitel

Der Rest der Woche vergeht, ohne, dass ich etwas von Joe höre oder sehe. Sam und ich haben uns jeden Tag zum Kaffeetrinken getroffen. Auch wenn uns zwischen den Kursen nur knapp ½ Stunde Zeit blieb, haben wir uns richtig angefreundet.

Wir können über alles reden. Besonders über die Uni, als auch über die Schwierigkeiten in einer neuen Stadt alleine anzufangen.

Ich bin froh, dass ich Sam kennengelernt habe. Nicht nur, weil ich Sam wirklich gerne mag, sondern auch, weil ich mich nicht einfach in Susas Freundeskreis hineindrängen möchte.

Susas Freunde sollen sich nicht gezwungen fühlen, mit mir Zeit zu verbringen, nur, weil ich ihre Mitbewohnerin bin. Und Susa soll sich nicht verpflichtet fühlen, mich immer mitzunehmen, weil sie meint, ich wäre sonst einsam.

Peer schrieb mir am Mittwoch, ob wir Essen gehen wollen, aber ich schob für Mittwoch Migräne vor und Donnerstag musste ich arbeiten. Auch wenn ich gerne Zeit mit Peer verbringe, war mir einfach nicht danach, mich mit ihm alleine zu treffen.

Heute ist Freitag und ich fahre das erste Mal zu meinen Eltern. Ich freue mich auf ein Wochenende voller Ruhe und dem bekannten Leben ohne Probleme. Ich bin erst 2,5 Wochen in Köln und sehne mich schon nach dem ruhigen Leben zuhause. Ich sehne mich nach meinem Leben vor den schrecklichen Dingen, die Joe getan hat.

Im Zug stecke ich mir meine Kopfhörer in die Ohren und höre Musik. Es beruhigt mich etwas. Wobei ich nicht weiß, ob es die Musik ist oder dass mich der Zug immer näher nach Hause bringt und weg von Köln.

Meine Mutter holt mich vom Bahnhof ab und drückt mich an sich, als wäre ich jahrelang weggewesen und nicht nur 2,5 Wochen. Die Begrüßung meines Vaters ist genauso herzlich. Ich muss schmunzeln. Als wäre die verlorene Tochter zurück nach Hause gekehrt. Irgendwie fühle ich mich auch ein bisschen so.

Abends essen wir gemeinsam. Meine Eltern wollen alles über mein Studium und meine neuen Freunde wissen. Ich erzähle ihnen alles, was sie wissen wollen. Ich lasse nur jede Geschichte über Joe und Peer weg und natürlich, dass ich Joe geschlagen habe. Sie wären schockiert und würden versuchen, mich davon zu überzeugen, bei ihnen zu bleiben und ein anderes Studium zu wählen oder irgendeine Ausbildung zu machen.

Ich bin müde von der Fahrt und gehe relativ früh schlafen. Mein Zimmer ist noch genauso, wie ich es verlassen habe. Ich fühle mich gleich wieder zuhause, als wäre ich nie weggewesen. Seufzend lass ich mich auf mein Bett fallen und erinnere mich an die unbeschwerten Tage meiner Schulzeit zurück. Wie klein die Probleme von damals jetzt sind, obwohl ich damals dachte, bei einer 4 in einer Klausur würde die Welt untergehen.

25. Kapitel

Es duftet morgens nach Kaffee und Croissants. Ich liebe diesen Geruch. Meine Mutter steht in der Küche, es ist 10 Uhr und ich habe wirklich richtig gut geschlafen. Es ist genau wie früher.

„Was hast du heute vor?" fragt sie mich.

„Gegen 12 kommt Nick und wir wollen Filme schauen. Gegen 19 Uhr kommt Lena und um 20 Uhr gehen wir dann rüber zu der Party. Hab´ ich dir doch erzählt, oder? Jörg feiert im Keller seiner Eltern, weil so viele von unserem Jahrgang dieses Wochenende zu Hause sind. Ich bin schon gespannt, wer alles da ist und wie den Anderen ihr Studium und ihre Ausbildungen gefallen."

„Ja, stimmt. Hast du. Du siehst wirklich glücklich aus. Es scheint dir wirklich in Köln zu gefallen," sagt sie und widmet sich wieder dem Abwasch.

Glücklich? Ich? Jetzt wo sie es sagt. Heute bin ich es tatsächlich. Ich freue mich darauf mit Nick einen ruhigen Tag zu verbringen und ich freue mich auf die Party mit meinen ehemaligen Klassenkameraden. Ich werde zwar nicht lange bleiben und nur einen Cocktail mit Lena trinken, aber es wird sicher lustig.

Nick drückt mich so fest, dass mir die Luft wegbleibt. „Ich hab´ dich so vermisst."

„Ich war doch nur 2,5 Wochen weg," lache ich. Drücke ihn aber auch an mich.

„Ja, aber es ist ohne dich einfach nicht dasselbe. Ich muss zwar viel lernen, wo das Abi dieses Jahr ansteht, aber mir fehlen unsere Filmabende und die Diskussionen mit dir. Aber erzähl´, wie ist Köln? Wie läuft das Studium? Ist es so, wie du es dir vorgestellt hast?"

Ich lache über so viel Enthusiasmus. Ich hatte nicht wirklich Zeit, mit Nick zu telefonieren. Entweder war ich mit Lernen beschäftigt oder ich war so gefrustet, dass ich Nick nicht anrufen wollte. Er sollte nicht wissen, dass es mir schlecht geht und erst recht nicht, dass es wegen einem anderen Mann ist. Auch wenn wir nur Freunde sind, möchte ich unsere Freundschaft nicht deswegen auf die Probe stellen. Ich erzähle ihm also alles, was ich meinen Eltern auch schon erzählt habe. Erzähle ihm aber auch, dass ich getrunken habe.

Er lacht: „Das kann ich mir gar nicht vorstellen bei dir."

Ich lache ebenfalls, „das wird auch nicht wieder vorkommen." Und dann erzähle ich ihm zumindest die Partygeschichte von Joe und wie ich ihm eine geknallt habe.

Erst schaut Nick mich schockiert an, doch dann lacht er so laut, dass ich glaube, meine Eltern kommen gleich rein und schauen, ob mit ihm alles in Ordnung ist. Dann lache ich aber mit. Wenn ich mir das doofe Gesicht von Joe ins Gedächtnis rufe, dass er dabei gemacht hat, muss ich einfach lachen. Auch wenn sich mein Magen etwas zusammenzieht, wenn ich an ihn denke.

Wir lachen solange, bis uns die Tränen kommen. „Da wäre ich so gern dabei gewesen. Also nicht unbedingt, wie dich der Kerl geküsst hat, aber wie du ihn schlägst. Das war sicherlich der Hammer."

„Auch das wird nicht wieder vorkommen," verspreche ich ihm und hebe zum Zeichen des Versprechens zwei Finger

„Wie schade," witzelt er. „Wäre sicher lustig." Und um das Thema zu wechseln, fragt er: „Also, was wollen wir uns ansehen?"

Ich überlege kurz, ob ich auf seine Bemerkung mit dem Kuss eingehen soll, lass es aber. Irgendwie will ich nicht über den Kuss mit Joe reden, geschweige denn daran denken.

Ich stehe auf und gehe zu meinem großen DVD-Regal hinüber.

„Was hälst du von einem ganz alten? Mit Michael J. Fox?"

„Klar, an welchen hast du gedacht? Ein Concierge zum Verlieben?"

„Du kennst mich einfach zu gut." Ich verdrehe die Augen, schnappe die DVD und lege sie ein. Nick legt sich auf mein Bett und ich kuschle mich in seinen Arm. Ich seufze, als ich sein Aftershave rieche. Ich bin wirklich zu Hause.

Wir schauen noch ein paar Filme, bis ich mich umziehen muss. Nick und ich kennen uns so lange, dass wir uns in bequemen Klamotten zum Filme gucken treffen. Meistens in Jogginghose, wie heute.

Auch wenn ich mich nicht besonders stylen werde, in Jogginghose werde ich ganz sicher nicht zu irgendeiner Party gehen.

Ich ziehe mir eine Jeans und eine Bluse an. Es ist zwar schon kühl draußen, aber zu Jörg sind es keine 5 Minuten und ich habe keine Lust, auf meine Jacke aufzupassen.

26. Kapitel

Als Lena und ich zur Party kommen sind schon bestimmt 40 Leute da. Wir waren zum Abi knapp 70. Alle werden nicht kommen, aber ich freue mich, dass es jetzt schon so viele möglich gemacht haben.

Lena kämpft sich zur Bar durch.

„Einen Pina Colada hatten wir verabredet, richtig?" frage sie mich.

„Ja, genau." Lena hat mir erzählt, dass sie ein paar Freunde in München hat, mit denen sie jetzt regelmäßig Cocktails trinken geht. Nicht Unmengen, aber immer so 2-3 ein- oder zweimal die Woche.

Lena hat mich überredet, mit ihr auch einen zu trinken und auf einen habe ich mich eingelassen. Dabei wird es auch bleiben.

Er schmeckt erstaunlich gut. Gar nicht nach Alkohol.

Während wir an unseren Cocktails schlürfen, unterhalten wir uns mit einigen unserer ehemaligen Klassenkameraden. Es ist schön, wie aufgeregt alle von ihrem neuen Lebensabschnitt erzählen. Bisher scheinen alle wirklich glücklich mit ihrer Wahl zu sein. Aber es sind ja gerade erst 2 Wochen im Studium oder eben über 2 Monate in der Ausbildung. Wer kann da schon wirklich sagen, ob er wirklich das richtige für den Rest seines Lebens gewählt hat?

Ich freue mich wirklich und amüsiere mich. Ich hole Lena und mir noch einen Pina Colada. Der ist wirklich lecker und ich habe es ja nicht weit nach Hause. Lena scheint sich wirklich zu freuen, dass wir noch eine Gemeinsamkeit haben.

Ich stoße mit ihr an und lasse den Blick durch den Raum schweifen um zu sehen, wer alles gekommen ist. Ich frage mich, ob wir uns in 5 oder 10 Jahren alle bei einem Klassentreffen wiedersehen werden und wer sich bis dahin am Meisten verändert hat, wer welchen Beruf ausübt und wer Familie hat.

„Spielst du mit?" fragt Lena mich.

„W-i, was?" stottere ich.

„Bierpong. Jörg und Lasse haben uns herausgefordert."

„Ich weiß gar nicht, wie das geht," versuche ich mich zu wehren.

„Ganz einfach, du musst mit dem Tischtennisball in die Becher der anderen Mannschaft werfen. Die stehen direkt vor ihnen auf dem Tisch. Wenn du triffst, müssen sie den Inhalt trinken, wenn du daneben wirfst, sind sie an der Reihe. Wenn sie bei uns treffen, müssen wir trinken."

„Lieber nicht."

„Schneckchen, traust du dich nicht?" und als Jörg das sagt, fällt mir wieder ein, woher ich den Spitznamen habe. In der Grundschule haben mich die anderen so genannt, weil ich mich immer in mein Schneckenhaus zurückgezogen habe und mich nichts traute.

Die beiden Cocktails haben mich mutig gemacht und ich hasse diesen Spitznamen. Also antworte ich: „Na gut, aber ich warne euch, ich bin gut im Zielen."

Lena fängt an und trifft 3 Mal hintereinander. Jörg und Lasse trinken nacheinander. Es sind nur noch 3 Becher übrig. Jetzt ist Jörg dran mit Werfen und trifft. Lena nimmt den Becher und trinkt.

Leider trifft Jörg gleich nochmal und ich muss trinken. Den dritten verwirft er und ich bin dran. Ich treffe immerhin 2 der 3 Becher. Lasse trifft 2 Mal und ich muss wieder einen Becher trinken. Lena wirft und trifft. Wir haben gewonnen und klatschen uns ab.

„Wir wollen eine Revanche," ruft Lasse.

Lena sieht mich an und ich zucke nur mit den Achseln. Ich merke zwar das Bier schon, ich hätte aber etwas zu Mittag essen sollen, fällt mir ein. Aber was soll's? Wir sind nur einmal jung, ich amüsiere mich wirklich und es ist nicht weit nach Hause.

Die zweite Runde gewinnen wir mit 3 verlorenen Bechern, von denen ich 2 trinken musste. Langsam werden meine Bewegungen nicht mehr so kontrolliert, wie es sein sollte.

„Ich geh mal ins Bad," rufe ich den Anderen zu und mache mich auf den Weg, um die Toilette zu suchen. Ich muss mich sehr aufs Laufen konzentrieren.

Ich hätte nicht mitspielen sollen. Die Schlange vor der Toilette ist mir zu lang. Es sind nur 5 Minuten nach Hause und dann kann ich mich auch gleich hinlegen.

Als ich an die frische Luft komme, ist es wie ein Schlag ins Gesicht. In meinem Kopf dreht sich alles und ich muss mich erst einmal an der Hausmauer festhalten. Ich atme ein paar Mal tief durch und bevor ich richtig weiß, was ich tue, habe ich mein Handy in der Hand und rufe Joe an.

Es ist schon 2 Uhr. Er geht trotzdem nach dem zweiten klingeln ran.

„Warum bist du so ein Arsch und warum hast du dich nicht gemeldet?" platze ich heraus, als ich höre, dass die Leitung frei ist.

„Anna?"

„Ja."

„Bist du betrunken?"

„Das geht dich nichts an," ich rede etwas zu laut, also senke ich meine Stimme oder hoffe es zumindest. „Warum hast du dich nicht gemeldet?"

„Warte kurz." Ich höre Lärm im Hintergrund, der leiser wird. „Ist er da?"

„Wer?" Ich schaue mein Handy ungläubig an. „Wer ist hier?"

„Ist Nick bei dir?"

„Nein, warum sollte er?" Was hat er denn für Drogen genommen?

„Weil er dich vermisst und du dich mit ihm treffen wolltest", sagt er etwas genervt.

„Warte mal kurz," sage ich zu Joe. Ich bin gerade bei meinen Eltern angekommen, werfe mein Handy auf mein Bett und gehe in mein Bad. Jetzt ist es langsam wirklich dringend.

„Hast du dich deswegen nicht gemeldet?" frage ich, als ich aus dem Bad zurück in mein Zimmer komme und nach meinem Handy greife.

Er seufzt. Ich sehe förmlich vor mir, wie er sich mit der Hand durchs Haar fährt.

„Hör auf, dir durchs Haar zu fahren."

„Woher weißt du das?" fragt er irritiert.

„Weil du das immer tust, wenn du nicht weißt, was du sagen sollst oder nicht antworten willst. Und jedes Mal möchte ich es auch tun." Ich sollte erst nachdenken, bevor ich etwas sage. Aber mein Hirn ist aus. Ich sollte auflegen.

„Hast du dich mit ihm getroffen," reißt mich Joes Stimme aus meinen Gedanken.

„Ja."

Wieder seufzt er.

„Warum sollte ich nicht?" frage ich. Es ärgert mich, dass er darauf so rumreitet und ich nicht weiß, was er überhaupt von mir will.

„Weil er dein Ex-Freund ist."

Oh, das hat er sich gemerkt. Daran habe ich nicht gedacht.

„Wir sind nur Freunde," antworte ich wahrheitsgemäß.

„Hat er dich," er seufzt wieder.

„Hat er was?"

„Hat er dich angefasst?"

„Natürlich hat er mich in den Arm genommen." Worauf will er hinaus? Er seufzt wieder und ich werde langsam ungeduldig. „Raus mit der Sprache, wo ist dein Problem, sonst lege ich auf." Ich meine es ernst, auch wenn ich seine Stimme so gerne höre.

„Ob er dich so angefasst hat, wie ich."

Bei der Erinnerung daran, wie er mich streichelt, wie er mich küsst, wie seine Lippen über meinen Hals streichen, wird mir ganz heiß und ich muss lächeln.

„Prinzessin?"

„Nein, natürlich nicht."

Ich höre ihn ausatmen als wäre er erleichtert. Aber warum sollte ihn das überhaupt interessieren.

„Wo bist du jetzt?"

„In meinem Zimmer. Warte nochmal eben."

Ich ziehe mir meine Jeans, meine Bluse und meinen BH aus und schlüpfe in sein T-Shirt. Ich weiß nicht warum, aber ich habe es eingepackt, ohne darüber nachzudenken. Ich hole tief Luft um seinen Geruch in mich aufzunehmen.

„Da bin ich wieder. Wo bist du?"

„Mittlerweile auch zuhause. Was hast du gerade gemacht?"

„Mich umgezogen, damit ich mich jetzt ins Bett kuscheln kann."

„Was hast du an?" Seine Stimme klingt etwas rauher als eben.

„T-Shirt und Höschen," habe ich das gerade wirklich gesagt. Das geht ihn gar nichts an. Wie frustrierend, dass ich nicht denken kann. Ich sollte wirklich auflegen.

„Eins von meinen?"

„Ich hab´ doch keine Höschen von dir,“ lache ich, um es ihm nicht zu sagen.

„Also ja, eins von meinen Shirts,“ schnurrt er. „Das gefällt mir.“ Nervös zupfe ich am Saum des Shirts und bin froh, dass er mich nicht sehen kann.

„Vermisst du mich?“ fragt er sanft.

„Ja.“ Mist, das wollte ich ihm ganz bestimmt nicht sagen. Ich werde nie wieder trinken.

„Vermisst du es, wie ich dich küsse.“

„Ja,“ okay ich muss jetzt wirklich auflegen. Warum hört mein Körper nicht auf mich?

„Vermisst du es, wie ich dich berühre?“

„Ja,“ sage ich gequält. Sofort tauchen Bilder vor meinen Augen auf, wie er mich streichelt, während seine Lippen an meinem Hals knabbern.

„Klemm mal das Telefon zwischen Schulter und Ohr ein,“ fordert er mich auf. Keine Ahnung, warum ich es tue ohne nachzufragen warum.

„Leg deine Hände auf deinen Bauch.“ Ich gehorche wieder einfach, ohne darüber nachzudenken.

„Schieb deine linke Hand langsam nach oben, bis du zu deinen Brüsten kommst. Fass sie an. Stell dir vor, es wäre meine Hand. Stell dir vor, wie meine Hand deine Tippe fest umfasst. Wie ich sie streichle.“

Ich seufze, als ich seinen Anweisungen folge.

„Meine andere Hand wandert über deinen Bauch zu deinem Höschen. Schiebt sich darunter, zwischen deine Beine. Bist du so feucht für mich, wie letztes Mal?“

Ich stöhne auf und bitte ihn: „Fass dich auch an.“

„Was,“ er ist kurz irritiert.

„Fass dich auch an,“ wiederhole ich. Es raschelt kurz am anderen Ende.

„Fang an mit deinen Fingern über deine Muschi zu kreisen. Wenn du jetzt sehen könntest, wie hart und groß mein Schwanz in meiner Hand ist, wenn ich nur daran denke, wie du dich anfasst. Wie gerne wäre ich jetzt bei dir und würde es tun.

Fühlst du deine empfindlichste Stelle? Streichle sie fester. Ich streichle meinen harten Schwanz und stelle mir dabei vor, dass es deine Finger sind, die sich an ihm auf und ab bewegen."

In meinem Kopf dreht sich alles. Ich weiß nicht, ob das am Alkohol liegt, an seinen Worten oder an den Berührungen. Ich stöhne noch einmal auf, höre aber nicht auf, mich weiter zu berühren. Meine Finger scheinen zu wissen, was sie tun müssen.

„So ist es gut, Prinzessin. Ich würde dir jetzt gerne am Hals knabbern."

Ich höre, wie er immer schwerer atmet und die Wörter ihm schwerer fallen. Es törnt mich an, wie er mit mir spricht und dass es ihn genauso zu erregen scheint, wie mich.

„Komm für mich, Prinzessin." Und ich kann nicht anders. Mein Körper spannt sich an, mein Rücken drückt sich durch und ich rufe seinen Namen. Als ich aufs Bett zurückfalle, höre ich ihn meinen Namen rufen.

„Prinzessin?"

„Mh," murmle ich, während ich mich in meine Decke kuschle.

„Ich habe noch nie Telefonsex gehabt und hätte auch nie gedacht, dass ich bei Telefonsex mal kommen würde."

Ich weiß nicht, was ich sagen soll. Ich kann nicht glauben, dass er das noch nie gemacht hat. Aber ich möchte jetzt in diesem Moment, dass es wahr ist.

Ich schlummere langsam ein, als ich ihn noch sagen höre, „Anna, ich mag dich wirklich sehr."

Und schon bin ich eingeschlafen.

27. Kapitel

Am nächsten Morgen geht es mir nicht so schlecht, wie ich dachte, dass es einem gehen sollte, wenn man so viel getrunken hat.

Meine Mutter klappert schon mit den Tellern und es duftet wieder nach Kaffee und Croissants.

„Na, war es schön?" fragt meine Mutter.

„Ja, es war wirklich lustig und schön, so viele wieder zu sehen. Ich glaube nicht, dass wir noch oft die Möglichkeit haben, uns alle zu sehen. Dafür sind wir zu viele und zu weit verstreut. Bei einigen wird auch die Lust daran nachlassen." Ich werde etwas traurig, wenn ich daran denke.

Meine Mutter nickt. Ich versuche noch immer zu sortieren, was alles genau gestern passiert ist. Ich habe Lena schon geschrieben, dass es mir leid tut, dass ich einfach gegangen bin, aber sie scheint noch zu schlafen. Zumindest hoffe ich das. Es wäre schrecklich, wenn sie jetzt böse auf mich wäre. Ich habe mich nicht getraut, in meine Anrufliste zu sehen. Noch kann ich mir einreden, dass die Sache mit Joe nur ein Traum war. Ein schöner, sehr erregender Traum, aber nur ein Traum.

Mein Telefon klingelt und ich sehe Lenas Nummer. Ich bin so erleichtert. Während ich rangehe, verlasse ich die Küche und gehe in mein Zimmer.

„Hey, geht es dir gut," fragt sie.

„Ja, klar. Tut mir echt leid."

„Quatsch. Ich dachte du wärst auf dem Klo eingepennt," lacht sie. „Aber dann hat mir Alex erzählt, dass sie dich gesehen hat, wie du nach Hause gegangen bist. Bei dir war andauernd besetzt. Daher habe ich mir gedacht, du bist gut nach Hause gekommen."

„Ja, bin ich."

„Okay und mit wem telefonierst du die halbe Nacht," lacht sie.

Ich stöhne innerlich auf. Ich hab ihn also angerufen. Und nicht nur das, ich habe ihm gesagt, dass er mir fehlt und hatte Telefonsex mit ihm. Ich werde knallrot. Nur bei dem Gedanken daran. „Mit Joe," sage ich schließlich.

„Was? Ich komm vorbei. Bis gleich."

Ohne eine Antwort abzuwarten, legt sie auf. Ich springe schnell unter die Dusche und putze mir die Zähne. Lena wohnt nicht weit, aber ich fahre nachher zurück und werde es sicher nicht mehr schaffen zu duschen.

Als ich in mein Zimmer zurückkomme, sitzt sie schon auf meinem Bett.

„Erzähl, erzähl, erzähl," quickt sie aufgeregt. Ich habe es wirklich vermieden, Jemanden von ihm zu erzählen. Ich weiß auch nicht, ob Lena sich überhaupt noch an ihn erinnert.

„Erinnerst du dich an Joe?" frage ich daher erst einmal.

„Nein, sollte ich?"

„Von Tims Party. Er war auch immer da. Groß, teddybärbraune Augen, ca. 1,80 groß."

Sie schüttelt den Kopf, „ich erinnere mich nicht, aber egal. Erzähl!"

„Ich hab´ dir doch damals erzählt, dass wir mit Tim einen Tag in Köln unterwegs waren als ich Wohnungen ansehen wollte."

„Ach der, ja aber ich habe kein Bild zu ihm vor Augen. Weiter."

Ich verdrehe die Augen und erzähle ihr alles. Nur meine Erregung und meine Vorstellungen lasse ich weg und gehe auch nicht ins Details. Ich kann zwar mit Lena über alles reden, aber von Joes Küssen und Zärtlichkeiten will ich keinem erzählen. Ich möchte, dass es nur uns gehört und niemandem sonst.

„Na und dann hab ich ihn gestern eben angerufen. Weil ich wissen wollte, warum er sich nicht gemeldet hat."

„Und? Hat er es gesagt?"

Ich überlege kurz, dann antworte ich ehrlich: „Ich glaube nicht. Also nicht direkt. Er hat nur gefragt, ob Nick bei mir ist. Und als ich gefragt habe, wie er darauf kommt, meinte er, dass ich mich mit ihm treffen wollte und Nick mich vermissen würde. Ich hab ihm das aber nie gesagt." Ich schlage mir mit der Hand gegen den Kopf. „Natürlich. Montag hatte ich eine Nachricht von Nick auf meinem Handy, die schon gelesen war und ich dachte, ich hätte beim Wecker ausmachen draufgeklickt und es nicht gepeilt, weil ich noch zu verpennt war. Aber er hat sie gelesen."

„Na das erklärt immerhin sein Verhalten diese Woche, oder? Er scheint zu meinen, du hättest immer noch was mit Nick. Hast du aber nicht, oder?"

„Quatsch. Weißt du doch."

„Nick hat aber noch immer keine neue Freundin," erinnert sie mich.

„Ja und? Er hat sich schließlich damals von mir getrennt. Und, was soll ich sagen? Er hatte damals wohl recht. Sonst wären wir jetzt nicht so gute Freunde."

Sie nickt. „Und was machst du jetzt mit Joe?"

Ich seufze: „Ich habe keine Ahnung."

28. Kapitel

Ich sitze seit über einer Stunde im Zug und kann mich nicht an ein einziges Lied meiner Playlist erinnern. Die ganze Zeit frage ich mich, was ich mit Joe machen soll. Immer wieder schaue ich auf mein Handy, ob er angerufen oder geschrieben hat. Aber nichts. Ist das frustrierend.

Ich versuche, etwas Ordnung in meine Gedanken zu bekommen. Trotz allem mag ich Joe wirklich. Ich weiß nicht warum. Aber es ist so. Ich muss es mir selber eingestehen, auch wenn es mir anders lieber wäre. Sein Verhalten vergangene Woche lässt sich erklären, wobei es echt frech war, dass er meine Nachrichten gelesen hat. Darauf werde ich ihn ansprechen.

Es war zwar mies, dass er nichts gesagt hat, als seine Kumpels die dummen Sprüche gebracht haben, aber wenn er wirklich dachte, ich hätte noch was mit Nick, kann ich es irgendwie verstehen. Es war nicht ok, aber doch irgendwie verständlich.

Die Aktion in der Stadt hat er mir aber noch immer nicht erklärt. Auch darauf werde ich ihn ansprechen, vielleicht hat er eine Erklärung dafür, die auch für mich einen Sinn ergibt.

Ich werde ihn anrufen, sobald ich in der Wohnung bin und ausgepackt habe. Ja, genau das werde ich tun. Ich werde ihn entweder direkt am Telefon fragen oder fragen, ob er Zeit hat und wir uns treffen können. Ich überlege mir kurz, ob ich mir die Fragen aufschreiben soll, verwerfe aber den Gedanken. Wie sähe es denn aus, wenn wir uns treffen und ich erstmal eine Liste auspacken würde. Ich muss bei dem Gedanken schmunzeln.

Ich suche in meiner Tasche nach einem Buch, damit ich mich darauf konzentrieren kann und nicht allzu nervös bin vor dem Gespräch mit Joe. Es wird entscheiden, wie es mit uns weitergeht. Ich finde „Schlussmacher" und hoffe, dass es kein böses Omen ist, bevor ich mich darin vertiefe.

Kurz bevor wir den Bahnhof erreichen, schaue ich noch einmal auf meine Liste, welchen Bus ich nehmen muss, damit ich nicht auf dem Bahnsteig in meiner Tasche wühlen muss, sondern gleich schauen kann, wo der richtige Bus abfährt.

Ich steige aus und sehe mich nach der Rolltreppe um, die mich vom Bahnsteig in den Bahnhof führt und da steht er: Joe.

Er steht direkt neben der Rolltreppe. Was macht er denn hier? Will er weg oder Jemanden abholen? Ich atme einmal tief durch und mache mich auf den Weg. Ich kann meinen Blick nicht von ihm wenden. Er sieht aus, als würde er Jemanden suchen. Als er mich sieht, lächelt er und kommt auf mich zu.

„Darf ich dich nach Hause fahren?" fragt er.

„Wartest du auf mich?"

„Ja. Darf ich?" fragt er und deutet auf meine Reisetasche. Wortlos reiche ich sie ihm. Ich bin total verwirrt.

„Ich habe Susa gefragt, wann du ankommst," sagt er, als könnte er meine Gedanken lesen. „Ich dachte, es geht mit dem Auto schneller als mit dem Bus."

Ich nicke. Er stellt meine Tasche in den Kofferraum. Ich stehe unschlüssig herum. Ich weiß nicht, was ich sagen oder tun soll. Ich hab so viele Fragen an ihn, aber ich freue mich auch total, dass er hier ist, um mich abzuholen.

Er schaut mich an, macht einen Schritt auf mich zu und küsst mich. Sobald seine Lippen meine berühren, öffnen sich meine Lippen und heißen seine Zunge willkommen. Alle Fragen sind mir komplett entfallen. Er spielt mit meiner Zunge und streichelt sanft mit seinen Fingern mein Gesicht. Dann legt er mir die Arme um die Taille und zieht mich an sich. Ich lege meine Arme um seinen

Hals. Ich drücke mich ihm entgegen. Vorsichtig schiebe ich meine Hände in seine Haare.

Er löst sich von mir, küsst mich auf die Nasenspitze und sagt: „Ich glaube, wir sollten jetzt nach Hause fahren." Ich nicke.

Meine Wangen fühlen sich heiß an und ich will ihn eigentlich nicht loslassen, aber er hat recht. Immerhin stehen wir hier mitten auf einem Parkplatz und ich habe einige Fragen, die ich ihm stellen muss.

Wir schweigen auf dem Weg zu meiner Wohnung. Ich will ihn nicht während der Fahrt fragen. Ich könnte nicht weg, wenn mir die Antworten nicht gefallen und er soll sich auf die Fahrt konzentrieren.

„Du kommst aber schon noch mit hoch?" frage ich, als er vor meiner Wohnung parkt.

Er grinst schief, „wenn du mich lässt." Ich muss auch lächeln. Er nimmt meine Tasche aus dem Kofferraum und wir gehen nach oben. In meinem Zimmer stellt er meine Tasche ab, nimmt meine Hand, setzt sich auf mein Bett und zieht mich auf seinen Schoß. Ich weiß nicht, warum ich mich einfach mitziehen lasse. Immer wenn ich bei ihm bin, setzt mein Hirn einfach aus.

Er streicht mit seinen Händen über meine Wangen. Ich sehe direkt in seine braunen Augen. Ich liebe dieses Braun. Auch wenn es sich je nach Stimmung zu verändern scheint. Heute sehen sie heller aus.

Als er seine Hand an meine Wange legt, schmiege ich mich an sie. Es fühlt sich gut an.

„Ich hab dich vermisst," sagt er und ohne eine Antwort abzuwarten küsst er mich. Sanft und zärtlich legt er seine Lippen auf meine. Meine Zunge gleitet über seine Unterlippe. Seine Hände legen sich um meine Taille und er drückt mich fester an sich. Meine Zunge gleitet in seinen Mund. Seine Lippen und seine Zunge werden fordernder.

Ich bewege meine Hüften auf seinem Schoß und sein kleines Stöhnen in meinem Mund freut mich und erregt mich zugleich. Durch unsere Jeans spüre ich seine wachsende Erregung.

Meine Hände schieben sich unter sein T-Shirt. Ich will seine Haut spüren. Ich nehme sein Shirt und seinen Pullover am Saum und ziehe es nach oben. Wiederwillig unterbricht er unseren Kuss und hebt die Arme, damit ich ihm Beides über den Kopf ziehen kann.

Sofort küsst er mich wieder. Seine Lippen wandern meinem Hals entlang und ich stöhne leicht auf. Ich liebe es, wenn er das tut. Ich streiche über seinen Oberkörper. Als sich meine Hand auf die Tätowierung legt, hält er sie wieder fest.

„Wofür steht es?" flüstere ich, weil ich die Stimmung nicht kaputt machen möchte. Aber ich möchte auch wissen, was das `L´ bedeutet.

„Das geht dich nichts an," sagt er scharf, packt mich an den Hüften, hebt mich und hoch wirft mich auf mein Bett. Er nimmt seine Klamotten und geht.

Er knallt die Haustür so laut zu, dass ich zusammenzucke. Sonst bleibe ich sitzen. Ich begreife nicht, was gerade passiert ist.

Es klopft an meiner Tür.

„Ja," rufe ich. Susa steckt den Kopf zur Tür herein und zieht eine Augenbraue hoch.

„Frag mich nicht, was das jetzt war," sage ich und zucke nur mit den Schultern.

„Es war ok, dass ich ihm gesagt habe, wann du ankommst, oder?"

„Ja, ich hab mich auch echt gefreut, dass er da war. Keine Ahnung, was das eben war."

„Willst du mir sagen, worum es geht?"

„Ich hab ihn nur gefragt, was seine Tätowierung bedeutet?"

„Er ist tätowiert?"

„Ja, direkt über dem Herzen."

„Okay, ich frage nicht, woher du das weißt," grinst sie. „Zumal er normal dabei sein Shirt anbehält."

Ich sehe sie verwirrt an. Sie zuckt mit den Achseln, „das habe ich gehört. Also von den Mädels, die sich beschweren, dass sie nicht zu ihm in die Wohnung dürfen und er nicht bei ihnen übernachtet. Er lässt immer sein Shirt an, wenn er, naja, du weißt schon."

Ich nicke langsam. Ich weiß nicht, was ich sagen soll und es stört mich, dass so viele Frauen anscheinend mit Joe geschlafen haben. Oder was auch immer er mit ihnen noch getrieben hat.

„Er ist ganz schön frustrierend," sage ich. Es tut gut, es auszusprechen.

„Dazu kann ich nichts sagen. Er trifft sich normal nur ein- oder zweimal mit einer Frau und das auch nur, wenn sie mit ihm schläft. Zumindest habe ich das gehört."

Ich seufze. „Sind Männer immer so anstrengend?" frage ich sie, wobei sie ja nur 1 Jahr älter ist als ich.

„Nein," sie lacht, „aber die, in die wir uns verlieben scheinen es oft sein."

Ich schaue sie fragend an. Aber sie lacht nur.

„So, ich habe heute noch ein Date und muss mich auf den Weg machen, es sei denn, du möchtest, dass ich bleibe?"

„Nein, Quatsch. Geh nur." Ich jage sie fast aus meinem Zimmer, damit sie sich auf den Weg zu ihrem Date macht. Wobei ich gar nicht weiß, mit wem sie sich trifft. Wenn sie zurück ist, werde ich sie fragen.

Ich packe meine Tasche aus und setze mich an meinen Schreibtisch, um zu lernen. Ich habe keine Lust mehr, über Joe nachzudenken und ich muss noch Einiges an Stoff durchgehen, wenn ich mit meinem Stundenplan Schritt halten möchte.

29. Kapitel

Ich weiß nicht, warum ich mich von Susa zu dieser Party habe überreden lassen. Ich habe einfach keine Lust. Die ganze Woche habe ich nichts von Joe gehört oder ihn gesehen. Selbst im Fit war er nicht. Zumindest nicht zu meinen Schichten.

Ich habe mich fast jeden Tag mit Sam zum Kaffeetrinken getroffen und heute habe ich zum ersten Mal wieder richtig gelacht. Ich weiß nicht mal mehr, worüber. Aber mir kamen fast die Tränen vor Lachen.

Peer und ich haben uns für Montag verabredet. Ich habe das Lernen vorgeschoben. Ich weiß, dass es nicht fair ist und ich hasse es, zu lügen, aber ich konnte ihm nicht sagen, dass ich einfach nur traurig bin und mir wünsche, dass Joe sich bei mir meldet. Peer ist so lieb und so nett. Da kann ich ihm nicht weh tun. Die Sache mit Joe, was genau es auch immer war, ist vorbei. Ich muss damit klarkommen und dann werde ich mich gerne wieder mit Peer treffen.

Eigentlich hat Susa recht, ich sollte heute Abend feiern gehen und mich amüsieren. Ich habe mich eine ganze Woche fast nur zu Hause verkrochen. Ich war nur zu meinen Kursen an der Hochschule und im Fit vor der Tür. Ich habe mir keine Mühe mit meinem Aussehen gegeben und musste mich zwingen, überhaupt zu duschen und hin und wieder etwas zu essen.

Ich werde mich heute richtig herausputzen, denn das Leben geht schließlich weiter. Ich hole eines meiner Lieblingskleider aus dem Schrank. Es ist rot mit Spagettiträgern und geht mir bis an die Knie. Ich lege etwas Make-up auf und verwandle meine Haare mit meinem Lockenstab zu einem richtigen Lockenkopf. Meine Haare reichen mir jetzt kaum noch bis auf die Schultern. Als ich gerade in meine Stiefel schlüpfe, kommt Susa aus ihrem Zimmer.

„Wow, siehst du klasse aus," sagt sie.

„Danke," ich werde rot, aber ich freue mich auch über ihr Kompliment. In meinen Stiefeln ist nur genügend Platz für Geld und den Haustürschlüssel. Mein Handy lasse ich daher zu Hause. Ich habe keine Lust die ganze Zeit meine Jacke im Blick behalten zu müssen, weil mein Handy in der Jackentasche steckt.

„Fertig?" frage ich Susa.

„Ja, fertig. Wir fahren mit dem Bus hin und mit dem Taxi zurück, ok?"

„Okay." Ich schnappe mir meine Jacke und wir machen uns auf den Weg.

Wie immer ist die Party schon in vollem Gange, als wir ankommen, dabei ist es erst halb neun. Überall drängen sich Leute. Ich sehe schon einige Paare, die sich knutschend an die Wände drücken. Der Club ist relativ groß und ich habe Angst, dass ich Susa hier verlieren werde. Aber wir sind ja gerade erst da. Susa nimmt meine Hand und zieht mich mit ins Gedränge. In der Mitte ist eine große Tanzfläche auf der sich viele Tanzwütige tummeln. Susa zieht mich einfach weiter.

Hinter der Tanzfläche stehen Tische und Sofas. Susas Clique hat es sich schon gemütlich gemacht und wir setzen uns dazu. Ich setze mich auf die Armlehne eines Sofas, auf dem Peer sitzt. Er beugt sich zu mir herüber und flüstert: „Du siehst einfach toll aus."

„Danke," gebe ich zurück. Ich lasse den Blick durch den Raum schweifen und sehe, dass Joe auch da ist. Er sitzt ebenfalls auf einem Sofa und, oh Gott, er hat eine der Schminkkastentussis auf dem Schoß. Ich starre ihn einfach an. Ich kann nicht anders. Da hebt er den Blick und sieht mich direkt an.

Susa stupst mich an und ich konzentriere mich wieder auf unsere Gruppe. Hoffentlich hat keiner gemerkt, dass ich

Joe angestarrt habe. Wie lange habe ich ihn überhaupt angestarrt?

Ich habe keine Ahnung worüber Susas Freunde reden, lächle aber und nicke hin und wieder. Peer bietet mir von seinem Bier an und ich nehme sein Angebot an. Was soll´s.

Es werden immer neue Runden Bier auf dem Tisch ausgebreitet. Ich trinke einen Becher nach dem anderen.

Peer legt seinen Arm hinter mir auf der Lehne ab. Eigentlich will ich ihm sagen, dass er es nicht tun soll. Aber mir fällt auch kein plausibler Grund ein, warum ich es ihm sagen sollte.

Von dem ganzen Bier muss ich auf Toilette. Ich mache mich auf die Suche und stöhne auf bei der Schlange, die sich hier zeigt. Aber es nützt nun mal nichts, ich muss nun einmal dringend auf die Toilette und andere gibt es hier nicht. Also heißt es warten.

Ich habe keine Uhr dabei, aber ich denke, wenn ich hier endlich mal an der Reihe bin, werde ich Susa fragen, ob wir langsam nach Hause wollen. Ich bin müde und habe einfach keine Lust mehr, Joe zu sehen.

Ich habe aber auch Angst, dass Peer vielleicht Annährungsversuche macht, die zu einem peinlichen Moment führen würden. Ich bin ja gerne mit ihm zusammen, möchte aber nichts mit ihm anfangen und erst recht nicht heute Abend.

Nach gefühlten Stunden kann ich endlich auf die Toilette. Danach begebe ich mich auf die Suche nach Susa. Ich suche sie zunächst auf den Sofas, aber da ist keiner mehr von unserer Gruppe. Ich suche sie auf der Tanzfläche und im vorderen Bereich, aber ich kann sie nicht finden. Ich bin benebelt vom Alkohol und frage mich wieder einmal, wie ich überhaupt so viel trinken konnte. Aber ich wollte einfach jeden Gedanken an Joe ertränken. Ich gehe nach draußen und überlege, was ich jetzt tue. Ich habe kein Handy dabei. Ich kann Susa also nicht anrufen. Fahre ich jetzt alleine mit dem Taxi oder suche ich sie weiter?

„Ja, ich habe sie gerade gefunden." Bei seiner Stimme zucke ich zusammen. Er legt mir meine Jacke um die

Schulter. „Ja, ich bring sie dir oder lasse sie bringen, ganz wie sie möchte. Mach dir keine Sorgen. Schlaf gut."

Er sieht mich an: „Susa hat dich gesucht und nicht gefunden und dachte, du bist schon nach Hause. Als sie nach Hause kam und du nicht da warst, hat sie sich Sorgen gemacht und sich selber Vorwürfe, dass sie dich nicht gefunden hat. Also hat sie mich gerade angerufen." Ich nicke nur mechanisch.

„Also, willst du nach Hause?" Will ich das? Ich wollte hauptsächlich nach Hause, damit ich von ihm wegkomme. Andererseits ist mir auch etwas schlecht und schwindelig vom Alkohol. Es ist ja eh keiner meiner Freunde mehr da, also nicke ich entschlossen.

„Soll ich dich fahren oder jemand anderen fragen?"

„Hast du nichts getrunken?"

„Nein." Eigentlich will ich keine Zeit mit ihm verbringen, aber ich kenne von den anderen niemanden. Ich will nicht, dass mich ein Fremder nach Hause bringt. Wer weiß, ob er mich überhaupt nach Hause bringt.

„Macht es dir große Umstände?"

„Ja, aber ich mache es trotzdem. Meine Garage ist 5 Minuten zu Fuß entfernt. Willst du hier warten oder mitkommen?"

Ich will hier nicht alleine rumstehen und 5 Minuten Fußmarsch werde ich sicher schaffen, auch in meinem Zustand.

„Ich komme mit."

Er nickt nur und wir gehen los. Er sieht mich weder an, noch sagt er etwas. Ich überlege, was ich sagen könnte, aber mit meinem Hirn stimmt einfach etwas nicht. Besonders, wenn er so dicht neben mir läuft.

30. Kapitel

Wir kommen auf einen Hof mit ganz vielen Garagen. Joe öffnet eine kleine Tür und hält sie mir auf. Es sind zwei verbundene Garagen, so dass neben dem Mustang, den ich so mag, eine Couch, Regale und eine Arbeitsplatte Platz haben. Ich streiche über das Metall der Motorhaube.

„Wo ist deine Freundin," frage ich und behalte den Blick auf das Auto gerichtet.

„Ich habe keine Freundin."

„Dann dein Betthäschen?"

„Mein Betthäschen?" er lacht leise.

„Ja, oder Fickfreundin oder wie du sie nennst." Meine Stimme klingt sauer und ich hoffe, nicht eifersüchtig.

„Fickfreundin?" Er lacht laut. „Bist du betrunken?"

„Vielleicht." Das nuschle ich so sehr, dass ich mir selber nicht glauben würde, dass es nicht so ist. Er kommt auf mich zu und meine Knie werden weich. Er nimmt mich an den Hüften und setzt mich auf die Motorhaube.

„Du hast nichts am Kleid, was den Lack zerkratzen könnte." Sagt er, bevor ich meinen Gedanken darüber zu Ende denken kann.

„Kannst du meine Gedanken lesen?"

„Ich habe es dir einfach an der Nasenspitze angesehen." Er tippt kurz auf meine Nasenspitze. Sein Gesicht ist ganz dicht vor meinem, als er sagt: „Fickfreundin. Sowas aus deinem Mund."

„Wie nennst du sie denn sonst?"

„Wenn denn?"

„Die Tussi, die auf deinem Schoß saß und mit der du wahrscheinlich Sex hattest oder willst."

Er beugt sich noch weiter vor und unserer Gesichter sind nur noch wenige Millimeter auseinander. Ich schnappe unweigerlich nach Luft.

„Es gibt nur eine, mit der ich ficken will." Er sieht mir tief in die Augen und ich kann den Braunton, den seine Augen haben, nicht deuten. Ich will gar nicht wissen, mit welcher der Schminckkastentussies er schlafen will oder womöglich geschlafen hat.

„Die eine," sagt er und schaut mir direkt in die Augen, „sitzt gerade bequem auf der Motorhaube meines geliebten Autos."

Ich schnappe vor Überraschung nach Luft, da küsst er mich schon. Seine Zunge drängt sich in meinen Mund. Ich öffne meine Beine, damit er dichter an mich herantreten kann. Das tut er sofort und fasst mich bei der Hüfte. Ich drücke mich an ihn. Er küsst meinen Hals. „Dann tu es," fordere ich ihn auf und kann selber nicht glauben, dass ich es sage.

„Was?" fragt er überrascht an meinem Hals.

„Fick mich," sage ich langsam und, wie ich hoffe, mit sexy Stimme.

Einen Moment hört Joe auf meinen Hals zu küssen. „Weißt du, wie lange ich mir das schon vorstelle?" flüstert er in mein Ohr und knabbert an meinem Ohrläppchen. „Ich würde dich erst so nehmen, wie du jetzt bist. Ich würde dir dein Höschen ausziehen und du würdest das blanke Metall an deinem heißen geilen Arsch spüren. Du wirst es kaum erwarten können, bis ich in dich eindringe."

Ich versuche ihm die Hose zu öffnen, doch er nimmt meine Hände, beugt sich so über mich, dass ich mich zurück auf die Haube legen muss. Mit einer Hand hält er meine Hände über meinem Kopf zusammen und stützt sich auf den Ellenbogen. Mit der anderen Hand wandert er von meinem Hals tiefer.

„Dann würde ich dich umdrehen, so dass deine nackten Brüste über das blanke Metall scheuern, jedes Mal, wenn ich in dich hineinstoße." Ich versuche mich aufzurichten, doch er hält mich fest. Seine Hand wandert tiefer.

„Dann tu es," stöhne ich.

„Süße, wenn du nüchtern und wirklich bereit dazu bist, werde ich es tun." Seine Finger schieben sich unter mein Kleid und in mein Höschen.

„Du wirst immer schön feucht, wenn ich dir so schmutzige Sachen sage. Es gefällt dir, wenn ich solche Sachen sage, oder?"

Ich stöhne auf, als er die empfindlichste Stelle meines Körpers findet und liebkost. Er kichert leicht und küsst mich wieder. Ich kann mich weder auf den Kuss noch auf die Bewegungen seiner Hand konzentrieren. Mein Körper steht in Flammen. Ich will ihn spüren. Ich will ihn so dicht bei mir haben, wie es nur möglich ist.

„Wenn du nüchtern immer noch willst, darfst du meinen Schwanz anfassen, so oft und so viel du willst. Er wird schon nur bei deinem Anblick hart."

Ich merke, wie mein Körper sich anspannt.

„Lass los," sagt er und beißt mir leicht in den Hals. Ich lasse los, mein Rücken drückt sich durch und mich durchflutet eine Welle der totalen Entspannung. Vor meinen Augen ist alles verschwommen. Ich nehme nur wahr, dass Joe meine Hände loslässt und ich die Arme um seinen Hals legen kann. Es dauert etwas, bis ich zu atmen komme. Joe malt mit seinem Finger Kreise auf meinen Bauch.

„Sie ist weder meine Freundin noch mein Betthäschen noch meine Fickfreundin," sagt er. „Sie ist schon seit einem Jahr scharf auf mich. Aber da war nichts und da wird auch nie was sein. Hast du gesehen, wie die rumläuft?" Er lacht leise. Ich bin unglaublich erleichtert. Dabei sollte es mir ja egal sein. Warum sagt er es mir überhaupt.

„Nach Hause?" Fragt er. Ich nicke und er hebt mich von der Haube.

„So gerne du auch mein Auto fährst und ich dir dabei zusehe, aber in deinem Zustand lasse ich dich nicht ans Steuer." Er lacht und öffnet die Beifahrertür für mich.

Wir fahren aus der Garage und Joe schließt hinter uns das Tor. Er legt während der Fahrt seine Hand auf meinen Oberschenkel. Es kribbelt in meinem Körper, aber nach dem überwältigenden Orgasmus eben fühlt es sich einfach gut und beruhigend an und nur ein wenig erregend.

Ich lege meine Hand auf seine. Er schaut mich kurz an und lächelt. Ich hoffe, ich kann mir dieses Lächeln einprägen. Er sieht jünger und entspannter aus. Seine Augen leuchten richtig. Wenn ich es nicht besser würde, würde ich denken, er ist rund um glücklich.

Als wir in meine Straße einbiegen, frage ich ihn: „Kommst du noch mit hoch?"

Er sieht mich an und zieht eine Augenbraue hoch. „Prinzessin, es war mein Ernst, dass du zu betrunken bist und .."

Ich unterbreche ihn: „Ich meinte eher, ob du heute Nacht hier schläfst." Ich blicke auf meine Hand, die auf seiner liegt und hoffe, dass ich nicht rot werde.

Er parkt. Dann nimmt er mein Kinn in seine Hand und zwingt mich, ihn anzusehen. „Nur schlafen?"

Ich nicke. Ja, ich möchte wirklich, dass er heute Nacht bei mir übernachtet. Ich möchte in seinen Armen einschlafen. Seinen Geruch einsaugen, wenn ich einschlafe und wenn ich aufwache.

„Okay," sagt er und mein Herz macht einen Satz.

31. Kapitel

„NEEEEEIN, NEEEEIN, das darf nicht sein, N E I N." Ich schrecke aus dem Schlaf hoch. Ich bin benebelt vom Alkohol und vom Schlaf. Wer schreit denn hier so? Joe, er schreit aus vollem Halse. Ich packe ihn bei den Schultern.

„Joe, wach auf," brülle ich. Ich setze mich auf ihn um ihn besser schütteln zu können.

„Joe, verdammt, wach auf." Er blinzelt. Es dauert, bis er mich erkennt.

„Prinzessin?"

„Ja, ich bin da. Alles ist gut." Er drückt mich fest an sich. Ich streichle ihm durchs Haar und hoffe, ich kann ihn beruhigen. Sein Herzschlag und sein Atem beruhigen sich langsam.

„Tut mir leid, dass ich dich geweckt habe," sagt er.

„Ist ok. Geht es dir gut?"

„Wird schon." Er löst sich leicht von mir und ich kuschle mich neben ihn. Lege meinen Kopf auf seine Schulter und streichle seinen nackten Bauch. Er hat mir sein Shirt zugeworfen, nachdem er es ausgezogen hat und ich habe es angezogen. Es gefällt mir wirklich, in seinen T-Shirts zu schlafen.

Sein Atem wird immer ruhiger und er atmet immer tiefer. Ich möchte wirklich wissen, was er träumt, aber ich will ihn nicht zu sehr bedrängen, mit mir darüber zu reden.

Als er schließlich eingeschlafen ist, kann ich auch wieder schlafen.

Das nächste Mal wache ich von der Sonne auf, die mir ins Gesicht scheint. Ich brauche einen Moment, um mich zu orientieren. Ich kann mich an alles von gestern Nacht erinnern und es ist mir peinlich. Wie konnte ich nur zu Joe sagen, dass er mich ficken soll. Seit wann kenne ich solche Wörter überhaupt? Joe bringt eindeutig meine schlechtesten Eigenschaften zum Vorscheinen.

Apropos Joe, wo ist er? Ich reibe mir die Augen und setze mich auf. Mein Blick fällt auf eine meiner Karteikarten, die auf meinem Nachtisch liegt.

Ich musste schon los und habe es nicht übers Herz gebracht, dich zu wecken. Wenn du reden willst, komm´ vorbei.

Unter der Karte entdecke ich seinen Schlüssel. Reden? Ja schon, aber was, wenn er wieder so sauer wird wie letztes Mal?

Ich muss es ja nicht jetzt entscheiden, beschließe ich. Ich muss erstmal duschen und brauche dringend einen Kaffee. Ich schaue auf mein Handy. Es ist schon 14 Uhr und Tim hat eine Nachricht geschrieben. Er ist heute Nacht mit Magen-Darm-Grippe im Badezimmer eingezogen. Ich wünsche ihm gute Besserung und wir verschieben den DVD-Tag erstmal bis nach seiner Genesung. Das fehlt mir gerade noch, dass ich mich bei ihm anstecke.

Im Flur entdecke ich ein paar Schuhe, die der Größe nach wohl von einem Mann stammen. Ich muss lächeln und bin gespannt, wer denn nun Susas Freund ist. Ich verziehe mich mit meinem zweiten Kaffee in mein Zimmer. Ich möchte ihr so viel Privatsphäre geben, wie es in unserer kleinen Wohnung möglich ist. Ich fühle mich aber noch nicht fit genug, das Haus zu verlassen. Ich wüsste auch gar nicht, wohin ich gehen soll.

An meinem Schreibtisch, schlage ich das erste Buch auf und fange an zu lernen. Vielleicht sollte ich in die Bibliothek gehen, aber da darf man keinen Kaffee mit hineinnehmen und den brauche ich heute, zumindest erstmal, in großen Mengen.

Meine Gedanken schweifen immer wieder zur vergangenen Nacht. Auch wenn es mir noch immer die Schamesröte ins Gesicht treibt, muss ich lächeln und fühle mich glücklich. Nicht nur, dass sich Joes Berührungen so gut angefühlt haben, auch was Joe gesagt hat über die Tussi und dass er die Situation nicht ausgenutzt hat, obwohl ich mich ihm an den Hals geworfen habe. Das alles macht mich einfach glücklich und ich mag Joe noch mehr als vorher.

Ach, was soll´s. Ich tausche meine Trainingshose gegen Jeans und Joes Shirt gegen eines von meinen. Ich ziehe einen BH drunter und eine Zippjacke darüber. Ich schnappe mir Joes Schlüssel und mache mich auf den Weg zu ihm. Warum das Unvermeidbare hinauszögern? Ich möchte einfach mit ihm zusammen sein und werde eh zu ihm gehen.

32. Kapitel

Soll ich klingeln? Nein, Joe hat mir den Schlüssel ja gegeben, damit ich mich selber reinlassen kann. Ich weiß gar nicht, ob er schon zu Hause ist. Ich weiß ja gar nicht, was er heute Vormittag schon zu erledigen hatte. Sonst werde ich eben auf ihn warten.

Ich öffne die Tür zu seiner Wohnung und gehe in sein Schlafzimmer. Er steht vor seinem Bett. Ich bin so glücklich ihn zu sehen, dass ich auf ihn zu renne und ihn umschubse. Er ist so überrascht, dass er zurück aufs Bett fällt. Bevor er reagieren kann, setze ich mich auf seine Knie und fange an, seine Hose zu öffnen. Er nimmt meine Hände weg.

„Wow, wow, wow, Prinzessin. Langsam. Wir sollten reden," sagt er.

„Wir reden, wenn ich fertig bin," sage ich und schüttle seine Hände ab. Er ist zu verblüfft um mich aufzuhalten. Ich beuge mich über ihn und küsse ihn. Er ergibt sich meiner Forderung.

Joe legt die Hände an meine Hüften und will mich dichter ziehen. Ich hebe den Hintern.

„Beweg deinen Arsch," flüstere ich. Er tut es und ich schiebe seine Hose und Boxershorts nach unten. Er schnappt nach Luft, doch ich küsse ihn gleich wieder. Fest und intensiv. Meine Zunge spielt mit seiner. Ich weiß gar nicht genau, was ich jetzt tun soll. Ich habe noch nie einen nackten Mann in Natur gesehen.

Ich küsse seinen Hals und wandere mit meinen Lippen zu seiner Brust. Ich schiele nach unten. Er ist größer als ich dachte. Ich lege meine rechte Hand um seinen Schaft. Er fühlt sich so weich an. Ich versuche mich zu erinnern, was ich bisher alles über Sex gelesen haben. Ich bewege meine Hand auf und ab. Es fühlt sich gut an. Ich habe das Gefühl, er wird unter meinen Bewegungen nach größer und härter.

Joe stöhnt auf. Mich spornt es an und ich bewege meine Hand schneller. Ich streiche über seine Eichel und spüre, dass sie feucht ist. Meine Lippen wandern über seine Brust und zurück zu seinem Hals.

„Das fühlt sich so gut an Prinzessin."

Ich lächle und hoffe, dass er meine Unsicherheit nicht spürt und mein stolzes Lächeln nicht sieht. Sein Atem geht immer schneller.

„Ja, genau so. Oh Gott." Er wirft den Kopf zurück und über meine Hand ergießt sich eine klebrige Flüssigkeit. Ich streichle ganz sanft noch einmal auf und ab. Er zittert unter meiner Bewegung.

„Grins nicht so selbstgefällig," schmunzelt er.

Ich reiße meinen Kopf hoch und sehe ihn an. Mir war gar nicht aufgefallen, dass ich grinse.

„Es war zwar für mich das erste Mal, dass ich so komme, aber bei dir sicher nicht," sagt er mit einem Schmunzeln.

Ich merke, wie ich rot werde und schlage die Hände vors Gesicht. Joe nimmt meine Hände weg und zwingt mich, ihn anzusehen.

„Es kann nicht sein, dass du das noch nicht gemacht hast. Du wusstest doch, was du tust." In seinem Blick sehe ich Neugier und Ungläubigkeit.

„Können wir das Thema wechseln?" frage ich.

„Ich hätte zwar gerne noch eine Antwort, aber nun muss ich erstmal schnell duschen," sagt Joe und sieht an sich herunter.

Ich stehe auf. „Badezimmer ist die Tür nebenan," sagt er, als ich gerade überlege, wo ich meine Hände waschen soll. Während ich mir die Hände wasche kommt er nackt ins Bad. Mir bleibt die Luft weg. Obwohl ich seinen Penis gerade schon gesehen habe, ist es etwas völlig anderes, ihn jetzt hier so ganz nackt vor mir zu sehen.

„Gefällt dir, was du siehst?" fragt er und reißt mich so aus meinen Gedanken.

„Vielleicht," gebe ich zurück und verlasse das Bad.

Ich setze mich aufs Bett und warte auf ihn. Er trägt eine Jogginghose, die so tief sitzt, dass seine Beckenknochen zu sehen sind. Er sieht einfach zum Anbeißen aus.

„Bereit zum Reden," fragt er.

Ich muss mich konzentrieren. Ich reiße mich von seinem nackten Oberkörper los und schaue ihm ins Gesicht

„Worüber willst du denn reden?" frage ich ihn.

Er fährt sich mit der Hand durch sein Haar und ich merke, wie nervös er ist. „Naja, ich dachte über dich und mich und so."

„Und so?"

„Ja. Also ich weiß auch nicht. Ich denke einfach, wir haben Einiges zu besprechen und können so nicht weitermachen. Auch wenn mir das eben sehr gefallen hat," grinst er etwas verlegen.

„Setz dich doch erstmal," schlage ich vor. Er setzt sich neben mich und nimmt meine Hand. Er malt kleine Muster auf meinen Handrücken.

„Ich weiß nicht, wo ich anfangen soll," sagt er schließlich. „Du hast viele Fragen, kann ich mir vorstellen. Was ist deine dringendste Frage?"

Ohne das mein Hirn beteiligt ist, sagt mein Mund: „Deine Tätowierung." Ich habe so viele Fragen und ausgerechnet die stelle ich ihm? Ich bin echt nicht ganz dicht.

33. Kapitel

„Meine Tätowierung. Okay." Er atmet tief ein und ich merke, wie unangenehm es ihm ist. „Also, ich muss dazu etwas ausholen und es ist eine lange Geschichte. Willst du sie wirklich hören?"

Ich nicke. Die Frage ist raus und es interessiert mich ja wirklich, warum er sich die Tätowierung hat machen lassen. Auch wenn es sicher dringendere Sachen zu besprechen gäbe. Zum Beispiel, ob wir jetzt ein Paar sind und warum er sich immer wieder wie ein Arsch benimmt. Aber die Frage ist raus und die anderen werden wir dann eben nach seiner Geschichte besprechen.

Joe nickt und fährt fort: „ich weiß nicht, ob du dich erinnerst, aber als wir uns kennengelernt haben, also damals auf der Party bei Tim, da hatte ich eine Freundin. Tina."

Ich nicke. Ich wusste zwar bis eben nicht, wie sie heißt, aber ich wusste, dass er eine Freundin hatte.

„Tina und ich waren ungefähr 4 Jahre zusammen. Kennen uns aber schon aus Kindertagen. Ihre Eltern waren mit meinen gut befreundet. Wir sind oft zusammen in den Urlaub gefahren und waren oft zusammen auf Veranstaltungen. Es war also irgendwie logisch, dass wir ein Paar wurden. Ich habe da nie weiter drüber nachgedacht, bis zu der Party bei Tim."

„Ich bin schuld, dass ihr euch getrennt habt?" frage ich ängstlich. Ich wollte nie dafür verantwortlich sein, dass eine Beziehung in die Brüche geht. Ich verachte Frauen, die sich an Männer heranmachen, die in einer Beziehung sind. Anderseits kann ich mich auch nicht daran erinnern, Joe irgendwie angemacht zu haben am Abend der ersten Party. Ist meine Erinnerung getrübt?

„Nein, also nicht direkt," er seufzt und unterbricht meine Gedanken. „Also an dem Abend habe ich mich gefragt, warum ich überhaupt mit Tina zusammen bin. Ich kannte dich kaum, aber als du mich angelächelt hast, fühlte es sich gut an. Ich weiß nicht, wie ich das Gefühl beschreiben soll.

Ich denke, es war wie verknallt sein. Ich habe sowas vorher nie gefühlt. Als ich dich nachts in den Armen hatte, habe ich so gut geschlafen, wie lange davor nicht. Ich wollte dich einfach nur im Arm halten und nicht wieder loslassen, ohne dass ich darüber nachgedacht habe, warum."

Er streicht sich durch sein Haar und ich unterdrücke den Drang, es ihm gleich zu tun. „Na, wie dem auch sei, Tina hat mich am nächsten Morgen abgeholt und ich hatte mich entschieden, mich von ihr zu trennen. Nicht wegen dir. Also nicht, weil ich eine Beziehung zu dir aufbauen wollte. Ich wusste ja, dass du wieder wegfährst. Ich wusste auch nicht, ob wir uns je wiedersehen würden.

Aber ich wollte nicht mit Jemandem zusammen sein, den ich nicht liebe. Ich war mit ihr zusammen, weil es einfach und bequem war. Während der Fahrt habe ich mir überlegt, wie ich es ihr einigermaßen schonend beibringe, doch als wir bei mir ankamen sagte sie mir, dass sie schwanger sei. Ich war total geschockt und wusste nicht, wie das passieren konnte. Sie sagte, sie hätte die Pille öfter vergessen und wäre Freitagvormittag beim Arzt gewesen."

„Du bist Vater?" rutscht es mir heraus.

„Lass mich bitte ausreden. Ich war erst einmal total sprachlos. Nicht nur, wie selbstverständlich sie mir sagte, dass sie nicht auf die Verhütung geachtet hat, obwohl wir uns darauf geeinigt hatten, sondern auch darüber, dass sie schwanger ist. Das ist ja nun einmal keine Kleinigkeit, finde ich.

Eigentlich hatte ich mir ja vorgenommen, die Sache mit Tina zu beenden, aber ich wollte nicht, dass mein Kind ohne Vater aufwächst. Ich habe Tina zwar nicht geliebt, aber ich hatte mich an sie gewöhnt und dachte, es würde schon irgendwie funktionieren. Wenn erst einmal ein Baby da ist, würde sich eh alles ändern. Vielleicht würde ich ja auch lernen, sie zu lieben.

Ich blieb also und sie zog mit in die Einliegerwohnung meiner Eltern. Die ersten Wochen waren ok. Ich habe zwar hin und wieder gedacht, wie mein Leben wäre, wenn wir uns trennen würden, aber ich blieb.

Dann wurde es langsam schlimmer. Ich war immer unzufriedener und hatte keine Lust mehr, nach Hause zu gehen. Ich dehnte die Stunden in der Schule und der Werkstatt, in der ich nebenbei arbeitete, aus, wann immer es möglich war.

Im fünften Monat sagte uns der Arzt, dass wir ein Mädchen bekommen würden."

„Du hast eine Tochter?" ich kann einfach nicht den Mund halten. Er fixiert einen Punkt an der Wand.

„Nein," sagt er traurig. „Wir überlegten uns Namen und einigten uns irgendwann auf Lisa. Ich kann dir nicht einmal mehr sagen, wieso. Der Name hatte keine Bedeutung wie bei anderen, von wegen nach der Oma oder so. Aber ich mochte ihn.

Tina fing dann an, dass ich sie jetzt bald heiraten müsse. Es müsse sein, bevor Lisa das Licht der Welt erblicken würde. Ich konnte mich damit abfinden, mit ihr den Rest meines Lebens wegen Lisa zusammen zu sein und nicht mit einer Frau, die ich wirklich liebe. Aber ich wollte Tina auf gar keinen Fall heiraten. Also sagte ich ihr, dass ich sie nie heiraten werde. Erst recht nicht, nur, weil sie jetzt schwanger sei.

2 Tage später stand ich beim Einkaufen und hatte vergessen, was ich alles einkaufen sollte. Tina hat mir immer alles gesagt, aber nie aufgeschrieben. Also rief ich sie an, aber Tina ging nicht ans Telefon, da rief ich meine Mutter an und bat sie, nach Tina zu sehen und sie zu fragen, was ich alles mitbringen soll.

Tina war immer extrem sauer, wenn ich etwas vergaß beim Einkaufen. Meine Mutter versprach, nach ihr zu sehen und sich dann zu melden. Es dauerte ewig und als meine Mutter zurückrief, weinte sie. Sie weinte und schluchzte so laut, dass es ewig dauerte, bis ich verstanden habe, was los ist. Meine Mutter sagte mir, der Rettungswagen wäre schon unterwegs. Tina hatte Schlaftabletten mit Alkohol runtergespült."

„Oh Gott."

„Meine Mutter wusste nicht, wie viel Alkohol und Tabletten es waren. Ich bin nach Hause gerast und kam kurz nach dem Notarzt an. Er konnte mir nur sagen, dass sie noch atmet und sie sie ins Krankenhaus bringen müssen, um ihr den Magen auszupumpen.

Ich fuhr mit und wartete eine Ewigkeit, bis der Arzt zu mir kam und mich in Tinas Zimmer bat. Sie lag einfach da. Sie war ziemlich weiß, aber wach.

Der Arzt sagte mir, dass Tina wieder gesund werden würde, aber unsere Tochter es nicht geschafft hätte.

In mir zerbrach irgendetwas. Zumindest fühlte es sich so an. Ich fing an zu weinen wie ein kleines Baby. Meine Welt fiel in sich zusammen. Auch wenn Lisa nicht geplant war und ich mir nicht gewünscht habe, so jung Vater zu werden, habe ich sie schon geliebt.

Als ich Tina ansah, grinste sie mich triumphierend an. Es war so ein Schock, dass ich einfach aufgestanden und gegangen bin.

Sie hat unsere Tochter umgebracht, nur, weil ich sie nicht heiraten wollte. Hätte ich es getan, würde Lisa leben. Meine kleine Tochter hätte die Chance gehabt, das Licht der Welt zu erblicken.

Verstehst du, ich bin schuld am Tod meiner Tochter."

„Sag doch sowas nicht. Nicht du hast sie umgebracht. Sie war es. Sie hat die Tabletten genommen."

Er schüttelt nur traurig den Kopf und legt meine Hand auf sein Herz. „Nachdem ich eine Woche das Haus nicht verlassen hatte, habe ich mir diese Tätowierung machen lassen. Damit sie immer bei meinem Herzen ist. Ich weiß, dass es keinen rationalen Grund dafür gibt und es auch meine kleinen Tochter nicht zurück bringt, aber ich musste irgendetwas tun, um mich an sie zu erinnern."

Mir schwirrt etwas der Kopf. Das ist wirklich eine krasse Geschichte. Ich habe mit Vielem gerechnet, aber nicht mit so etwas. Ich bin froh, dass Joe so ehrlich zu mir ist.

Wie krank muss eine Frau sein, ihr eigenes Baby zu töten und das nur, weil jemand sie nicht heiraten will. Da wird mir klar, ich bin eigentlich schuld. Wäre ich nicht auf der Party gewesen, wäre das nicht passiert.

„Prinzessin, hör sofort auf damit."

„Womit?"

„Dir Vorwürfe zu machen. Deswegen habe ich es dir nicht erzählen wollen. Aber ich wollte dich wegen der Tätowierung auch nicht anlügen. Du bist nicht schuld. Du hast ja gar nichts gemacht. Du hast sogar geschlafen, als ich mich in dein Bett gekuschelt habe."

„Nein, habe ich nicht."

„Was?"

Ich atme tief durch. Er war so ehrlich zu mir, da will ich ihn nicht anlügen. „Habe ich nicht. Ich habe nur so getan, als würde ich schlafen. Ich wusste nicht, was ich tun soll. Ich habe ja gehört, dass du eine Freundin hast. Ich wollte dich küssen, aber es ging nicht. Es durfte nicht sein. Ich wusste nicht, was passieren würde, wenn wir wach und in einem Bett sind. Also habe ich so getan als würde ich schlafen. Als du im Schlaf dann Prinzessin zu mir gesagt hast, dachte ich, du träumst von ihr."

„Ich glaube, ich hatte gar keinen Spitznamen für sie. Und Prinzessin bist nur du, habe ich dir doch schon gesagt."

„Ja, aber das wusste ich damals ja nicht."

„Ich verstehe, wenn du mich jetzt nicht mehr magst und nichts mehr mit mir zu tun haben willst," sagt er und wirkt traurig.

„Warum sollte ich das?"

„Weil ich ein solches Arschloch war und sie nicht geheiratet habe."

„Ich finde zwar die Vorstellung schön, dass es noch Paare gibt, die erst heiraten und dann Kinder bekommen, aber ihr habt ja kein Kind geplant und ihr wart doch noch so jung. Ich glaube auch nicht, dass man wegen einem Kind heiraten sollte, sondern weil man sich liebt und den Rest des Lebens miteinander verbringen möchte.

Was ist aus ihr geworden?"

„Meine Mutter hat ihre Sachen gepackt und zu ihren Eltern gebracht. Ich bin ja nicht aus dem Bett gestiegen. Sie hätten die ganze Bude ausräumen können, ich wäre nicht aufgestanden.

Obwohl meine Eltern erst nicht begeistert waren, dass sie schon Großeltern werden, hatten sie sich doch darauf gefreut. Sie konnten ihr das nicht verzeihen und brachen daher auch den Kontakt zu ihren Eltern ab. Das tut mir noch immer leid, weil sie wirklich gute Freunde waren.

Ich weiß nur, dass sie durchs Abi gerasselt ist und keinen zweiten Versuch gemacht hat. Meine Mam hat sie mal beim Einkaufen gesehen als sie Regale eingeräumt hat. Da kauft meine Mutter jetzt nicht mehr ein. Sie war nur von ihrem Anblick total fertig. Sie hat es nicht über sich gebracht, sie zu fragen, was sie jetzt macht.

Ich möchte nie wieder etwas mit ihr zu tun haben. Ich denke so schon jeden Tag daran."

„Sind das auch deine Albträume?"

„Ja, ich habe sie jede Nacht. Ich erlebe jede Nacht, wie mir der Arzt die Nachricht überbringt. Nur wenn ich sturzbetrunken bin, dann träume ich nicht."

„Trinkst du oft?"

„Seit ein paar Wochen nicht mehr." Ich ziehe eine Augenbraue hoch. „Wenn ich trinken würde, könnte ich dich nicht fahren und nicht auf dich aufpassen." Er lächelt schüchtern. Ich küsse ihn auf die Wange.

„Gehst du jetzt?" fragt er vorsichtig.

„Willst du, dass ich gehe?"

„Nein, aber wie gesagt, ich würde verstehen, wenn du mich nicht mehr sehen willst."

„Darf ich dich noch was fragen?"

„Klar."

„Hast du danach angefangen mit den ganzen anderen Weibern und den Wetten?"

„Nicht gleich. Erst als ich hierher kam. Ich war jeden Tag in einem anderen Club. Du hast ja sicher schon gemerkt, dass hier jeden Abend die Woche ein anderer Club geöffnet hat. Ich habe mich betrunken, damit ich schlafen konnte und so habe ich die Anderen kennengelernt. Sie hingen in denselben Clubs ab, jede Nacht und tranken und rissen Mädchen auf.

Auch auf die Gefahr hin, dass deine Meinung über mich sich jetzt noch mehr verschlechtert. Ich hasste alle Frauen. Jede kam mir genauso kalt und berechnend vor wie Tina. Sie verdienten es nicht anders. Frauen tun immer so, als würden sie unter uns Männern leiden, aber ich hatte das Gefühl, Frauen benutzen Männer mehr. Ich wollte es ihnen heimzahlen und so stieg ich ein, als die Jungs mich fragten."

„Wie viele?"

„Willst du das wirklich wissen?"

Ich schüttle den Kopf. Er hat recht, ich will es nicht wirklich wissen.

„Es waren lange nicht so viele, wie du denkst. Ich habe nicht jede Nacht mit einer anderen Sex gehabt und ich habe auch nicht Jede gevögelt, die es behauptet."

Ich nicke nur. Mir fällt dazu einfach nichts ein. Er hebt mein Kinn an, so dass ich ihm in die Augen sehen muss.

„Was denkst du gerade?"

„Mir schwirrt ehrlich gesagt gerade etwas der Kopf. Als ich herkam habe ich nicht gedacht, dass mich so etwas erwartet. Ich muss das erstmal verdauen."

„Und was heißt das?"

„Dass ich vielleicht dazu noch Fragen habe, aber im Moment sollten wir es erstmal dabei belassen, finde ich."

„Okay. Und wenn du eine Frage hast, dann frag. Bleibst du heute Nacht hier?"

Ich bin etwas unsicher. Eigentlich möchte ich in Ruhe über die Sache nachdenken, aber ich möchte auch gerne in seinen Armen schlafen. Morgen früh muss ich zur Vorlesung, aber soweit ist es zu mir nicht.

„Ja, ich bleibe." Er holt mir ein T-Shirt aus einer Kommode.

„Ich brauche die aber auch irgendwann mal wieder, sonst habe ich bald keine mehr." Ich lache nur. Noch riechen die, die ich habe nach ihm. Wenn das nicht mehr so ist, tausche ich die gerne gegen neue. Aber das muss ich ihm ja nicht sagen.

Ich stelle meinen Handywecker 20 Minuten früher und kuschle mich in Joes Arm.

Ich wache auf, weil ich dringend auf die Toilette muss. Ich stolpere ins Bad. Ich bin nicht wirklich wach. Vom Bad ausgesehen versuche ich die rechte Tür zu öffnen, doch sie ist abgeschlossen. Ich runzle die Stirn. Dann fällt mir ein, dass es die falsche Tür ist und ich gehe ins Schlafzimmer und kuschle mich wieder ins Bett.

34. Kapitel

Ich wache das nächste Mal vom unerbittlichen Klingeln meines Weckers auf. Schnell schalte ich ihn aus, um Joe nicht zu wecken. Ich lege vorsichtig seinen Arm zu Seite, was er mit einem Seufzer kommentiert. Er scheint aber nicht aufzuwachen. Ich ziehe mich an und schleiche aus der Wohnung. Ich muss schnell nach Hause um zu duschen, mich umzuziehen und meine Unterlagen zu holen. Ich beeile mich und schaffe es sogar zu meinem morgendlichen Stopp beim Bäcker vor dem ersten Kurs. Heute habe ich tatsächlich schon Hunger auf dem Weg zu meinen Kursen. Ich esse daher mein Käsebrötchen schon auf dem Weg auf.

Nach meinem ersten Kurs schreibe ich Joe.

Ich musste zur Vorlesung und wollte dich nicht wecken. Ich wünsche dir einen schönen Tag.

Auch wenn ich total müde bin, kann ich gut aufpassen in den Kursen. Ich bin gut gelaunt und entspannt. Ich weiß gar nicht, ob es mir hier in Köln bisher je so gut ging und das, obwohl ich viel zu wenig Schlaf bekommen habe.

Mittags erinnert mich eine Nachricht von Peer daran, dass wir zum Essen verabredet sind. Das hätte ich wirklich fast vergessen. Ich freue mich schon auf das Treffen, auch wenn ich Peer heute sagen muss, dass Joe und ich ein Paar sind. Wobei, sind wir das überhaupt? Wir haben nicht direkt darüber gesprochen, aber nach dem Geständnis gestern besteht daran ja wohl kein Zweifel mehr, oder?

Ich mag Peer wirklich gerne und verbringe gerne meine Zeit mit ihm. Deswegen muss ich ehrlich zu ihm sein, damit er sich keine falschen Hoffnungen macht, falls er sich etwas in dieser Richtung erhofft. Peer soll sich nicht von mir irgendwie verarscht oder so fühlen, wenn er es von jemand anderen hört. Ich möchte, dass wir Freunde sind, ob ich nun mit Joe zusammen bin oder nicht.

Joe schreibt mir ebenfalls:

Ich wünsche dir auch einen schönen Tag Prinzessin. Sehen wir uns heute Abend?

Ich überlege, ob ich ihm schreiben soll, dass ich mit Peer essengehe. Letztes Mal war er richtig sauer als Peer mich nachhause begleitet hat. Ich sollte es lieber lassen.

Ich habe heute Abend leider keine Zeit. Morgen nach meiner Schicht mit Fit?

☹ Ja, dann sehen wir uns morgen. Ich hole dich ab.

Mein Herz macht einen Satz. Auch wenn es eigentlich gemein ist, freue ich mich über den traurigen Smiley. Aber noch mehr freue ich mich, dass Joe mich morgen von meiner Schicht abholen will.

Der Tag geht schnell vorbei und Peer wartet schon beim Coffee-Shop auf mich. Ich freue mich wirklich, ihn zu sehen und hoffe, dass wir auch nach meiner Beichte, dass ich nun mit Joe zusammen bin, noch so gut befreundet sein werden. Die Zeit mit ihm ist schön und unbeschwert. Wir mögen viele gleiche Dinge und können über dieselben Dinge lachen.

Während wir auf unser Essen warten reden wir über unseren Tag und die Kurse. Als der Kellner das Essen gebracht hat, muss ich es einfach ansprechen. Es wäre sonst unfair.

„Peer," sage ich ernst. „Ich muss dir etwas sagen."

„Du klingst, als wäre jemand gestorben," sagt er und lächelt.

„Nein, zum Glück nicht, aber," ich weiß nicht, wie ich es sagen soll. Er schaut mich mit seinen grünen Augen forschend an und ich will ihm nicht weh tun. Ich atme tief durch. „Also ich bin echt gerne mit dir zusammen. Ich mag dich wirklich gerne als guten Freund, aber ich habe einen festen Freund und finde, das solltest du wissen."

Peer sieht mich lange an und ich rutsche nervös auf meinem Stuhl hin und her. Kann er endlich etwas sagen? Mir ist nie aufgefallen, wie blau seine Augen sind. Er sieht mich so intensiv an, dass ich mich nicht traue, wegzusehen.

„Okay," sagt er langsam. „Ich mag dich wirklich Anna."

Ich nicke nur und er fährt fort: „Ich wüsste aber nicht, warum wir uns nicht weiter so treffen können, wenn du es auch möchtest."

Ich bin so erleichtert und atme tief aus. Mir war gar nicht aufgefallen, dass ich die Luft angehalten hatte. Ich schneide mir ein Stück von meiner Pizza ab.

„Willst du mir sagen, wer es ist?" fragt Peer und sieht auf sein Essen.

„Eigentlich nicht," sage ich. „Ich möchte erstmal sehen, wie es läuft."

„Alles klar. Aber wenn, kannst du es tun. Es ist nicht so, dass ich mich freue, dass du einen anderen Freund als mich hast," sagt Peer und lacht leise, „aber ich freue mich für dich, wenn er dich glücklich macht. Ich glaube aber eh, dass ich weiß, wer es ist." Er grinst und ich falle ihm einfach um den Hals. Er ist so lieb und ich bin so erleichtert.

Während wir weiter essen, reden wir genauso wie sonst. Es hat sich wirklich nichts geändert.

Peer bringt mich nach Hause und vor der Tür wartet Joe. Irgendwie hätte ich es mir auch denken können. Hätte ich nur darüber nachgedacht. Dann hätte ich Peer darum geben, mich nicht nach Hause zu bringen.

Ich freue mich, dass Joe da ist. Ich freue mich immer, ihn zu sehen, außer wenn er eine andere Tussi auf dem Schoß hat. Doch als ich seinen Gesichtsausdruck sehe, bin ich mir nicht mehr so sicher, ob ich mich wirklich freuen sollte, ihn zu sehen.

„Ich sag doch, ich weiß, wer es ist," sagt Peer leise. Dann wünscht er mir eine gute Nacht und geht.

„Ist das dein Ernst?" sagt Joe. Seine Stimme ist leise, aber eisig und schneidend. Ich zucke zusammen.

„Was?"

„Ich vertraue mich dir an. Du sagst, es sei alles in Ordnung und dann triffst du dich gleich am nächsten Abend mit einem anderen? Du bist wirklich das Letzte. Du hättest wenigstens ehrlich zu mir sein können. Wenn es dich anwidert, was ich getan habe, verstehe ich es, aber sowas. Du bist, du bist …" Er dreht sich um ohne den Satz zu Ende zu sprechen.

„Joe warte," ich versuche ihn am Arm festzuhalten. „So ist es doch gar nicht." Er reißt sich los und geht.

Ich weiß nicht, was ich tun oder sagen soll. Soll ich ihm nachrennen oder hierbleiben. Ich entscheide mich für letzteres. Er soll sich erstmal beruhigen, bevor ich ihm das alles erklären kann.

Schließlich habe ich nichts falsch gemacht. Genau genommen, habe ich mich auch mit Peer getroffen, um ihm klar zu machen, dass wir nicht mehr als Freunde sein werden. Ich habe es also auch etwas für Joe getan und das obwohl er nicht mal gesagt hat, dass er mit mir zusammen sein will.

Joe treibt mich in den Wahnsinn.

35. Kapitel

Joe hat sich den ganzen Abend nicht bei mir gemeldet. Ich überlege, ob ich mich melden soll oder nicht. Eigentlich will ich ihm nicht nachlaufen und mich womöglich für etwas entschuldigen, für das ich mich nicht entschuldigen muss. Andererseits möchte ich mich nicht benehmen wie ein Kindergartenkind, daher schreibe ich ihm am nächsten Morgen.

Hey. Sehen wir uns heute noch?

Doch ich erhalte den ganzen Tag keine Antwort und Joe wartet auch nicht, wie verabredet, vor dem FIT auf mich um mich abzuholen. Ich versuche ihn anzurufen, doch ich lande gleich auf seiner Mailbox.

„Joe, ruf mich bitte zurück. Ich war mit Peer schon lange verabredet und ich habe mich hauptsächlich mit ihm getroffen, um ihm zu sagen, dass ich jetzt mit dir zusammen bin und er und ich nie mehr als gute Freunde sein können. Zumindest dachte ich, wir, du und ich wären ein Paar."

Ich gehe nach Hause und hoffe, dass er zurückruft. Doch das tut er nicht.

Auch am Mittwoch höre und sehe ich nichts von Joe.

Am Donnerstag weicht meine Besorgnis um ihn langsam einer Wut. Ich habe mir erst Sorgen gemacht, weil ich dachte, er wäre verletzt, weil ich mit Peer essen gegangen bin und es ihm nicht gesagt habe. Aber jetzt werde ich wütend, richtig wütend. Joe hat mir nicht einmal die Chance gegeben, die Sache aufzuklären und nun geht er mir aus dem Weg und ignoriert mich.

Ich habe kurz überlegt, ob ich zu ihm nach Hause gehen soll um mit ihm zu reden, habe den Gedanken aber verworfen. Ich habe schließlich nichts Falsches getan.

Joe benimmt sich wie ein kleines, bockiges Kind. Es ist frustrierend.

Donnerstagabend scheuche ich die Teilnehmer in meinen Kursen so richtig. Irgendwohin muss meine Wut. Ich will mich richtig auspowern und so sind die Übungen anstrengender als sonst. Die Teilnehmer scheint es nicht wirklich zu stören und sie versuchen mitzuhalten. Am Ende danken mir einige der Teilnehmer und meinen, es sei wirklich ein super Kurs gewesen. Alle Teilnehmer haben rote Gesichter und schwitzen, aber sehen trotzdem glücklich aus. Das freut mich, auch wenn ich noch immer sauer bin. Nicht auf sie natürlich, sondern auf Joe.

Deswegen beschließe ich, nach dem Kurs noch in den Poleraum zu gehen. Ich bin noch nicht bereit, nach Hause zu gehen, wo ich nur wieder darüber nachdenke, warum Joe sich nicht meldet. Ich muss mich auspowern.

Ich stecke mir meine Ohrstöpsel in die Ohren und starte meine Musik. Ich fange mit einem Tabata Training an, dass ich sicher morgen in jedem meiner Muskeln spüren werde. Ich bin noch immer sauer auf Joe und versuche mich so müde zu machen, dass ich heute Nacht vor Erschöpfung Schlaf finde.

Nach einer Stunde bin ich so erschöpft, dass ich mich hinsetzen muss. Ich lege mich gleich ganz auf den Rücken um erst einmal zu Atem zu kommen. Ich genieße die Musik aus meinem Mp3-Player. Ich habe mir zur Entspannung Brian Adams ausgesucht.

Ich erschrecke mich fast zu Tode, als mir jemand einen meiner Ohrstöpsel herauszieht. Ich war so in meine Musik vertieft, dass ich nicht mitbekommen habe, dass jemand den Raum betreten hat. Anscheinend war ich auch so fertig vom Training, dass mein Körper nicht auf Joe reagiert hat. Er legt mir eine Hand in den Nacken und will mich küssen, doch ich ziehe mich zurück.

Eigentlich wünsche ich mir nichts sehnlicher, als dass Joe mich küsst und alles wieder in Ordnung ist, aber die letzten Tage waren einfach die Hölle und das wegen ihm. Da kann ich nicht einfach so tun, als wäre nichts geschehen. Er soll merken, dass er so nicht mit mir umgehen darf.

„Es tut mir leid," sagt er. „Ich war wirklich ein Idiot. Ich war nur so wütend, weil du einfach mit einem Anderen ausgegangen bist."

„Du hättest mir zuhören können," sage ich und meine Stimme klingt verbittert.

„Dazu war ich zu sauer und dann dachte ich, wenn du eh einen anderen willst, kann ich es nicht ändern. Ich habe mein Handy ausgeschaltet und wollte meine Ruhe. Ich weiß, dass es total dumm von mir war. Bitte verzeih mir. Ich bin nicht gut darin, mit Frauen umzugehen. Also nicht, wenn es nicht nur darum geht, mit ihnen ins Bett zu gehen."

Joe kommt einen Schritt auf mich zu und ich weiß nicht, was ich tun soll. Ich will ihn küssen, aber so kann es doch nicht weitergehen. Andererseits hat er sich ja gerade entschuldigt und scheint seinen Fehler einzusehen.

Bevor ich weiter grübeln kann, berühren seine Lippen meine und mein Hirn füllt sich mit Watte. Meine Lippen öffnen sich automatisch und als seine Zunge mit meiner spielt sind auch die letzten Zweifel verschwunden.

Ich will ihn, ich brauche ihn. Auch wenn es erschreckend ist, mein Körper verzehrt sich nach ihm. Ich ziehe ihn dichter zu mir auf den Boden. Sein Seufzen verschwindet fast in meinem Mund. Joe schiebt ein Bein zwischen meine und stützt sich auf einem Ellenbogen ab. Mein Körper reckt sich ihm entgegen.

Als Joe seine Hand auf meinen Bauch legt, durchfährt es mich wie ein Stromschlag. Meine Nackenharre stellen sich auf. Joe beginnt meinen Hals zu Küssen. Seine Küsse jagen mir weitere Schauer über den Rücken.

Er löst sich von mir und dreht mich mit dem Gesicht zum Spiegel, mit dem Rücken zu ihm.

„Sieh dich nur an. Du bist so unglaublich sexy."

Meine Wangen sind gerötet vor Erregung. Ich sehe einfach müde und kaputt aus, finde ich.

„Deine Lippen sind einfach der Wahnsinn. Sobald ich sie sehe, will ich sie küssen." Er drückt mir einen Kuss direkt hinter das Ohr und ich erschauere erneut. Seine Zunge fährt meine Halsschlagader entlang. Es kribbelt in meinem ganzen Körper. Ich will mich zu ihm umdrehen um ihn zu berühren, aber er hält mich fest.

„Und deine Titten. Ich habe noch nie so schöne Exemplare gesehen," haucht Joe an meinem Hals und beginnt, meine linke Brust zu kneten. Ich schließe die Augen, um seine Berührungen besser genießen zu können.

„Nicht wegsehen, Prinzessin. Schau, wie hübsch du bist." Ich öffne die Augen. Ich kann Joe im Spiegel in die Augen sehen. Obwohl seine Lippen an meinem Hals knabbern, kann ich sein Lächeln sehen. Seine Augen sind fast schwarz vor Erregung.

„Setz dich hin," murmelt er und ich tue es. Er spreizt die Beine und zieht mich zwischen seine, noch immer mit dem Rücken zu ihm. Seine Lippen liebkosen weiter meinen Hals. Die linke Hand verwöhnt erneut meine Brust. Mit der rechten gleitet Joe meinen Bauch hinab.

„Ich wette, du bist schon wieder ganz feucht für mich. Du kannst dir nicht vorstellen, wie erregend es ist, dass du so auf mich reagierst." Er schiebt seine Finger zwischen meine Beine. Joe zieht zischend die Luft ein und ich spüre an meinem Rücken, dass er ebenfalls erregend ist. Obwohl ich ihn gar nicht anfassen kann.

Als Joe beginnt meine empfindlichste Stelle zu streicheln, lasse ich den Kopf nach hinten sinken. Es fühlt sich so gut an.

„Schau in den Spiegel, Prinzessin. Du bist so unheimlich heiß," sagt Joe und beißt mir in den Hals. Ich sehe im Spiegel, wie sich seine Hand in meiner Hose bewegt und es erregt mich tatsächlich.

„Nackt, wäre es noch heißer," flüstert Joe. Ich kann ihm nicht antworten. Mein Körper ist sosehr von Gefühlen erfasst, dass ich nicht reagieren kann.

Unerbittlich streichelt Joe meine intimste Stelle, liebkost meinen Hals und meine Brüste. „Lass los, Prinzessin," haucht Joe und beißt mir unter dem Ohr leicht in den Hals. Das ist der letzte Anstoß den ich brauche, mein Körper spannt sich an, mein Rücken biegt sich durch und der Orgasmus schwappt über mich hinweg, wie eine riesige Welle.

Ich sacke in Joes Armen zusammen. Er drückt mir leichte Küsse auf den Nacken und hat seine Arme um meinen Bauch gelegt. Mein Atem geht langsam regelmäßiger und ich fasse nicht, was wir gerade getan haben. Was, wenn jemand reingekommen wäre? Oh Gott, daran will ich jetzt gar nicht denken.

„Wollen wir nach Hause gehen?" fragt Joe.

„Ich nicke."

„Zu dir oder zu mir?"

„Ist mir egal, aber ich wohne dichter und ich bin echt kaputt." Jetzt merke ich erst, wie erschöpft ich wirklich bin. In Joes Armen überkommt mich eine innere Ruhe, die mir vorher noch nicht bewusst war. Ich möchte mich in seine Arme kuscheln und die Welt um uns herum vergessen.

„Gut, dann zu dir." Er steht auf und reicht mir die Hand um mir aufzuhelfen. Als wir den Raum verlassen, sehe ich, dass Joe die Tür verschlossen hatte und ich bin sehr erleichtert, dass er daran gedacht hat.

Ich gehe schnell duschen und wir machen uns auf den Weg zu mir. Wir kuscheln uns in mein Bett. Joe schließt mich in die Arme und in wenigen Sekunden bin ich eingeschlafen.

36. Kapitel

Ich wache auf, weil Joe an meinem Hals knabbert. Unweigerlich muss ich seufzen.

„Prinzessin, wir müssen aufstehen. Ich muss vor den Kursen noch nach Hause und mich umziehen. Außerdem trägst du mal wieder mein Shirt zum Schlafen. Und ohne Shirt ist es wirklich zu kalt draußen."

Ich kuschle mich weiter in seine Arme und reibe dabei meinen Hintern an seinem Schoß. Sofort bin ich wach, als ich die Erektion an meinem Hintern spüre. Joe knurrt an meinem Hals.

„Wir müssen wirklich aufstehen," seufzt Joe in mein Ohr. „Ist Susa da?"

„Eigentlich müsste sie schon los sein, warum?"

„Weil ich mir dann nichts überziehen muss um ins Bad zu gehen," grinst er.

Ich genieße es, dass er sogar im Winter oben ohne schläft. Er sieht nicht nur verdammt heiß aus ohne Shirt, es fühlt sich auch gut an, seine nackte Haut zu spüren. Und ich liebe es einfach, in seinen Shirts zu schlafen. Egal wie ich mich drehe, ich habe immer seinen Geruch in der Nase.

Nur in Boxershorts steht Joe auf und reicht mir die Hand.

„Komm schon. Aufstehen."

Widerwillig lasse ich mich von ihm auf die Füße ziehen. Ich will nicht aufstehen. Ich will liegen bleiben mit Joe. Er zieht mich mit sich ins Bad. Ich habe gesehen, dass der Kaffee schon fertig ist, also ist Susa schon unterwegs.

„So, ab unter die Dusche," scheucht Joe mich. Ich gehorche mürrisch. Ich bin absolut kein Morgenmensch. Das heiße Wasser unter der Dusche entspannt mich etwas. Ich schließe die Augen um es zu genießen. Die Dusche öffnet sich und Joe steigt zu mir in die Dusche.

„Was machst du?" frage ich erschrocken.

Joe ist komplett nackt. Ich kann nicht anders, ich muss ihn anstarren. Seine Brust hebt und senkt sich schneller unter meinem Blick. Die Muskeln sind meiner Meinung nach genau im richtigen Maße trainiert. So, dass man die Konturen genau erkennen kann, aber nicht so stark, dass es eklig aussieht.

Mein Blick wandert tiefer und sein bestes Stück reckt sich mir groß und steif entgegen.

Joe grinst. „Gefällt dir, was du siehst?"

Ich merke, wie ich rot werde. Ich kann meinen Blick aber auch nicht abwenden. Joe macht einen Schritt auf mich zu, um ebenfalls unter dem Wasserstrahl zu stehen. Er legt eine Hand unter mein Kinn, so dass ich ihn ansehen muss. Seine Augen sind dunkelbraun und ich sehe in ihnen pure Lust.

Ich stelle mich auf die Zehenspitzen und küsse ihn. Sanft, aber fest und bestimmt. Er packt mich, dreht mich um und zieht mich dicht an sich heran. Mein nackter Hintern drückt sich automatisch gegen ihn.

Joe legt seine Hände auf meinen Bauch und küsst meinen Nacken. Obwohl das Wasser heiß ist, bekomme ich eine Gänsehaut.

Seine linke Hand wandert zu meinen Brüsten und beginnt eine zu kneten. Mein Kopf sinkt gegen Joes Brust. Daraufhin knabbert er an meinem Hals unterhalb meines Ohrs. Das heiße Wasser läuft über meinen Körper.

Joe schiebt seine andere Hand zwischen meine Beine. Ich seufze auf und drücke mich noch dichter an ihn. Seine Finger beginnen an meiner intimsten Stelle zu kreisen. Das heiße Wasser gleitet über meine Brüste und meinen Bauch auch zwischen meine Beine.

Meine Knie werden weich und drohen zu versagen. Ich kann mich nicht mehr auf den Beinen halten. Joe nimmt die Hand von meinen Brüsten, legt den Arm um meine Taille und drückt mich fest an sich, so dass ich nicht umfallen kann.

Seine Finger streicheln mich unerbittlich weiter. Ich habe keinerlei Kontrolle mehr über meinen Körper. Joes Finger in Kombination mit dem heißen Wasser und seine Lippen an meinem Hals sind einfach zu viel für mich. Als er zärtlich zubeißt, schreie ich seinen Namen und der Orgasmus der mich überrollt ist so stark, dass ich Angst habe, ihn nicht zu überleben.

Ich zittere am ganzen Körper und versuche zu Atem zu kommen. Joe hat beide Arme fest um mich geschlungen und hält mich fest. Unablässig verteilt er Küsse auf meinem Hals.

Als ich ruhiger atme, setzt er mich vorsichtig ab. Wartet aber, ob meine Beine mich wieder tragen. Ich kann zwar stehen, aber meine Beine sind noch immer wie Wackelpudding. Joe dreht mich zu sich um und küsst mich auf die Stirn.

„Alles okay?" fragt er. Es klingt nicht arrogant, wie ich es erwartet hätte, sondern eher besorgt.

Ich nicke und schmiege mich an ihn.

„Wirklich?"

„Ja," murmel ich. „Es war nur sehr intensiv."

Er küsst mich auf den Scheitel.

„Jetzt müssen wir uns aber beeilen, um noch rechtzeitig zu den Kursen zu kommen," sagt er und greift nach meinem Shampoo.

„Sehen wir uns heute Abend," frage ich ihn. Ich möchte gerne den Abend geplant mit ihm verbringen ohne Streit und Ärger.

„Ähm," er sieht mich nicht direkt an. „Nein, heute habe ich keine Zeit, aber morgen gerne."

„Mh," ich bin enttäuscht, will aber auch keine nervige Klette sein. Also frage ich nicht weiter nach, was er vorhat. Ich hoffe, er wird es mir von sich aus erzählen. „Okay. Dann schreiben wir?"

„Auf jeden Fall," sagt er und küsst mich auf die Nasenspitze.

37. Kapitel

Es ist Freitag und ich freue mich tatsächlich sehr aufs Wochenende. Ich weiß zwar noch nicht, wieviel Zeit ich mit Joe verbringen werde, aber ich hoffe, er hat nichts weiter vor und wir können das Wochenende genießen.

Bald ist Weihnachten und das stresst mich immer etwas, dabei habe ich nie etwas Großartiges vor, aber ich möchte jedem etwas Besonderes schenken. Da fällt mir ein, ich muss auch noch Geschenke kaufen. Ob ich für Joe auch etwas kaufen soll?

Ich weiß ja gar nicht, was wir genau haben oder was wir genau sind. Früher war es einfach. Früher küsste man sich und damit war klar, man ist ein Paar. Da wurde nicht lange darüber herumdiskutiert. Es war einfach so und fertig.

Aber heute? Wo so viele mit Fremden auf Partys oder sonstwo herumknutschen oder sogar ins Bett gehen, als ob es kein Morgen gäbe? Wo einige es normal finden, dass sie mit mehreren gleichzeitig sowas wie eine Beziehung führen? Wo Treue kein Automatismus in einer Beziehung ist? Heute scheint alles so viel komplizierter.

Bis Weihnachten habe ich ja noch etwas Zeit und bis dahin weiß ich hoffentlich, woran ich bei Joe bin. Nein, nicht hoffentlich, ich werde es wissen. Ich bin keine von denen, die für so etwas zu haben sind.

Entweder sind wir ein Paar oder nicht. Und wenn wir kein Paar sind, dann wird es auch keine Küsse, keine Berührungen oder Ähnliches mehr geben. Auch wenn ich wahrscheinlich altmodisch bin und viele dafür kein Verständnis haben, ich brauche eine klare Definition meiner Beziehungen zu anderen Menschen. Und ich möchte Intimitäten nur mit einem Mann austauschen. Einem Mann, dem ich genauso wichtig bin, wie er mir. Einem Mann, der mich kennenlernen möchte und mit mir Zeit verbringen möchte.

Susa überredet mich dazu, sie noch einmal zu einer Party zu begleiten. Da Joe heute eh keine Zeit hat und ich einfach keine Lust zum Lernen habe und ich schon dem Stoff voraus bin, kann es ja nicht schaden. Besser als zu Hause zu sitzen und an Joe zu denken.

Peer wird auch da sein und die anderen Freunde von Susa mag ich auch gerne. Ich werde zwar nicht lange bleiben, aber kurz mal reinschauen und mit den Anderen etwas Spaß haben.

Susa sagt mir immer wieder, dass es wichtig ist, neben der ganzen Arbeit an der Uni auch mal sein Leben zu genießen. Wo wir ja noch so jung sind. Eigentlich hat sie ja recht. Ich finde zwar, dass man es nicht so ausschweifend genießen muss, wie die anderen Frauen, die dann die Hälfte ihrer Kleidung anscheinend vergessen anzuziehen, sich dann fast bis zur Besinnungslosigkeit betrinken und mit fremden Männern rummachen, aber rausgehen und Spaß mit Freunden haben ist definitiv eine gute Sache.

Zumindest versuche ich mir das einzureden, damit ich nicht darüber nachdenke, was Joe wohl gerade macht.

Während ich nur in Jeans und eine blaue ärmellose Bluse schlüpfe und meine Haare zu einem Knoten nach oben binde, sieht Susa aus, als würde sie auf eine Gala gehen.

„WOW," rutscht mir raus, als ich sie sehe. Sie sieht wirklich umwerfend aus.

„Danke," sagt sie und ich bilde mir ein, dass sie ein bisschen rot wird.

Ich glaube, Susa steht einfach alles. Egal wann ich sie sehe, sie sieht immer toll aus. Selbst, wenn sie morgens verschlafen ins Bad schlürft. Ich bin manchmal neidisch auf sie. Nicht, dass ich es ihr nicht gönne, aber ich wünsche mir manchmal, auch immer so gut auszusehen. Ich muss nicht perfekt aussehen, wenn ich aus dem Bett krabble, aber manchmal wünsche ich mir doch, dass ich ohne Aufwand aussehe, wie die Mädchen in den Modemagazinen. Denn so eines könnte Susa auf jeden Fall sein.

Ich schüttle über so viel Dummheit den Kopf. Keines der Mädchen in den Modemagazinen sieht aus wie auf den Bildern, bevor bestimmt 3 Leute an ihr rumgemacht haben, Make-up, Haare, Kleidung und womöglich danach noch Photoshop.

Aber Susa scheint wirklich nicht viel Zeit auf ihr Aussehen zu verwenden und sieht immer klasse aus. So ist es nun mal, während ich Susas Schönheit bewundere, hat sie bestimmt irgendetwas, dass sie selber an sich stört.

Die Feier ist in dem Club, in dem wir an meinem ersten Abend waren. Also das erste Mal, als ich mit Susa feiern war. Es ist voll und stickig und ich überlege kurz, ob es wirklich eine gute Idee war, hierher zu kommen. Doch da sehe ich Peer, der mich so nett anlächelt, dass es mir wirklich ans Herz geht.

Ich bin so glücklich darüber, dass er mir keine weiteren Fragen zu Joe stellt und akzeptiert, dass wir nur Freunde sein können. Ich mag ihn wirklich, aber eben nur als guten Freund. Auch das war früher wesentlich einfacher, als Jungs noch doof waren und man sich auf dem Schulhof beim Fußballspielen umgeschubst hat.

Wieso denke ich eigentlich momentan andauernd daran, wie einfach das Leben als Kind war? So alt bin ich noch gar nicht und die Zeit lässt sich nun einmal nicht zurückdrehen.

Ich lächle Peer an und hoffe, dass er es als genauso herzlich empfindet, wie ich seins. Er nimmt mich gleich in den Arm.

„Schön, dass du da bist," sagt er.

„Ich freu mich auch, dich zu sehen," gebe ich zurück und meine es wirklich so.

„Darf ich fragen, wo dein geheimnisvoller Freund ist oder lieber nicht?" fragt er und lächelt noch immer.

„Darfst du, er hatte heute keine Zeit und ich muss ja auch nicht jede freie Minute mit ihm verbringen, oder?"

Peer grinst, „ja, da hast du Recht. Ich muss sagen, ich bin nicht traurig darüber, dass er keine Zeit hat." Das glaube ich ihm sofort. Schließlich scheint Joe nicht gut auf ihn zu sprechen zu sein.

Es macht heute wirklich Spaß. Vielleicht liegt es daran, dass ich seit meinem Umzug das erste Mal richtig glücklich bin. Peer und ich denken uns Namen und Geschichten über die anderen Leute aus. Welcher Name zu ihrem Äußerem passen würde und warum sie wohl hier sind. Sowohl, in Köln an sich, als auch jetzt hier auf der Party.

„Der Typ," sagt Peer, „mit der Gelfrisur. Der sieht so schnöselig aus, der ist von Beruf sicher Sohn."

Ich schaue genauer hin. Seine Haare sind so stark gegelt, dass sich ja keine Haarsträhne bewegen kann, um aus der Frisur zu fallen.

„Wer trägt denn ein pinkes Polohemd als Mann?" frage ich kopfschüttelnd.

„Keine Ahnung, vielleicht trägt er auch pinke Unterwäsche."

Ich muss mir vor Lachen schon den Bauch halten. Allein die Vorstellung, dass dieser durchtrainierte Typ mit einer Frau rummacht und sie dann die pinke Boxershorts sieht, wenn er die Hose fallen lässt. Mir treten Tränen in die Augen.

„Kragen schön aufgestellt, als wäre er richtig wichtig," sagt Peer weiter. „Wahrscheinlich hat er zu Hause nichts zu sagen. Mutti hat alles im Griff und legt ihm noch die Klamotten raus."

„Entweder er wohnt noch bei Mutti oder sie macht ihm einen Wochenplan, was er wann anziehen muss." Wir lachen wieder und mein ganzer Körper schüttelt sich.

Da sehe ich, dass Joe in den Club kommt. Im selben Moment sieht er mich. Ich lächle und freue mich wirklich, ihn zu sehen. Wobei ich mich frage, warum er hier ist, wenn er doch für mich keine Zeit hatte.

Gerade als ich einen Schritt auf ihn zu machen will, schüttelt er kaum merklich den Kopf. Die Brünette vom letzten Mal schiebt ihre Hand unter seinen Arm und drückt ihn. Ich erstarre. Peer merkt, dass etwas nicht stimmt und folgt meinem Blick.

„Alles ok?" fragt er besorgt.

„Ja, alles ok," sage ich mechanisch.

„Wollen wir gehen?"

Ich schüttle den Kopf, ich kann doch Peer nicht die Party versauen, nur, weil Joe so ein verdammtes Arschloch ist.

„Nein, bleib ruhig, ich denke aber, ich werde gehen," sage ich zu Peer.

„Quatsch, ich begleite dich. Ohne dich ist es ja nur halb so lustig. Wir können ja einen Kaffee trinken gehen in dem kleinen Lokal auf dem Weg zu dir. Die haben die ganze Nacht auf. Wenn du Lust hast und nicht zu Hause alleine sein möchtest."

Peer ist wirklich super. Eigentlich möchte ich alleine sein, aber ich weiß, dass ich dann nur weinen würde. Vielleicht hat Peer recht und etwas Gesellschaft hilft. Aber hier will ich auf gar keinen Fall blieben. Nicht bei Joe und dieser Tussi.

Ich bedeute Susa, dass wir gehen. Sie schaut etwas irritiert, nickt aber und hebt den Daumen.

Im Lokal holt Peer uns einen Kaffee und wir setzen uns an einen der Tische in der Ecke mit Blick auf die Straße. Nach einer Weile sagt Peer: „Wenn du reden willst, bin ich da."

„Danke," sage ich leise und kämpfe mit den Tränen. Ich will aber im Moment nicht darüber reden. Ich muss erstmal selber begreifen, was heute passiert ist. Außerdem möchte ich weder vor Peer weinen, noch möchte ich, das Peer mich für eine absolute Idiotin hält, weil ich auf Joe hereinfallen bin.

„Siehst du die?" fragt Peer und deutet aus dem Fenster. Mein Blick fällt auf eine pummelige kleine junge Frau.

„Sie ist auf der Suche nach einem neuen Freund, wobei ihr ein Mann für eine Nacht auch reicht."

„Wie kommst du darauf?" frage ich und versuche die Gedanken an Joe zu verdrängen.

„Weil ihr Kleid 2 Nummern zu klein ist. Sowohl in der Breite als auch in der Länge. Bei jedem Schritt siehst du, dass es höher über den Hintern rutscht. Bald steht sie unten ohne da."

Bei der Vorstellung muss ich lachen. Es ist zwar nicht so wie vorhin, aber immerhin ein kleines Lachen.

„Schau mal," sagt Peer. „Da ist ja unser pinkes Muttersöhnchen wieder."

Tatsächlich, da stolziert er an unserem Fenster vorbei. Stolzieren muss man schon sagen, denn gehen ist anders.

„Ich glaube, der hat einen Stock im Arsch," sage ich.

„Der läuft, als würde er in der nächsten Staffel von Top Model oder so mitspielen wollen."

„Na, bei dem Gang, hätte er sicher Chancen." Dieses Mal muss ich schon lauter lachen.

Ich weiß nicht, wie lange wir in dem Lokal sitzen und uns Geschichten ausdenken, aber als die Sonne aufgeht, wird uns bewusst, dass es eigentlich viel zu spät ist. Peer bringt mich nach Hause und umarmt mich zum Abschied. Ich muss ihm versprechen, mich zu melden, wenn ich reden will.

Ein Blick auf mein Handy zeigt mir, dass Joe viermal angerufen und zwei Nachrichten geschickt hat. Ich ignoriere es. Er hat es nicht verdient, dass ich meine Zeit für ihn verschwende. Ich schalte mein Handy aus, ziehe mich um und kuschle mich in mein Bett. Ich konzentriere mich auf den lustigen Teil des Abends mit Peer, um einzuschlafen.

38. Kapitel

Ich wache erst mittags auf. Sofort habe ich das Bild von Joe und der Anderen vor Augen. Ich schüttle den Kopf, um das Bild zu vertreiben, doch es gelingt mir einfach nicht. Was für eine verzwickte Scheiße. Wieso ist mein Leben auf einmal so schrecklich und wie konnte es so kompliziert werden? Wobei, ist es wirklich kompliziert?

Joe hat augenscheinlich eine Freundin oder eine, wie man so schön sagt, Fickfreundin, und ich bin eben nur eine, mit der er nebenbei etwas hat. Ich bin nur eine naive dumme Kuh, welche für Abwechslung sorgen soll. Oder was auch immer. Auf jeden Fall will er nicht mit mir zusammen sein. Zumindest nicht so, wie ich es mir wünsche.

Peer hingegen ist wirklich ein netter Kerl. Er bringt mich zum Lachen und möchte immer für mich da sein. Ich verbringe gerne meine Zeit mit ihm. Das Problem ist nur, dass Peer keine Schmetterlinge in meinem Bauch zum Fliegen bringt wie Joe. Ich mag Peer sehr, doch die Erregung, die ich bei Joe sofort spüre, wenn wir nur den kleinsten Körperkontakt haben, stellt sich bei Peer nicht ein.

Aber vielleicht ist es das. Liebe ist nicht diese unbändige Leidenschaft, die ich bei Joe fühle. Es ist eben nur das: Leidenschaft, nur die Hormone, die verrückt spielen. Natürlich steht in den Büchern immer, die Liebe würde einen mit voller Wucht treffen. Man würde sofort wissen, dass man den Anderen liebt und am Ende würde alles gut gehen. Aber es sind eben nur Bücher und dies ist das Leben, mein Leben.

Die Irrungen und Wirrungen in Büchern und Filmen kommen doch auch oft nur, weil irgendwer sich mit jemand Anderen vergnügt oder es zumindest danach aussieht, als wäre es der Fall. Ist das nicht genau der Stoff, aus dem die ganzen Dailysoaps sind? Ich will und werde keine der Frauen sein, die sich von ihren Hormonen steuern lässt.

Ich bin schließlich hier zum Studieren und nicht, um mich mit Männern zu beschäftigten. Genau das werde ich jetzt tun. Mich nur auf mein Studium konzentrieren. Peer und ich sind Freunde und so soll es zumindest erst einmal bleiben. Und Joe und ich. Ja, wir sind keine Freunde und offensichtlich auch kein Paar. Wir sind nichts und werden daher einfach unsere Leben weiterleben, getrennt voneinander wie noch vor wenigen Wochen.

Nachdem ich meine Gedanken sortiert habe und zu meinem Entschluss gekommen bin, stehe ich auf, hole mir meinen ersten Kaffee und beginne zu lernen. Mein Handy lasse ich einfach aus. So kann mich wenigstens keiner ablenken.

Auch wenn ich dem Stoff noch voraus bin, lerne ich viel. Alles was ich erledigt habe, habe ich erledigt. Susa sehe ich den ganzen Tag nicht, bin mir aber sicher, dass es ihr gut geht.

39. Kapitel

Die Weihnachtsferien stehen vor der Tür. Ich habe Joes Anrufe und Nachrichten ignoriert. Ich habe einfach mein Leben weitergelebt und so getan, als würde es ihn nicht geben, als wäre nie etwas zwischen uns passiert. Ich wüsste nicht, was ich sonst tun sollte.

Während meiner Schichten im FIT ist Joe entweder nicht aufgetaucht oder nur zusammen mit seinen Kumpels, so dass ich ihn links liegen lassen konnte. Die Schmetterlinge in meinem Bauch sind zwar nach wie vor da, aber es wird besser. Zumindest sage ich mir das jedes Mal.

Ich habe mich von Susa zu keiner weiteren Party überreden lassen, aber ich habe mich hin und wieder mit Sam und Peer getroffen. Mein Studium steht aber an erster Stelle und genauso sollte es sein.

Ich freue mich auf die Ferien. Endlich ein paar Tage in meiner Heimat. Ich kann mehr Zeit mit meinen Eltern und Lena und Nick verbringen. Die wenigen Wochenenden zu Hause waren einfach zu kurz. Ich werde nie verstehen, wie die anderen Studenten ihre Familie nur in den Ferien besuchen und auch dann nur wenige Tage, weil sie noch in den Urlaub fahren oder fliegen wollen.

Mein Zuhause wird immer mein Zuhause bleiben. Meine Eltern haben mein Zimmer nicht verändert und ich fühle mich noch immer wie ein glückliches Kind, wenn ich sie besuche.

Heiligabend gehe ich mit meinen Eltern in die Kirche. Seit einigen Jahren frage ich mich, warum das so viele Leute tun. Das ganze Jahr über gehen sie nicht in die Kirche, sie verschwenden kaum einen Gedanken daran. Einige treten sogar aus der Kirche aus, weil die

Kirchensteuer ihr eh schon schmales Gehalt noch verringert.

Viele haben, wenn überhaupt, zum letzten Mal in eine Bibel geschaut, als sie noch zum Konfirmandenunterricht gegangen sind. Kaum einer weiß, warum Weihnachten überhaupt gefeiert wird oder wer Jesus war. Keiner betet oder dankt Gott für sein Hab und Gut. Die Antwort auf die Frage, warum man denn Weihnachten in die Kirche geht, ist meistens dieselbe: Weil Weihnachten ist.

Ich glaube manchmal, dass es eher ein gesellschaftliches Ereignis ist, an dem die Bewohner teilnehmen wollen, weil es sich so gehört. Es wird darauf geachtet, wer sonst noch da ist und wessen erwachsene Kinder zu Besuch sind. Wer mit wem kommt und geht und und und. Es belebt anscheinend das Dorfleben.

Einmal habe ich meine Eltern gefragt, warum wir nur Weihnachten in die Kirche gehen. Sie sagten, dass es sich Heiligabend so gehören würde. Ob sie wirklich an Gott glauben oder nicht, haben sie mir nicht gesagt.

Ich denke auch nicht, dass der Glaube an Gott davon abhängt, wann und wie oft man in die Kirche geht. Ich habe noch nie darüber nachgedacht, ob ich immer Heiligabend mit meinen Eltern in die Kirche gehen werde. Komisch, bei anderen denke ich darüber nach, warum sie es tun und selber habe ich nie daran gedacht, was passiert, wenn ich selber eine Familie haben werde.

Bisher habe ich auch noch nie daran gedacht, wohin ich nach meinem Studium ziehen werde. Für mich war bisher immer klar, dass mein Leben hier in Emden ist und sein wird.

Das ich ausgerechnet diese Weihnachten darüber nachdenke, wie meine Zukunft aussehen wird, liegt sicher nur daran, dass ich jetzt ein paar Monate nicht mehr bei meinen Eltern lebe. Wo mir vorher nur die Vorstellung, weg von meinen Eltern zu sein, immer Angst gemacht hat. Eigentlich wüsste ich auch nicht, was sich jetzt an meinem Lebensplan geändert haben sollte, nur, weil ich etwas Großstadtluft geschnuppert habe, wie Nick es gerne nennt.

Ich genieße die Woche bei meinen Eltern wirklich, auch wenn es dieses Jahr zu Weihnachten keinen Schnee gibt.

Es ist eine Auszeit meines stressigen Studienlebens und meines Gefühlschaos. Auch wenn ich mich bemühe, es immer zu verbergen, scheint es noch immer da zu sein. Meine Gefühle lassen sich nicht so kontrollieren, wie es mir lieb wäre. Joe schleicht sich noch immer in meine Gedanken. Besonders, wenn ich alleine in meinem Bett liege und versuche zu schlafen.

Ich hoffe, mein Zuhause wird immer meine Zuflucht sein, wo ich mich immer sicher und geborgen fühle.

Nick und Lena sind Weihnachten immer gestresst, weil sie alle drei Tage irgendeine Veranstaltung mit der Familie haben. Auch wenn ich meine Eltern wirklich liebe, bin ich froh, dass sie Weihnachten nicht so wichtig nehmen. Heiligabend verbringen wir miteinander und den ersten und zweiten Weihnachtsfeiertag durfte ich schon immer verbringen, wie ich wollte. Als meine Großeltern noch gelebt haben, waren sie Heiligabend immer bei uns zum Essen. Es war immer schön, dass die ganze Familie einmal im Jahr zusammenkam. Ich finde es aber schrecklich, dass es bei vielen nur geheuchelt ist. Das ganze Jahr über scheren sie sich einen Dreck umeinander und denken nicht mal daran, sich einen Tag zu treffen, aber weil Weihnachten ist, lieben sich auf einmal alle und es ist eitel Sonnenschein.

Meine Eltern, Großeltern und ich haben uns auch so oft getroffen und nicht nur, weil Weihnachten war. Aber ich habe es immer geliebt, mit dem geschmückten Baum und den Kerzen. Vielleicht ist es aber auch nur die verklärte Erinnerung an meine Kindheit. Für mich sind meine Großeltern alle viel zu früh gestorben. Ich habe nicht viele Erinnerungen an sie, aber alle sind positiv. Ich vermisse sie.

Da ich Susa versprochen habe, sie nicht allzu lange allein zu lassen, fahre ich am 29.12. schon wieder nach Köln. Ich habe Silvester nie groß gefeiert. Meistens saßen wir mit ein paar Freunden zusammen, aber in diesem Jahr geht Nick auf eine Riesenparty und ich hatte absolut keine Lust, ihn zu begleiten. Lena feiert in München. Meine Eltern werden wie immer um zehn ins Bett gehen. Da kann ich auch nach Köln fahren.

Der wichtigste Grund ist aber, dass unsere Dozenten wohl nichts von Ferien halten und wir deswegen echt viel Arbeit haben, die ich noch erledigen muss. Vielleicht schaffe ich es auch, dass ich noch einmal zu meinen Eltern fahren kann. Köln bietet außer Susa in den Ferien keine Ablenkung. Peer und Sam sind bei ihren Eltern und das FIT braucht mich nicht, weil zu wenig los ist. Aber erst die Arbeit, dann das Vergnügen.

40. Kapitel

Susa sitzt am Küchentisch, als ich in die Wohnung komme. Sie nascht Kuchen und liest nebenbei in einer Zeitschrift.

„Wie schön, dass du wieder da bist,“ sagt sie, springt auf und umarmt mich herzlich. „War ganz schön einsam hier.“

Ich lache, „und was ist mit Robert?“

„Na erst einmal wohnt Robert hier nicht und dann macht Pizza essen und quatschen mit dir einfach unglaublich viel Spaß.“

Ich muss lachen. Ich glaube zwar nicht, das Susa ihre Zeit lieber mit mir verbringt als mit Robert, aber ich freue mich, dass sie gerne Zeit mit mir verbringt.

„Was ist das?“ frage ich und deute auf ein kleines Päckchen auf dem Küchentisch. „Wir hatten doch vereinbart, dass wir uns nichts schenken.“

„Ähm, ja. Hatten wir und ich habe mich darangehalten. Das ist nicht von mir.“ Sie wirkt nervös. Sie seufzt tief, „es ist von Joe.“

Ich starre sie ungläubig an. Sie fährt fort: „Es lag hier oben vor der Tür und ich habe die Karte gelesen. Da stand zwar nur Anna drauf, aber ich glaube nicht, dass du weitere Geschenke erwartest und die Handschrift von Peer kenne ich. Daher nehme ich stark an, dass es von Joe ist.“

Ich starre das kleine Päckchen an und bemerke kaum, dass Susa mir einen Teller hinstellt und ein Stück Kuchen daraufstellt.

„Browniekuchen,“ sagt sie.

Geistesabwesend greife ich danach. „Mh, der ist ja der Wahnsinn." Das meine ich total ernst. Der Kuchen hat genau die richtige Konsistenz und schmeckt genauso wie die tollen Brownies die Susa ab und zu backt.

„Danke. Habe ich zum ersten Mal ausprobiert. Du weißt ja, ich liebe Schokolade."

„Wenn du so weitermachst, muss ich aufpassen, dass mein Lieblingsessen Pizza bleibt."

Susa lacht. „Wenn wir nicht Sport studieren würden, wären wir sicher schon beide 200 Kilo schwer." Ich lache mit.

Auch wenn ich für eine Sportstudentin definitiv nicht gut genug trainiert bin, halte ich mich doch für normal. Ich esse zu gerne und vor allem fettig und ungesund. Ich habe kein Sixpack wie viele andere Frauen und passe auch nicht in Kleidergröße size zero. Das war mir bisher auch total egal und ich hoffe, das wird so bleiben. Ich denke, ich könnte vielleicht drei oder vier Kilo abnehmen, aber an sich bin ich völlig normal und auch mein BMI stimmt. Das weiß ich auch nur, weil wir das letztens in einem Kurs ausrechnen mussten.

Ich esse einfach zu gerne gute Sachen und möchte nicht darauf verzichten. Für meinen Traum vom Sportstudium musste ich auf viel verzichten, aber ich finde auf den Genuss von Essen sollte man nicht verzichten. Ohne den vielen Sport müsste ich es bestimmt. Da hat Susa recht.

„Und? Wirst du es öffnen?" fragt Susa mich ernst und deutet auf das kleine Päckchen.

Ich seufze: „Ich weiß es nicht. Eigentlich habe ich mir vorgenommen, nichts mehr mit ihm zu tun zu haben, aber ich bin auch immer so schrecklich neugierig." Ich spiele mit meinen Fingern mit der kleinen Schachtel und drehe sie hin und her.

„Ach, komm, was soll's," sage ich und beginne die Schachtel zu öffnen.

Zum Vorschein kommt eine CD. Darauf steht `Spiel mich ab`. Unsicher schaue ich Susa an. Die springt auf, schnappt sich die CD und legt sie in den CD-Player in der Küche ein. Wir haben einen in der Küche, falls wir doch mal kochen oder Susa viel backt.

Susa hält inne, bevor sie den Play-Knopf drückt und frage: „Oder willst du sie lieber alleine hören?"

Ich weiß es nicht und schüttle daher mit dem Kopf. Ich weiß weder, was jetzt passiert, noch wie ich reagieren werde. Die CD startet und es erklingen die ersten Taktes eines meiner absoluten Lieblingslieder. ´Please forgive me´ von Brian Adams.

„Ist das, ist das, .." stottert Susa.

Ich nicke: „Das ist Joes Stimme." Joe, der für mich singt. Ich bin total ergriffen und sitze einfach nur da. In meinem Kopf überschlagen sich die Gedanken. Mein Herz schlägt mir bis zum Hals.

Joes Stimme ist wirklich klasse. Ich wusste gar nicht, dass er singen kann. Susa und ich sitzen schweigend da und hören das Lied.

Am Ende des Liedes sagt Joe: „Anna, bitte gib mir eine Chance, es zu erklären."

„Wow," sagt Susa nach einiger Zeit. „Für mich hat noch nie jemand gesungen."

„Für mich auch nicht. Aber vielleicht hat er das gar nicht für mich gesungen, sondern irgendwann einmal aufgenommen und brennt es jetzt einfach immer nur wieder neu, wenn er eine Frau beeindrucken will." Ich will es eigentlich nicht glauben. Es wäre wirklich toll, wenn Joe sich diese Arbeit nur für mich gemacht hätte. Aber Susa weiß selber, dass Joe ein Frauenheld ist.

„Das denkst du nicht wirklich, oder?" fragt Susa.

„Ich weiß es nicht."

„Mh, möglich ist es vielleicht," denkt Susa laut, „aber ich wüsste nicht, warum er das für irgendeine Frau jemals getan haben sollte. Der Abstand zwischen dem letzten Akkord und seinem letzten Satz ist minimal. Die Musik ist kaum verklungen. Das wäre dann wirklich echt geschickt gemacht und viel Arbeit."

Da hat sie vielleicht recht. Ich stehe auf und starte die CD neu. Ich werde genau darauf achten.

Susa hat Recht, der letzte Akkord ist noch nicht ganz verklungen, als Joe schon meinen Namen sagt. Ich seufze.

„Susa, ich weiß nicht."

„Was weißt du nicht?"

„Was ich davon halten soll und was ich tun soll."

„Das kann ich dir leider auch nicht sagen. Ich werde aus Joe jedenfalls nicht schlau. Aber er bittet dich ja nur um eine Chance, es dir zu erklären. Du musst nur wissen, ob du seine Erklärung hören willst oder nicht. Danach kannst du ja entscheiden, was du tust und ob du ihn zur Hölle jagst oder nicht. Ich wäre neugierig auf seine Erklärung, naja ich bin es auch so," sagt sie schmunzelnd.

Wieso muss Susa immer recht haben. Soviel älter als ich ist sie nicht, wirkt aber manchmal viel erwachsener und reifer als ich. Vielleicht liegt es daran, dass sie schon so lange für sich selber sorgt und nicht erst ein paar Monate wie ich.

„Okay, du hast Recht, wie immer."

Susa lacht. „Und auch wenn ich echt neidisch bin, Joe hat wirklich eine tolle Stimme."

„Ja, die hat er wirklich." Dabei muss ich lächeln. Es stimmt wirklich, seine Stimme ist toll. Nicht nur, wenn er singt. Eigentlich mag ich sie immer, besonders, wenn sie rau und belegt ist vor Erregung. Ich schimpfe in Gedanken mit mir selber. Daran sollte ich jetzt auf gar keinen Fall denken.

Susa startet die CD erneut und stellt das dreckige Geschirr zusammen.

„Ich merk schon, die CD muss ich dir kopieren," sage ich lachend.

„Ja, das wäre echt toll," sagt sie ernst. „Hör dir doch nur die Stimme an."

„Susa, du hast einen Freund," erinnere ich sie kopfschüttelnd.

„Na und? Darf ich deswegen keine guten Sänger mögen?" Sie stemmt die Hände in die Hüften. Und ich muss lachen.

„Doch, doch, aber ich denke, ich werde Joe vorher fragen müssen. Nicht, dass es ihm peinlich ist und nachher findet Robert die CD bei dir."

„Okay, dann frag ihn aber fix." Sie droht mir spielerisch mit dem Finger und ich hole mein Handy.

„Schon dabei."

Bevor ich mich um entscheiden kann, schreibe ich Joe: *Reden?*

Er schreibt sofort zurück: *Jetzt? Bei dir oder bei mir?*

Also so schnell hatte ich mir das nicht vorgestellt, aber andererseits, warum sollte man etwas aufschieben, was man eh erledigen will.

„Susa, hast du heute noch was vor?"

„Robert kommt in einer halben Stunde, warum?"

„Dann gehe ich zu Joe." Susa grinst von einem Ohr zum anderen und nickt nur.

Ich schreibe Joe schnell: *Ich komme vorbei. Noch Tasche auspacken.*

Er schreibt: *Ich warte*

41. Kapitel

Unschlüssig stehe ich vor der Haustür vor dem Haus, in dem Joe wohnt. Soll ich klingeln oder doch lieber gehen. Ich weiß nicht, was er mir sagen wird und ich weiß auch nicht wirklich, ob ich überhaupt noch irgendeine Erklärung hören möchte. Aber nun bin ich schon mal hier. Meine Neugier überwiegt und ich klingle, bevor ich es mir anders überlegen kann.

Sekunden später erklingt schon der Türsummer, als hätte Joe neben der Tür gewartet.

Unsicher und langsam steige ich die Treppe hinauf. Eigentlich ist es gut, dass ich hergekommen bin und Joe nicht zu mir eingeladen habe. So kann ich jeder Zeit gehen. Da habe ich vorher gar nicht drüber nachgedacht. Jetzt bin ich aber sehr froh darüber.

Joe steht im Türrahmen und wartet auf mich. Er trägt eine graue Jogginghose. Ich habe mich früher immer gefragt, wer so etwas überhaupt trägt. Sobald man schwitzt, bilden sich dunkelgraue Flecken. Ich habe mal bei einem Fitnesskurs mitgemacht, wo der Trainer so dermaßen geschwitzt hat, dass seine Hose am Hintern, im Schritt und an den Innenseiten der Beine komplett dunkelgrau war. Es sah so aus, als hätte er es nicht zur Toilette geschafft. Bei der Erinnerung muss ich grinsen.

„Was?" fragt Joe.

Ich schüttle den Kopf, vor Allem, um die Erinnerung zu vertreiben. Bei Joe sitzt die Hose auf den Hüftknochen, locker und lässig. Darüber trägt er ein einfaches weißes Shirt. Er sieht zum Anbeißen aus. Wieder schimpfe ich mit mir selber. Nicht darüber nachdenken. Ich bin hier um mir seine Entschuldigung anzuhören, nicht mehr und nicht weniger. Sobald er sie mir gesagt hat, gehe ich nach Hause. Keine Küsse, kein Streicheln, kein..

„Küche oder Schlafzimmer?" fragt er und durchbricht so meine Gedanken. Er klingt unsicher. Ist er wirklich unsicher oder spielt er mir nur was vor?

„Was ist in dem Zimmer?" rutscht es mir raus, bevor ich weiter darüber nachdenken kann und zeige auf das Zimmer, wo die Tür letztens verschlossen war.

Auf seinem Gesicht spiegelt sich so etwas wie Panik. Ich bin mir aber nicht wirklich sicher.

„Nichts," sagt er zwischen zusammengebissenen Zähnen.

Ich bin verwirrt. Was ist das für eine Reaktion auf eine Frage nach einem einfachen Zimmer? Aber auch wenn es mich wirklich interessiert, bin ich ja erstmal da, um seine Erklärung zu hören. Wenn mir die nicht reicht, um ihm zu verzeihen, geht es mich auch nichts weiter an.

Ich seufze und setze mich auf einen Küchenstuhl. Wenn ich mit ihm in seinem Schlafzimmer bin, könnten wir vielleicht etwas tun, was wir nicht tun sollten. Zumindest was ich nicht tun sollte.

„Okay," sagt Joe und wirkt etwas gelassener als noch vor einer Minute. Er setzt sich auf einen weiteren Stuhl. Ich lege die Hände in den Schoß und schaue ihn einfach nur an. Er wollte mir schließlich etwas erklären. Also soll er anfangen.

„Hast du mein Geschenk bekommen?"

„Ja, habe ich."

„Hast du sie dir angehört?"

„Ja, sonst wäre ich nicht hier." Warum redet er hier um den heißen Brei herum. Warum sollte ich mich sonst bei ihm gemeldet haben, wenn ich nicht seine CD gehört hätte?

Joe nickt, spricht aber nicht weiter.

„Also, du wolltest mir etwas erklären," fordere ich ihn daher auf, weiter zu reden. Ich kann nicht hier sitzen und in seine braunen Augen starren. Jeden Abend vor dem Schlafengehen habe ich sie mir vorgestellt. Ich bin überrascht, dass sie jetzt einen Braunton haben, den ich noch nicht kenne. Wie viele verschiedene Farbtöne können braune Augen eigentlich annehmen?

„Ja, das wollte ich. Ich weiß nur nicht, wie ich anfangen soll." Er schaut nervös auf seine Hände und spielt mit der losen Haut an seinem Daumen herum.

Ich warte einfach, bis er weiterspricht.

„Es tut mir leid, dass ich dir nicht gesagt habe, wo ich hingehe. Wobei ich weder geplant hatte, auf diese Party zu gehen, noch, dass Pia dabei sein würde."

Pia heißt die Schlampe also. Ich bin selber überrascht, dass ich so über jemanden urteile, den ich gar nicht kenne. Eigentlich tut es mir leid, dass ich sie gleich als Schlampe bezeichne, aber wer so rumläuft, hat es wohl nicht anders verdient. Außerdem hat sie meinen Joe angefasst, als würde er zu ihr gehören.

Mein Joe, ist er das, bzw. war er das? Zumindest habe ich das geglaubt, aber dem war wohl nicht so. Es war nur meine naive Vorstellung. Er war weder mein Joe, noch ist er das jetzt oder wird es je sein.

„Aha," sage ich nur. Was soll ich auch sonst dazu sagen.

„Aha?"

„Ja, aha. Das ist noch keinerlei Erklärung."

„Das stimmt. Ich war mit den Jungs zusammen. Du hast sie ja schon ein paar Mal gesehen und gehört, wie sie mit Frauen reden. Ich möchte nicht, dass dir das noch einmal passiert.

Als Luke damals zu dir sagte, er würde dir seine Stange anbieten, hätte ich ihm am Liebsten eine reingehauen. Aber in dem Moment war ich zu sauer auf dich, um etwas zu sagen."

Ich erinnere mich an den Abend im FIT. Der Typ war eklig und schmierig und ich war total enttäuscht von Joe, weil er nicht dazwischen gegangen ist. Er ist nicht dazwischen gegangen, weil er sauer auf mich war, weil er dachte, ich hätte etwas mit Nick neben ihm.

„Ich habe ihm später in der Woche noch eine reingehauen."

„Was?" Das hat er mir gar nicht erzählt.

„Ja, aber egal. Naja, auf jeden Fall wollte ich nicht, dass dir das noch einmal passiert. Ich weiß auch nicht, was sie tun würden, wenn sie wüssten, dass du mir etwas bedeutest. Bisher hat sich mir dieses Problem noch nie gestellt."

Er fährt sich mit der Hand durchs Haar. Hat er gerade gesagt, dass ich ihm etwas bedeute?

„Ich weiß, dass es dämlich war und ich es dir hätte vorher sagen sollen, aber ich war viel zu überrascht, dich dort zu sehen. Ich habe nicht gedacht, dass du dort auftauchen würdest. Als ich dich gesehen habe, wusste ich nicht, was ich tun sollte.

Susa hat dir sicher gesagt, dass die Jungs keinen Respekt vor Frauen haben. Ja, ich weiß, das gilt für mich auch bzw. galt bisher für mich. Es geht Ihnen nur um Sex. Viel davon und ohne Rücksicht auf die Frauen.

Ich habe Angst, was sie mit dir tun würden bzw. dir antun würden. Solange sie dich nicht auf dem Schirm haben, bist du in Sicherheit."

„In Sicherheit?"

„Ja, solange sie dich nicht auf dem Schirm haben, werden sie nicht versuchen, Sex mit dir zu haben. Glaub mir, denen ist es egal, ob du es freiwillig willst oder nicht."

Ich schaue ihn geschockt hat. Hat er mir gerade gesagt, dass sie Mädchen vergewaltigen? Wobei Susa ja auch sowas angedeutet hat. Sie hatte ja nur Glück, dass sie so kräftig zuschlagen kann.

„Ich bin nicht so. Das schwöre ich dir. Ich kann mich vielleicht nicht an jede Frau erinnern mit der ich Sex hatte und es waren vielleicht auch besoffene Frauen dabei, aber ich würde nie in meinem Leben Sex mit einer Frau haben, die es nicht will, geschweige denn sie unter Drogen setzen."

Ich weiß gar nicht, was ich sagen soll. Dass die Jungs krass drauf sind, hat Susa mir gesagt, aber das schockiert mich doch zutiefst.

Meine Eltern haben mich immer davor gewarnt, in Clubs und Discos etwas zu trinken, was ich mir nicht selber geholt habe, aber das ich wirklich Männer kennenlernen würde und so dicht bei ihnen sein würde, die Frauen so etwas antun, das hätte ich nicht erwartet. Und ich bin erst ungefähr 3 Monate in Köln. Was für Abgründe werden sich hier noch vor mir auftun?

Joe nimmt meine Hände und ich muss mich auf seine Worte konzentrieren. Bei seiner Berührung ist sofort das bekannte Kribbeln wieder da in meinem ganzen Körper. Ich kämpfe dagegen an, damit ich ihm zuhören kann.

„Anna, ich bin wirklich nicht so. Ich weiß, dass ich schlimm war und mich noch immer wie ein Arsch benehme, aber ich schlafe wirklich nur mit Frauen, wenn sie es freiwillig tun."

Ich nicke mechanisch. Ich weiß nicht, was ich davon halten soll oder was ich denken soll. Mit so etwas Krassem habe ich nicht gerechnet. Auch wenn ich Joe in meinen Gedanken oft genug verflucht habe und ihn für ein Arschloch gehalten habe, so etwas hätte ich nie gedacht.

„Ich habe nichts mit Pia. Das schwöre ich dir. Sie kommt immer bei mir an und baggert mich an. Das tut sie seit dem ersten Tag. Sie war nie Bestandteil einer Wette oder so. Sie tauchte einfach eines Tages auf und nervt mich seitdem. Vielleicht gerade, weil sie keiner von uns wollte. Drei ihrer Freundinnen gehörten zu einer Wette, sie nicht. Wahrscheinlich ist es ihr angekratztes Ego oder so. Keine Ahnung, aber ich hatte wirklich nie was mit ihr. Ich habe sie noch nicht einmal geküsst.

Abgesehen davon, dass ihre Kleidung rein gar nichts der Phantasie überlässt, war da nie irgendein Reiz dran, mit ihr zu schlafen. Ich weiß nicht, ob du mir glaubst oder ob du das verstehen kannst.

Die anderen Frauen waren meistens Teil einer Wette. Wenn nicht, musste ich aber trotzdem immer irgendetwas tun, um sie ins Bett zu bekommen, aber Pia," er seufzt, „da müsste ich nur mit den Fingern schnippsen. Es fehlt einfach der Reiz, wenn sich jemand so an dich ranschmeißt. Ich weiß nicht, wie ich es anders sagen soll. Zumal sie mich in keiner Weise antörnt."

Ich nicke. Ich weiß zwar nicht genau, ob ich ihn verstehe, aber ich denke, ich weiß ungefähr, was er mir sagen will.

Joe fährt sich wieder nervös durch sein Haar.

„Wenn ich Pia hätte stehen gelassen und wäre zu dir gegangen, hätten alle sofort gewusst, dass ich was von dir will. Zwar nicht was, aber es hätte sie gereizt, mit dir rumzumachen oder Schlimmeres."

Mir wird schlecht. Die Vorstellung mit einem von diesen ekligen Typen rumzumachen, auch wenn sie gut aussehen und sich gut anziehen, nach dem was ich jetzt weiß, ekeln sie mich an. Da sieht man wieder einmal, wie ein hübsches Gesicht doch täuschen kann.

„Alles bei ihnen ist ein Wettkampf. Jeder muss die anderen übertrumpfen oder schneller sein, wenn es um Frauen geht.

Es war dumm von mir, wie ich mich verhalten habe. Ich war feige, aber ich wollte dich wirklich nur beschützen. Ich will es noch immer, aber ich will auch nicht ohne dich sein. Du machst mich glücklich. Ich genieße jede Minute mit dir.

Es war für mich die Hölle, dass wir im selben Raum waren und ich dich nicht anfassen konnte und als du dann mit dem Lackaffen…"

„Peer ist kein Lackaffe," unterbreche ich ihn. Ich mag Peer und ich mag es nicht, wenn Joe schlecht über ihn redet. Immerhin war Peer an dem Abend für mich da.

Joe seufzt: „Okay, als du dann mit Peer gegangen bist, wäre ich euch am Liebsten nachgelaufen und hätte ihn gegen die nächste Wand geklatscht, damit er die Finger von dir lässt."

Ich schaue ihn erneut geschockt an. Ich weiß zwar, dass Joe aufbrausend ist, aber ich will auf keinen Fall, dass er Peer etwas tut.

„Entschuldige, ich versuche nur, ehrlich zu sein.

Ich habe mir die schlimmsten Dinge ausgemalt, die ihr tut. Aber ich dachte, wenn du jetzt mit ihm zusammen bist, bist du vor den Anderen sicher.

Anna, ich weiß, ich habe kein Recht zu fragen, aber hattest du was mit dem Lack… mit Peer?"

„Du hast recht, es geht dich nichts an," sage ich. Als ich aber den Schmerz in seinen Augen sehe, füge ich hinzu, „aber nein, hatte ich nicht. Peer und ich sind nur Freunde."

„Du bist die ganze Nacht nicht nach Hause gekommen," flüstert er leise, so dass ich es kaum hören kann.

„Woher weißt du das?"

„Ich habe vor deiner Tür gewartet."

Ich nicke nur. „Wir waren in dem kleinen Imbiss und haben die ganze Nacht geredet."

„Wirklich?" Seine Miene hellt sich etwas auf.

„Ja," seufz ich.

„Ich weiß, ich bin ein Idiot," sagt Joe. „Aber ich verspreche dir, ich möchte dich nur beschützen."

Seine Daumen streicheln über meine Handrücken. Eine Weile sitzen wir schweigend da.

„Sag bitte was," flüstert Joe.

„Ich weiß nicht, was ich dazu sagen soll." Ich entziehe ihm meine Hände und massiere mir die Schläfen. Ich bekomme Kopfschmerzen. Es dreht sich alles in meinem Kopf. Es sind so viele Dinge, die ich verarbeiten muss.

Joe stellt sich hinter mich und beginnt meinen Nacken zu massieren. Sofort bekomme ich eine Gänsehaut und mir jagt ein wohliger Schauer über den Rücken. Meine Muskeln entspannen sich unter seinen Fingern. Als Joe mir einen Kuss auf meinen Nacken haucht, springe ich auf und versuche so viel Platz wie möglich zwischen uns zu schaffen.

„Es, es, es tut mir leid,“ stottert Joe. „Ich habe dich so vermisst. Ich habe so vermisst, wie du riechst, wie du dich anfühlst und wie du schmeckst.“

„Hör auf,“ sage ich etwas zu laut. Joe zuckt zusammen, als hätte ich ihn geschlagen.

„Bitte,“ sage ich etwas ruhiger und leiser. „Es war alles sehr viel für mich heute und ich weiß nicht, was ich dir glauben kann. Und ich weiß auch nicht, ob ich dir glauben will. Und dann weiß ich auch noch nicht, ob ich dir vergeben werde.“

Joe nickt und sieht traurig aus. Auch wenn es fies ist, ein kleiner Teil von mir hofft, dass er wirklich traurig ist. Schließlich ging es mir wegen ihm auch schlecht.

„Ich muss darüber nachdenken. Allein.“

Joe nickt. „Darf ich dich wenigstens nach Hause bringen? Es ist schon spät und dann weiß ich, dass du gut angekommen bist.“

Ich sehe ihn skeptisch an.

„Keine Tricks,“ verspricht er. „Wirklich, ich möchte nur sichergehen, dass du gut nach Hause gekommen bist. Sonst mache ich mir die ganze Nacht Sorgen.“

Ich bin mittlerweile wirklich müde und erschöpft. Ich habe keine Lust, zu diskutieren, aber ich habe auch etwas Verständnis dafür, dass er mich nachts nicht alleine nach Hause laufen lassen möchte. Also stimme ich zu.

Schweigend gehen wir zu meiner Wohnung. In meinem Kopf drehen sich die Gedanken und ich bekomme sie nicht sortiert. Das könnte allerdings auch an der bloßen Anwesenheit von Joe liegen. Wieso bringt mich die nur immer so aus dem Konzept.

„Rufst du mich an oder schreibst mir, wenn du soweit bist?“ fragt Joe unsicher.

„Ja, das werde ich.“

„Danke. Egal wie deine Entscheidung ausfällt, auch wenn du mich jetzt hasst, ich wollte dich nur beschützen und mag dich wirklich gerne."

Ich nicke nur. Mir fällt nichts ein, was ich sagen soll. Joe dreht sich um und geht. Irgendwie bin ich enttäuscht, dass er nicht versucht hat, mich zu küssen. Aber er hat getan, was ich wollte. Also habe ich keinen Grund, traurig zu sein.

42. Kapitel

Susa sehe ich nicht, als ich in die Wohnung komme. Daher gehe ich gleich in mein Zimmer. Entweder ist sie mit Robert unterwegs oder sie sind in ihrem Zimmer und da möchte ich auf keinen Fall stören. Ich bin mir auch nicht sicher, ob ich ihr wirklich alles erzählen möchte, was Joe gesagt hat. Darüber reden würde sicher helfen, aber die Geschichte ist wirklich heftig.

Ich lege mich auf mein Bett und starre die Decke an. Warum bin ich jetzt so durcheinander? Ich habe mich entschieden, wie mein Leben weitergehen wird. Konzentration auf mein Studium und keine Männergeschichten. Warum musste ich mich auch mit Joe treffen?

Wenn ich ehrlich bin, musste ich es, weil ich hören musste, warum er mit einer anderen Frau auf der Party aufgetaucht ist. Ich musste wissen, ob er etwas mit ihr hat. Ich hätte nie richtig mit der Sache abgeschlossen, wenn ich keine Antworten auf diese Fragen bekommen hätte.

Die Frage ist jetzt nur, glaube ich ihm, was er gesagt hat und würde sich dann etwas an meinem Plan ändern?

Wieder frage ich mich, wie mein Leben so kompliziert werden konnte. Was ist mit meinem Plan passiert? Frustriert strample ich wie ein kleines Kind mit den Beinen. Ich werfe mich auf meinem Bett hin und her. Was ist das nur alles für ein Mist? Warum muss das ausgerechnet mir passieren?

Ich stehe auf und hole die CD aus der Küche, um sie über meinem Laptop abzuspielen. Joes Stimme ist nicht nur klasse, sie beruhigt auch meine Nerven. Ich ziehe mich um und kuschle mich in mein Bett.

Noch immer bin ich total geschockt. Warum hängt Joe mit den Anderen ab, wenn sie sich so verhalten? Warum unternimmt er nichts gegen sie, wenn er weiß, was sie Mädchen antun? Warum habe ich ihn das eben nicht gefragt?

In meinem Kopf tauchen immer mehr Fragen auf, auf die ich Antworten brauche. Die kann mir aber nur Joe geben. Damit ich ihn fragen kann, muss ich aber erstmal wissen, ob ich ihm überhaupt glaube und verzeihe.

Ich will es. Ich will ihm glauben und ich will ihm verzeihen. Das wird mir klar. Wenn nicht, würde ich mir nicht so viele Gedanken darübermachen und es würde mir nicht so schlecht gehen.

Ich vermisse ihn schrecklich, auch wenn ich versuche dagegen anzukämpfen. Eine Minute, die ich nicht an ihn denke, ist eine Seltenheit. Joe ist mein letzter Gedanke vor dem Schlafengehen und der erste, wenn ich morgens aufwache.

Das Grübeln bringt mich nicht weiter, also schnappe ich mir mein Handy und schicke Joe eine Nachricht: *Wach?*

Joe antwortet sofort: *Ja*

Wird es wieder passieren?

Das ist die Frage, die mich am meistens interessiert. Ich kann mir nicht vorstellen, dass ich damit leben könnte, dass Joe mich immer verleugnet und dazu noch zulässt, dass ihn andere Frauen anfassen.

Mein Telefon klingelt. Schnell springe ich auf und schalte die CD aus, die ich auf Endlosschleife eingestellt hatte.

„Ja," gehe ich ans Telefon.

„Hey," sagt Joe und nur seine Stimme verursacht bei mir eine Gänsehaut. Ich schließe die Augen und stelle mir einen Moment vor, dass er bei mir ist. Dieser kleine Moment macht mich unsagbar glücklich und ich muss mich beherrschen, ihn nicht zu bitten, zu mir zu kommen. Es ist immerhin mittlerweile 4 Uhr morgens.

„Was genau meinst du?" fragt Joe. „Ich werde nie wieder zulassen, dass Pia mich anfasst. Das wird zwar Stress und Ärger geben, aber ich will es ja eigentlich eh nicht. Es war nur leichter, es einfach zuzulassen, als immer wieder mit ihr zu diskutieren, dass sie es lassen soll. Für dich werde ich es aber tun."

Ich schweige. Ich weiß nicht, was ich sagen soll.

„Es wird auch keine andere dürfen," sagt Joe, als wüsste er, dass ich darüber nachgedacht habe.

„Und wirst du mich weiter ignorieren in der Öffentlichkeit?"

„Prinzessin," dieser Spitzname versetzt mir einen kleinen Stich, „es tat mir auch weh, das tun zu müssen. Für mich erschien es aber logisch und für dich der sicherste Weg. Ich habe dir gesagt, wovor ich Angst habe. Es ist deine Entscheidung, auch wenn ich nicht aufhören werde, mir Sorgen um dich zu machen."

Erneut schweige ich. Ja, er hat es mir gesagt und ich kann es auch nachvollziehen. Ich bin auch froh, dass er mir die Entscheidung überlässt. Im Moment kann ich dazu aber keine richtige Entscheidung treffen. Ich will, dass er zu mir steht und wir uns nicht verstecken müssen. Nach allem, was er mir erzählt hat, habe ich aber auch Angst vor seinen Kumpels.

„Willst du herkommen?" frage ich, bevor mein Gehirn mich daran hindern kann.

„Bin schon unterwegs. Ich lass auf dem Handy klingeln, wenn ich da bin oder ist Susa nicht da?"

„Weiß ich ehrlich gesagt gar nicht."

„Bis gleich," sagt Joe und legt auf.

43. Kapitel

Joe muss gerannt sein, denn schon nach fünf Minuten klingelt mein Handy. Ich stehe auf und öffne die Tür. Sofort höre ich, wie er die Treppe nach oben rennt. Er scheint immer zwei Stufen auf einmal zu nehmen.

Mir fällt ein, dass ich mir hätte etwas Anders anziehen sollen. Ich trage nur ein weißes Top und eine kurze Hose. Ich wollte ja eigentlich schlafen und keinen Besuch bekommen. Nun ist es aber zu spät, um mich umzuziehen.

Als Joe die letzte Treppe erreicht, kann ich ihn mir in Ruhe ansehen. Er trägt noch immer die graue Jogginghose. Obwohl es Dezember ist, trägt er nur ein dünnes weißes Shirt und eine graue Zippjacke. Eigentlich nichts, was einen Mann attraktiv macht oder schick kleiden würde, aber Joe sieht so verdammt heiß darin aus, dass ich meine Gedanken bremsen muss.

Ohne Kleidung sähe Joe sicher noch heißer aus. Ich merke, wie mir die Röte in die Wangen steigt und hoffe, Joe kann meine Gedanken nicht lesen.

Er kommt auf mich zu, legt mir eine Hand in den Nacken, die andere auf den Rücken und zieht mich an sich. Sofort drückt er seine Lippen auf meine. Sie sind weich und fest zugleich. Ohne dass ich darüber nachdenken kann, öffnen sich meine Lippen und seine Zunge gleitet in meinen Mund. Joe seufzt in meinen Mund, als meine Zunge mit seiner zu spielen beginnt.

Wie habe ich das vermisst. In meinem Körper beginnt es überall zu kribbeln. Ich bekomme eine Gänsehaut. Obwohl meine Hormone vor Glück Purzelbäume schlagen, breitet sich in mir eine innere Ruhe aus, die ich lange nicht gespürt habe.

Ich löse mich von ihm, auch wenn es mir schwerfällt und ziehe ihn an der Hand mit in mein Zimmer. Ich will unbedingt vermeiden, dass Susa uns hier auf dem Flur rumknutschen sieht. Auch, wenn sie sicher schon Schlimmeres gesehen hat, wenn ich daran denke, wie sich einige auf den Partys hier benehmen. Aber mir wäre es peinlich, wenn sie uns dabei beobachten würde. Außerdem will ich Joe am Liebsten die Klamotten vom Leib reißen und das muss Susa nun definitiv nicht sehen.

Eigentlich bin ich sauer auf ihn und wir haben noch Einiges zu besprechen, aber ich habe ihn so vermisst. Seine Nähe, seine Wärme, das Kribbeln in meinem Körper.

Joe durchbricht meine Gedanken, als er mich an sich zieht. Da ich vorausgegangen bin, stehe ich mit dem Rücken zu ihm. Er beginnt meinen Nacken zu küssen und sein Atem kitzelt an meinem Hals. Mich durchfährt ein Schauer und eine Woge der Erleichterung. Ich bin einfach entspannt und glücklich. Ich lehne mich gegen ihn und genieße seine Nähe. Seine Arme liegen noch immer um meinen Bauch.

„Ich habe dich so vermisst," flüstert er an meinem Ohr und beißt zärtlich in mein Ohrläppchen, so dass meine Gänsehaut noch stärker wird und ich mich kurz schüttle.

Joe dreht mich zu sich. Ich sehe direkt in seine braunen Augen. Sie haben gerade ein tiefes Braun. Es sieht aus, als wäre er glücklich und ein bisschen erregt. Das macht mich glücklich. Ich bin immer erregt, wenn Joe in meiner Nähe ist. Je mehr ich dagegen ankämpfe, umso schlimmer wird es.

Er küsst mich auf die Haare, auf die Stirn, auf die Nase und schließlich auf meine Lippen. Es ist nur ein kurzer Kuss und ich will mehr. Ich beuge mich vor, doch er lehnt sich zurück.

„Wenn wir damit jetzt anfangen, kann ich dir nicht garantieren, dass wir heute noch reden," sagt er leise.

Reden? Ja, wir sollten reden, deswegen ist er ja hier, doch bevor meine Gedanken klarwerden, packe ich sein Gesicht mit meinen Händen und drücke meine Lippen auf seine.

Ich küsse ihn fest und hart, weil ich Angst habe, dass er erneut zurückweichen könnte, doch das tut er nicht.

Seine Hände beginnen meinen Rücken sanft zu streicheln und meine Lippen werden weicher. Er öffnet seine Lippen und ich streiche mit meiner Zunge über seine Unterlippe.

Seine Lippen sind weich und voll. Jedes Mal, wenn ich sie sehe, möchte ich sie küssen oder zumindest anfassen. Seine Zunge drängt sich in meinen Mund und meine Zunge spielt mit ihr.

Ich drücke meinen Körper gegen seinen. Ich will ihm so nahe sein wie möglich. Egal, wie dicht er bei mir ist, ich habe immer das Gefühl, ich möchte ihn noch dichter bei mir haben. Dieses Gefühl hatte ich noch nie, nicht einmal bei Nick.

Wenn Nick und ich uns küssten, war es schön. Es war angenehm und hat Spaß gemacht, aber er hat nie solche Gefühle in mir ausgelöst. Ich weiß nicht, ob wir einfach zu jung waren, oder ob es einfach an Joe liegt. Ich will aber jetzt auch auf keinen Fall an Nick denken.

Ich schiebe meine Hände unter sein Shirt und ziehe es ihm über den Kopf. Er murrt leise, weil er unseren Kuss unterbrechen muss, aber als ich mit meinen Fingern seine Muskeln entlangfahre, ist er sofort besänftigt. Ich nehme mir die Zeit, ihn anzusehen. Viel Licht spendet mein Fernseher nicht, den ich angemacht habe, als ich auf Joe gewartet habe. Aber ich kann die Linien der Muskeln sehen.

Als ich in Joes Gesicht sehe, erkenne ich, dass er mich beobachtet. Es ist mir irgendwie peinlich, dass er mich dabei beobachtet, wie ich seinen Oberkörper mustere.

„Es gefällt mir, wie du mich ansiehst," sagt er. Ich glaube, er kann meine Gedanken wirklich lesen. Ich gehe dichter auf ihn zu und schmiege mich an ihn. Meine Hände wandern seinen Rücken entlang.

Joe sieht mir noch immer in die Augen. Sie werden immer dunkler. Ich schiebe meine Hände hinten in seine Jogginghose und drücke fest zu, als meine Hände seine Pobacken umfassen. Joes Hintern ist umwerfend. Vor allem, wenn er in Jeans steckt.

Sein Gesichtsausdruck ist überrascht, aber als sich seine Hüften an meine drücken, merke ich, wie erregt er ist. Ich knete seinen Hintern weiter. Es fühlt sich echt gut an. Kurz überlege ich, ob ich meine Hände auch unter die Boxershorts schieben soll. Joe stöhnt und küsst mich erneut.

Sein Kuss ist fordernder und ich spüre darin seine Erregung. Er packt ebenfalls meinen Hintern und drückt meine Hüfte fester gegen seine. Mir bleibt kurz die Luft weg. Selbst durch meine Kleidung spüre ich die Wärme, die er ausstrahlt.

Seine Hände umfassen meine Pobacken und er hebt mich hoch. Automatisch umschließen meine Beine seine Taille. Ich kann es kaum glauben, wie sehr seine Hände an meinem Po mich erregen.

Joe setzt sich aufs Bett, zieht mich auf seinen Schoß und küsst mich. Ich bewege meine Hüfte auf seinem Schoß. Er stöhnt in meinen Mund. Meine Hüften scheinen zu wissen, was sie tun sollen. Meine Hände schiebe ich in seine Haare und ziehe leicht daran.

„Du machst mich wahnsinnig," flüstert Joe in meinen Mund. Ich ihn? Er macht mich total wahnsinnig. Ich kann keinen klaren Gedanken fassen. Mein Körper reagiert automatisch auf ihn. Hoffentlich merkt Joe nicht, dass ich schon feucht werde nur von seinem Kuss.

Als Joe an meinem Hals knabbert, stöhne ich leise auf. Seine rechte Hand fasst nach meiner Brust. Durch den dünnen Stoff spüre ich die Wärme, die von ihm ausgeht. Sofort richtet sich meine Brustwarze unter seiner Berührung auf. Das Kribbeln in meinem Körper wird immer stärker.

Meine Hüften drücken sich dichter an ihn. Ich spüre seine Erektion durch unsere Hosen. Joe drückt meinen Oberkörper leicht zurück und umfasst durch den Stoff meine Brust mit seinen Lippen.

„Oh Gott," stöhne ich. Es fühlt sich herrlich an.

Er liebkost meine Brust durch den Stoff, saugt an meiner Brustwarze und spielt mit ihr.

Joe löst sich von meiner Brust und ich fühle mich auf einmal irgendwie verlassen. Leise wimmere ich auf. Ich will, dass er weitermacht. Doch er hebt mich hoch, dreht mich herum und legt mich auf mein Bett. Er legt sich seitlich neben mich und stützt sich auf einen Ellenbogen. Seine Finger schieben sich unter mein Top und beginnen über meinen Bauch zu kreisen. Ganz leicht streichen seine Finger über meine Haut. Sofort bekomme ich wieder überall am Körper Gänsehaut.

Er schaut mich dabei direkt an. Das Braun seiner Augen ist noch dunkler vor Erregung geworden. Ich weiß gar nicht, welcher Braunton der schönste ist.

Sein Blick ist so intensiv, so voller Verlangen. Seine Hand schiebt sich weiter nach oben und er küsst meinen Bauch.

Meine Hände wühlen ihm durch die Haare. Er legt sich zwischen meine Beine. Seine Lippen wandern nach oben und folgen seinen Händen. Er schiebt mein Top über meine Brüste und liebkost sie mit den Händen und seinen Lippen. Statt mir das Top auszuziehen, schiebt er es nur über meine Brüste.

Ich kann nicht ruhig liegen und bewege mich unter ihm. Ich will mehr, mehr von ihm. Joe knabbert an meinem Hals und flüstert: „Ganz ruhig, Prinzessin. Entspann dich."

Ich stöhne auf. Sein heißer Atem an meinem Hals, seine Hände auf meinen Brüsten, seine Erektion zwischen meinen Beinen, wie soll ich mich da entspannen? Joe treibt mich in den Wahnsinn.

Er rutscht tiefer und zieht mir meine Hose aus. Ich sehe ihm zu. Meine Hände erreichen ihn nicht mehr. Ich will ihn anfassen. Doch es geht nicht.

Abwechselnd küsst Joe meinen Bauch und pustet auf meine Haut. Ich stöhne und winde mich. Er drückt sanft auf meine Hüften, damit ich ruhig liegen bleibe.

Langsam wandert Joe tiefer. Als seine Zunge zwischen meine Lippen gleitet, bäume ich mich auf. Es ist zu viel. Ich halte es nicht mehr aus. Doch Joe hält mich fest und lässt mich nicht los. Ich sinke zurück und versuche mich zu entspannen, was nicht gerade leicht ist.

Seine Zunge kreist über meine intimste Stelle. Ich vergesse alles um mich herum. Ein Druck zwischen meinen Beinen lässt mich zusammenzucken. Ich schaue zu Joe und merke wie er vorsichtig einen Finger in mich hineinschiebt. Seine Zunge unterbricht ihre Folter nicht. Er bewegt seinen Finger rein und raus.

Mir fehlen seine Hände auf meinen Brüsten. Ohne darüber nachzudenken, lege ich meine Hände auf meine Brüste und beginne sie so anzufassen, wie Joe es kurz zu vor getan hat.

Ich sehe Joe zu, wie er mich liebkost. Seine Augen sind fast schwarz, als er mich ansieht. Es trifft mich wie ein Schlag diese animalische Erregung zu sehen. Mein Körper spannt sich an, ich strecke die Beine durch und der Orgasmus schwappt über mich hinweg, wie eine riesige Welle, die alles verschlingt. Ich habe das Gefühl für wenige Sekunden das Bewusstsein zu verlieren. Alles um mich herum verschwimmt. Ich nehme meine Umgebung nicht mehr wahr.

Als ich langsam wieder klarer werde, liegt Joe neben mir und malt kleine Kreise auf meinen Bauch. Ich habe nicht mitbekommen, wie er sich zu mir gelegt hat.

Ich will ihn anfassen. Ich möchte, dass er genauso fühlt wie ich. Meine Hand schiebt sich von seinem Bauch abwärts, doch er hält sie fest. Ich sehe ihn verwirrt an. Warum will er nicht, dass ich ihn anfasse? Mag er es nicht?

Joe wirkt verlegen, als er sagt: „Ähm, ich brauche ein paar Minuten, bis ich wieder kann."

„Wieder?" Ich bin verwirrt.

Er schiebt sich eine Haarsträhne aus dem Gesicht und deutet auf seinen Schritt. Mir fällt jetzt erst auf, dass er nur noch Boxershorts trägt und die ist ziemlich durchnässt. Ich sehe ihn verwirrt an. Habe ich was verpasst?

„Naja," er zuckt mit den Schultern, „bei dem Anblick konnte ich mich nicht beherrschen. Du fühlst dich schon so total geil an und du schmeckst so unglaublich und dann fasst du dich auch noch selber an." Ich merke, dass mir die Röte in die Wangen schießt.

Ich konnte mich selber nicht mehr kontrollieren und ich wollte angefasst werden. Im Nachhinein ist es mir peinlich, dass ich mich einfach so habe gehen lassen.

„Das war einfach zu viel für mich," fährt Joe fort. „Wenn du dich selber dabei gesehen hättest, würdest du mich verstehen. Du glaubst mir wahrscheinlich gar nicht, wenn ich dir sage, dass ich noch nie etwas gesehen habe, was so sexy war, was mich so dermaßen erregt hat. Und glaub mir, so bin ich auch noch nie gekommen." Er scheint sein Selbstbewusstsein wieder gefunden zu haben.

Ich bin zwar noch immer etwas verwirrt, aber freue mich auch gleichzeitig, dass es ihm so sehr gefallen hat.

„Ich gehe kurz duschen, ok?" fragt er.

Ich nicke nur. Ich bin noch immer etwas matt.

„Kommst du mit?" fragt er und grinst schief.

„Ich brauche noch ein paar Minuten bis meine Beine wieder funktionieren," gebe ich ehrlich zu.

Joe gibt mir schmunzelnd einen Kuss auf die Stirn und steht auf. Er nimmt seine Jogginghose und verlässt mein Zimmer. Ich hoffe, Susa ist nicht da oder begegnet ihm zumindest nicht so. Ihr Gesicht wäre aber sicher zum Schießen.

Nachdem wir geduscht haben, liege ich auf Joes Brust. Sein ruhiger Atem beruhigt mich und ich schlafe ein. Seit Wochen das erste Mal, dass ich einfach so einschlafen kann.

44. Kapitel

Ich bin völlig verschlafen, wache aber auf, weil Joe sich von hinten an mich kuschelt. Sein Arm, den er um meinen Bauch geschlungen hat, drückt mich fester an ihn. Sofort ist dieses Kribbeln in meinem Körper wieder da. Ich seufze leise.

„Guten Morgen, Prinzessin," flüstert Joe.

„Guten Morgen."

„Was möchtest du heute machen?" fragt er und seine Stimme ist ganz weich und sanft.

„Mh, keine Ahnung," gebe ich ehrlich zu. Ich habe noch nicht darüber nachgedacht. Momentan passiert alles so schnell, dass ich kaum mitkomme. Gestern noch hätte ich nicht gedacht, dass ich je mit Joe eine Nacht verbringen würde und nun liegt er neben mir.

Joe wuschelt mit seiner Nase durch mein Haar und atmet tief ein. „Du riechst morgens genauso süß wie abends."

Ich weiß nicht, was ich sagen soll, muss aber kichern und werde bestimmt rot. Ich bin froh, dass er mein Gesicht nicht sehen kann.

„Ich könnte mich daran gewöhnen," sagt Joe.

„Woran?"

„Neben dir aufzuwachen."

Was soll ich davon halten? Ich freue mich darüber, bin mir aber nicht sicher, was genau er mir damit sagen will. Und es ist doch wohl noch zu früh, so etwas zu denken, oder?

Ich bin gerade auch einfach glücklich. Es ist herrlich von ihm wachgekuschelt zu werden, aber wir haben noch

immer nicht darüber geredet, wie es jetzt genau
weitergehen wird. Wie will er da wissen, ob er sich daran
gewöhnen möchte, neben mir aufzuwachen?

Joe scheint meine Unruhe zu spüren und sagt, „sollen wir
erst darüber reden?"

Er lockert seinen Griff etwas, so dass ich mich umdrehen
kann. Am Liebsten würde ich so in seinen Armen liegen
bleiben, solange es irgendwie möglich ist. Aber da das
nun einmal nicht ewig gehen kann, weil uns die Realität
einholen wird, hat er recht: Wir sollten darüber reden.

„Also," frage ich, „wie soll es weitergehen?"

Joe stützt sich auf seine Hand und streicht mit der
anderen Hand meinen Rücken entlang. „Ich hätte da schon
eine Idee," sagt er und grinst verschlagen.

Ich versetze ihm einen Klaps gegen die Schulter. Joe
lacht und zieht mich dichter an sich. Ich mag es, wenn
er so lacht. Es klingt so fröhlich und unbeschwert. Es
klingt so, als wäre er wirklich glücklich, als wäre ihm
nicht so etwas Schlimmes passiert. Dieses Lachen macht
mich glücklich.

„Okay, ernsthaft," sagt er. „Ich habe keine Ahnung,"
gibt Joe zu.

„Willst du denn überhaupt mit mir eine feste Beziehung?"
Ich frage ihn das, obwohl es die Frage ist, die mir am
Meisten Angst macht. Ich weiß nicht, wie seine Antwort
ausfallen wird und mir zieht sich der Magen zusammen.
Ich habe keine Ahnung, wie mein Leben weitergehen soll,
wenn er jetzt nein sagt. Es ist die alles entscheidende
Frage. Mit nur einem Wort kann Joe mich glücklich machen
oder mein Leben zerstören. Es ist bescheuert, dass ich
so denke, aber die Zeit ohne ihn war wirklich schlimm
und ich möchte es nicht noch einmal erleben müssen. Wenn
er jetzt nein sagt, wäre es endgültig.

Joe sieht mir direkt in die Augen. Sein Blick ist total
intensiv. Ich kann ihm nicht ausweichen. Dieses Mal zeigt
sich in seinem Blick jedoch keine Erregung, sondern eher
Verwirrung.

„Ich dachte eigentlich," sagt er, „dass das klar wäre. Natürlich will ich das."

Erleichtert atme ich aus. Ich hatte gar nicht bemerkt, dass ich die Luft angehalten habe.

„Ich möchte, dass du zu mir gehörst," fährt er fort. „Ich möchte so viel Zeit mit dir verbringen wie es geht und," er atmet tief durch und schließt die Augen, bevor er weiterredet, „ich möchte auf keinen Fall, dass du etwas mit einem anderen Kerl hast."

Ich lehne mich vor und küsse ihn. Das war mehr, als ich hören wollte. Ich bin einfach unsagbar glücklich.

Ich lehne mich zurück und Joe redet weiter: „Ich habe dir gesagt, was mir Sorgen bereitet. Ich habe wirklich Angst, dass dir etwas passieren könnte. Also dass die anderen dir etwas tun könnten.

Es macht mich aber auch verrückt, wenn wir uns im selben Raum befinden und ich dich nicht berühren kann. Also nicht, dass ich dich dann gleich befummeln muss." Er lacht leise. „Aber ich kann dich dann nicht einmal in den Arm nehmen oder dir einen Kuss geben. Ich dürfte auch Keinem sagen, dass er die Finger von dir lassen soll, weil du meine Freundin bist. Ich müsste mit ansehen, wenn dir jemand den Arm um die Schultern oder die Taille legt und könnte nichts dagegen tun." Er seufzt tief und ich merke, dass ihm das wirklich zu schaffen macht.

„Aber," sagt Joe, „nur weil wir uns in der Öffentlichkeit nicht als Paar zeigen, heißt das nicht, dass wir kein Paar sein können oder sind. Es würde nur heißen, dass es keiner außer uns und Susa wissen würde."

„Susa?" frage ich etwas irritiert. Warum sollten wir ausgerechnet Susa einweihen?

„Na, du wohnst bei ihr. Ich glaube nicht, dass es sich ganz verheimlichen ließe vor ihr. Außerdem müsstest du dann immer zu mir kommen und ich könnte dich nicht besuchen."

Schließlich fährt er sich durchs Haar und seufzt, „ich habe dir alles erzählt und überlasse nun dir die

Entscheidung, wie wir uns in der Öffentlichkeit verhalten sollen."

Ich sehe ihn lange an. Ja, er hat mir erzählt, dass er Angst hat und meint, die anderen könnten mir irgendetwas antun, nur, weil wir jetzt zusammen sind. Aber das kann ich mir doch irgendwie nicht vorstellen. Was würde es ihnen bringen. Sie hätten einen Konkurrenten weniger bei ihren bescheuerten Wetten. Das wäre doch an sich ein Vorteil oder nicht?

Außerdem möchte ich mir von anderen Leuten nicht mehr vorschreiben lassen, wie ich mein Leben zu leben habe. Joe sagt, ich kann bei ihm so sein, wie ich sein möchte. Und ich möchte nicht darüber nachdenken, wann ich Joe anfassen darf oder nicht. Wohin wir gemeinsam gehen können, wenn wir überhaupt dann irgendwo zusammen hingehen könnten.

„Ich will, dass wir auch nach außen hin wie ein Paar auftreten. Wir könnten sonst nie wirklich irgendetwas unternehmen, weil wir immer darüber nachdenken müssten, ob wir irgendwem begegnen. Wir müssen es ja nicht darauf anlegen und wild herumknutschen oder so. Aber ich möchte, dass wir ein ganz normales Paar sind. Ich möchte nicht, dass uns so ein paar Vollidioten unser Glück versauen."

„Bist du sicher?" Joe klingt ehrlich besorgt.

„Ja. Ich bin mir sicher." Meine Stimme klingt so fest, wie ich es gehofft habe. Ich bin zwar etwas unsicher, wenn ich ehrlich bin, aber es wäre einfach unbeschreiblich anstrengend, unsere Beziehung zu verheimlichen. Und das möchte ich einfach nicht. Ich möchte eine Beziehung mit allem Drum und Dran. Vor allem möchte ich mein Glück und die Zeit mit Joe genießen und ich will allen dummen Schlampen sagen können, dass sie ihre dreckigen Finger von Joe zulassen haben.

Joe zieht mich an sich. „Okay, dann kommst du morgen mit zur Silvesterfeier?"

„Was für eine Feier?" Ich erinnere mich dunkel daran, dass Susa etwas erzählt hat von einer Feier im Haus, in dem Joe wohnt. Aber ich habe ihr nicht richtig zugehört, da ich eh nicht feiern gehen wollte. Ich glaube aber, sie hat noch nicht wirklich aufgegeben und wird mich noch bearbeiten, dass ich mitgehe.

„Bei mir im Haus. So wie letztes Mal. Also als da die Geburtstagsfeier war." Bei der Erinnerung kribbelt es stärker in meinem Körper. An dem Tag sind Joe und ich in seiner Wohnung verschwunden und haben rumgeknutscht. Seine Lippen auf meinen, seine Finger auf meiner Haut…

„Naja, nicht ganz so," grinst er und scheint erraten zu haben, an was ich gedacht habe. „Wobei ich auch nichts dagegen hätte, dich wieder in meine Wohnung und in mein Bett zu bekommen."

Ich schubse ihn gegen die Schulter und er lacht.

„Also, die Jungs werden auch da sein," sagt er ernst. „Ich würde gerne mit dir hingehen. Ich muss mich aber auch etwas mit denen abgeben."

„Okay," sage ich einfach, weil mir doch etwas mulmig wird, dass ich sie gleich alle treffen soll. Ich verstehe auch nicht, warum er sich überhaupt mit denen abgeben muss, aber bisher ist die Zeit mit Joe so schön, dass ich diese Frage erst einmal nach hinten schiebe. Vielleicht regelt sich das eh von alleine, wenn Joe und ich mehr Zeit miteinander verbringen und Joe nicht mehr an ihren Wetten teilnimmt.

„Ich werde nicht viel mit ihnen reden. Nur kurz quatschen. Mir wäre es lieber, wenn du dann bei Susa und den anderen bleibst. Sie werden zwar sehen, dass ich mit dir da bin, aber sie werden keine dummen Sprüche machen und dich nicht belästigen. Zumindest hoffe ich das. Sie werden davon ausgehen, dass ich dich nur mitgebracht habe, um eine sichere Nummer für Silvester zu haben. Ich möchte, dass es eine schöne Feier für uns wird. Aber es ist deine Entscheidung. Wenn du sagst, du möchtest mit zu ihnen kommen, dann kommst du mit. Aber ich weiß nicht, was sie dann noch für Sprüche auf Lager haben und ob dich einer von denen angraben wird."

Ich überlege kurz. Eigentlich stört es mich, dass er mich nicht dabeihaben möchte, wenn er mit seinen Kumpels redet, aber im Grunde genommen möchte ich auch gar nicht mit ihnen reden oder Zeit verbringen. Ich kann Joes Gründe nachvollziehen. Ich habe auch keine Lust, mir die

Feier wegen so ein paar Volldeppen verderben zu lassen. Außerdem bin ich dann ja nicht alleine, sondern mit Susa und ihren Freunden zusammen.

„Okay," sage ich. „Aber ich muss dann heute noch shoppen gehen."

„Frauen," sagt Joe und verdreht die Augen.

„Hey, ich war auf keine Party vorbereitet und erst Recht nicht für Silvester. Ich werde aber Susa fragen, ob sie Lust hat, mich zu begleiten. Du musst also nicht mit."

„Und wenn ich mit will?"

„Dann darfst du das natürlich."

„Eigentlich wollte ich den ganzen Tag mit dir verbringen," sagt er, „aber shoppen?"

Ich grinse, „typisch Mann."

Joe fängt an mich zu kitzeln. Ich versuche mich zu wehren, aber er ist zu stark für mich. Ich lache und versuche ihn abzuschütteln.

„Hör´ bitte auf," lache ich. „Ich bekomme keine Luft mehr."

„Okay. Also willst du lieber mit Susa oder mit mir shoppen?"

„Wie gut bist du denn als Einkaufsberater?"

„Oh je, dann geh lieber mit Susa shoppen," sagt er. „Ich müsste heute auch noch ein paar Stunden arbeiten."

„Arbeiten?" ich wusste nicht, dass Joe einen Nebenjob hat.

„Ja, nichts Wildes. Nur ein paar Arbeiten korrigieren."

„Was?" ich bin verwirrt.

„Naja, ich arbeite am Lehrstuhl, bzw. für den Lehrstuhl von Professor Klick. Ich korrigiere Hausarbeiten und Klausuren. Nichts Aufregendes, aber ich verdiene mir etwas nebenbei."

Ich bin wirklich überrascht. Joe schien bisher wenig Wert auf die Hochschule zu legen. Aber das habe ich wahrscheinlich nur angenommen, weil er nie etwas von seinen Kursen erzählt hat und ich ihn, bis auf in der Schwimmhalle, noch nie an der Hochschule gesehen habe.

„Warum hast du mir das bisher nicht erzählt?"

„Weil es nichts Wichtiges ist."

Das sehe ich zwar anders, aber es ist ja nichts Schlimmes, was er mir nicht erzählt hat. Ich finde es gut, dass er sich für die Hochschule engagiert und sich etwas Geld dazuverdienen möchte. Ich weiß gar nicht, was seine Eltern beruflich machen. Während ich noch darüber nachdenke, ob ich Joe fragen soll, ob er sich Geld dazuverdienen muss, oder ob er es tut, um seinen Eltern nicht auf der Tasche zu liegen, fängt Joe an, meinen Bauch zu kraulen.

„Alles geklärt?" fragt Joe mich.

„Nein," antworte ich, „aber für´s Erste wird es reichen."

Ich möchte ihn anfassen und fühlen. Meine Finger gleiten über seine Brust. Als ich das L über seinem Herzen nachzeichne, zuckt er nicht zurück und hält mich auch nicht auf. Noch immer habe ich mich nicht an den Gedanken gewöhnen können, wie eine Frau so eiskalt sein kann. Es macht mich einfach unendlich traurig. Ich kann mir einfach nicht vorstellen, wie Joe sich fühlen muss und wie er sein Leben wieder in den Griff bekommen hat. Naja, in den Griff kann man vielleicht nicht wirklich sagen. Aber ich habe das Gefühl, er ist auf dem besten Weg zu einem ordentlichen und geregelten Leben. Ich versuche, in diesem Augenblick nicht daran zu denken.

Meine Finger wandern zum Bund seiner Jogginghose, die er zum Schlafen angezogen hatte, weil seine Boxershorts nass war. Sollte ich ihn fragen, ob er Kleidung zum Wechseln hier deponieren möchte? Ich schüttle innerlich den Kopf. Das wäre auf jeden Fall zu früh.

Joe zuckt kurz zusammen und ich sehe, wie sich seine Bauchmuskeln bewegen.

„Bist du etwa kitzelig?" frage ich neugierig.

„Manchmal," sagt er.

Ich streiche noch einmal mit den Fingernägeln über seinen Bauch dicht über seinem Hosenbund. Leider treffe ich die Stelle nicht erneut. Ohne Vorwarnung greife ich in seine Hose und streiche über seinen Penis. Die Haut fühlt sich weich an. Als ich zu Joe aufschaue, sehe ich, dass er die Augen geschlossen hat. Ich lehne mich vor und küsse seine Brust.

Joe seufzt tief und ich beginne mit meiner Zunge an seinen Brustwarzen zu spielen. In meiner Hand wird er immer größer. Joe lässt seine freie Hand über meinen Rücken gleiten.

„Ich mag es ja, dass du so gerne meine Shirts zum Schlafen trägst, aber ich würde auch gerne deine nackte Haut streicheln," sagt Joe und seine Stimme klingt belegt.

„Nur, wenn du die Hose ausziehst," necke ich ihn.

Joe reagiert blitzschnell und ich falle fast rückwärts vom Bett vor Schreck. Er dreht sich auf den Rücken, hebt leicht die Hüften und schiebt seine Hose nach unten. Zum Schluss schüttelt er sie mit den Beinen ab.

Über so viel Enthusiasmus muss ich kichern. Er sieht mich an. „Worauf wartest du?" Ich schüttle belustigt den Kopf, hebe meinen Hintern um das Shirt hochzuziehen und schiebe es dann langsam nach oben ohne Joe aus den Augen zu lassen. Seine Augen sind dunkelbraun und scheinen mit jedem Zentimeter, dass das Shirt nach oben gleitet, dunkler zu werden. Sein Blick haftet auf dem Ende seinen Shirts, dass sich langsam über meinen Körper nach oben schiebt und nackte Haut frei gibt. Lachend werfe ich es auf den Boden. Ich hoffe, durch mein Lachen merkt Joe nicht, wie unsicher ich bin, weil ich oben ohne vor ihm sitze und er mich anstarrt.

„Komm wieder her," sagt Joe und seine Stimme ist rau. Joe liegt jetzt nackt auf meinem Bett und ich gönne mir einen Augenblick um diesen Anblick zu genießen und in mich aufzunehmen, bevor ich mich wieder zu ihm lege.

„Du überraschst mich immer wieder," sagt Joe.

„Gut oder schlecht?" frage ich, während ich wieder nach seinem besten Stück greife und anfange ihn zu streicheln. Ich schließe meine Hand um ihn und bewege sie auf und ab.

„Gut," haucht er.

Ich fange wieder an, seine Brust mit meinen Lippen zu erforschen. Streiche mit der Zunge die Muskeln nach und umkreise seine Brustwarzen. Ich beiße vorsichtig in eine hinein. Joe zuckt zusammen.

„Manchmal bist du so schüchtern, dass es mich fast umwirft und wenn ich denke, mich daran gewöhnt zu haben, bist du auf einmal so selbstbewusst und weißt genau, was du mit mir machen musst, damit ich dir komplett ergeben bin und mein Körper ganz dir gehört. Egal was du tust, du wirfst mich total aus der Bahn."

Ohne ihm zu antworten, streichle ich mit meinem Daumen über seine Eichel. Joe legt seine Hände auf meinen Hintern und packt fest zu. Ich rutsche automatisch noch etwas dichter an ihn heran, höre aber nicht auf ihn zu streicheln.

Ich weiß nicht, ob es ein Kompliment war oder was ich von dem halten soll, was er gerade gesagt hat. Darüber möchte ich auch jetzt einfach nicht nachdenken.

Meine Lippen wandern tiefer und zeichnen die Linien seiner Bauchmuskeln nach. Als ich mit meiner Zunge an seinem Bauch entlangwandere, wo sonst der Hosenbund sitzen würde, zucken seine Bauchmuskeln erneut unter mir. Ich lächle und streiche erneut mit meiner Zunge über dieselbe Stelle.

Er zuckt und stöhnt: „Das macht mich wahnsinnig. Du machst mich wahnsinnig."

Ich führe meine Lippen an seinen Penis und küsse ihn. Erneut stöhnt Joe auf. Ich fahre mit der Zunge eine Ader entlang, die hervorgetreten ist. Meine Hand bewegt sich kontinuierlich auf und ab. Ich streiche mit der Zunge über seine Eichel und Joe windet sich unter mir. Er stöhnt meinen Namen.

Vorsichtig nehme ich ihn in meinen Mund und versuche mich an alle Einzelheiten aus meinen Romanen zu erinnern, die solche Szenen beschreiben. Ich habe keine Ahnung, was genau ich tun soll. Automatisch und ohne weiter darüber nachzudenken bewege ich meinen Kopf auf und ab. Joe schiebt seine Hände in meine Haare und zieht leicht daran. Er stöhnt immer wieder meinen Namen und ich werde schneller. Meine Hand umfasst seinen Schaft, der nicht in meinen Mund passt und bewegt sich synchron mit meinem Mund.

„Verdammt fühlt sich das gut an," stöhnt Joe. „Wenn du nicht willst, dass ich in deinem Mund komme, musst du jetzt aufhören." Sein Atem geht stoßweise und er stößt die Worte nur mühsam hervor. Bevor ich richtig darüber nachdenken kann, merke ich, wie er weiter anschwillt, seine Muskeln spannen sich an und er ergießt sich in meinen Mund. Ich verschlucke mich fast und muss husten. Joe zieht mich zu sich, küsst mich und drückt mich fest an seine Brust.

„Alles ok?" fragt er und klingt träge und noch nicht wieder ganz klar. Ich nicke nur. Ich kann nicht wirklich fassen, dass ich das gerade getan habe.

„Das war wirklich der beste Blowjob meines Lebens," sagt er und küsst mich auf die Nase.

„Ja, nee, ist klar," ich glaube ihm zwar nicht, aber ich finde es irgendwie süß, dass er es sagt. So schnell, wie er wieder klar ist, kann es nicht so toll gewesen sein. Während er seinen Atem unter Kontrolle bringt, frage ich mich kurz, wie viele Frauen es wohl schon bei ihm getan haben, doch als Joe mich küsst, sind diese Gedanken sofort wieder verschwunden.

Sein Kuss ist zärtlich und voller Zuneigung zugleich.

45. Kapitel

Nachdem Joe gegangen ist, schreibe ich Susa eine Nachricht, was sie gerade tut. Ich will sie nicht stören, falls sie beschäftigt ist. Sie schreibt mir zurück, dass sie mit Robert unterwegs sei und erst spät abends zurück sein wird. Ich hätte ihr schreiben können, als Joe noch da war, dann hätte er jetzt mit mir einkaufen können. Aber Joe muss ja arbeiten und ich möchte ihn nicht davon abhalten. Er würde es sicher für mich ausfallen lassen, zumindest klang das vorhin so, aber ich möchte nicht, dass er das für mich tut. Also gehe ich alleine einkaufen. Ich finde schnell den richtigen Bus in die Innenstadt.

Erst jetzt fällt mir auf, dass ich noch gar nicht in der Stadt war, um bummeln zu gehen. Ich habe mir die Geschäfte noch gar nicht angesehen. Hoffentlich finde ich hier überhaupt ein Kleid, das passend ist für morgen Abend.

Joe hat nicht gesagt, wie lange er arbeiten muss. Das weiß er wahrscheinlich auch selber nicht genau, weil es bei Klausuren ja keine vorgeschriebene Seitenzahl gibt wie bei Hausarbeiten. Da kann es sein, dass einer 10 Seiten schreibt und ein anderer 40. Ich denke aber, ich kann mir Zeit lassen und in Ruhe die Geschäfte ansehen.

Mit Susa wäre es sicher lustiger. Sam habe ich nicht gefragt, weil sie meinte, sie wäre in den Ferien bei ihren Eltern. Ich gehe nicht davon aus, dass sie ihre Meinung geändert hat, deswegen habe ich nicht gefragt.

Alleine ist vielleicht auch besser, so kann ich alleine schauen und muss auf niemanden Rücksicht nehmen, wenn ich in ein Geschäft möchte oder mir eine Sache länger ansehen möchte. Ich kann auch nach Unterwäsche schauen, was mir im Beisein von anderen, selbst von Susa, unangenehm wäre.

Es ist voll in der Stadt. Ich hatte angenommen, dass viele die Tage zwischen Weihnachten und Silvester lieber zu Hause verbringen würden, aber wahrscheinlich haben viele Leute Urlaub und nutzen die Zeit, ihre Weihnachtsgeschenke umzutauschen, Gutscheine einzulösen oder sich mit Freunden zu treffen.

Als ich nach vier Stunden im Bus zu meiner Wohnung sitze, bin ich etwas kaputt und mein Kreislauf ist froh, dass es vorbei ist. Draußen ist es kalt, aber in den Geschäften laufen die Heizungen auf Hochtouren. Eine Sache, die ich nie verstehen werde. Die Verkäufer sollen zwar nicht frieren, aber es muss noch nicht 25 Grad sein, wenn draußen Minusgrade sind. Das macht dem Körper doch wirklich zu schaffen, zumal man ja seine dicken Klamotten nicht im Laden auszieht.

Ich habe mir ein goldenes Kleid gekauft. Es scheint komplett aus kleinen goldenen Blättchen zu bestehen. Je nachdem wie das Licht fällt oder wie ich mich bewege, schimmert es in einem anderen Goldton. Ich hoffe, es gefällt Joe.

Eigentlich mag ich keine auffälligen Kleider. Ich möchte nicht im Mittelpunkt stehen, aber es ist Silvester und als ich das Kleid gesehen habe, ist es mir sofort ins Auge gefallen. Es schien einfach nur für mich dort zu hängen. Also habe ich es ohne darüber lange nachzudenken gekauft. Die anderen Frauen werden sich noch mehr rausputzen, da bin ich mir sicher.

Wo ich schon einkaufen in der Stadt war, habe ich mir auch wirklich neue Unterwäsche gekauft. Jetzt wo mich Joe wohl öfter in Unterwäsche sehen wird, sollte ich schöne Dessous besitzen, um ihm zu gefallen.

Ob Joe wohl schon fertig ist mit dem Arbeiten? Ich schreibe ihm:

Hey, ich bin auf dem Rückweg. Was macht die Arbeit?

Kurz darauf antwortet Joe:

Fast fertig. Burger essen bei Daisys?

Kenn ich nicht. Holst du mich in einer halben Stunde ab?

Ja, gerne. Bis gleich.

Das Daisys ist ein American Diner, der ca. 30 Minuten entfernt von meiner Wohnung ist. Wir gehen zu Fuß und reden über unseren Tag. Es ist schön, so völlig normal miteinander zu reden. Wie ein ganz normales Paar.

Das Lokal ist ganz im amerikanischen Stil eingerichtet. Knallrote Sofas und Stühle, Fotos von Filmstars, Schallplatten und und und. Ich fühle mich total wohl und bin gespannt, wie die Burger sind. Wir setzen uns an einen Tisch in einer ruhigen Ecke. Joe setzt sich neben mich auf die Bank.

„Und? Hast du was gefunden?" fragt Joe mich, nachdem ich versucht habe, mich für einen Burger zu entscheiden.

„Ich glaube, ich nehme den Bacon Cheese Burger. Wieso haben die nur eine so große Auswahl?"

„Das klingt gut."

Als die Kellnerin kommt, um unsere Bestellung aufzunehmen, fällt mir auf, dass hier wohl alle Kellnerinnen blond und schlank sind, fast schon zu schlank. Ich frage mich kurz, ob das wohl eine Art Einstellungsvoraussetzung ist.

Sie lächelt Joe an. Zu lange für meinen Geschmack. Ich spüre einen Stich. Sie ist viel attraktiver als ich und wirkt selbstbewusst in ihrer kurzen Uniform. Joe scheint es entweder gar nicht zu bemerken oder tut zumindest so. Er lehnt sich zurück und legt einen Arm um mich.

Ich sehe genau, wie die Kellnerin seinen Arm ansieht und dann mich. Ja, er gehört zu mir, denke ich stolz. Dieser attraktive Mann gehört jetzt wirklich zu mir und keiner anderen Frau.

Die Kellnerin verzieht sich endlich. Ich lege Joe eine Hand auf den Oberschenkel und kuschle mich in seinen Arm. Joe drückt mir einen Kuß auf´s Haar.

„Ich habe dich vermisst," sagt er auf einmal.

„Wir waren doch nur wenige Stunden getrennt und du hattest zu tun," erinnere ich ihn.

„Ja, aber du hast mir trotzdem gefehlt. Ich habe doch gesagt, ich möchte so viel Zeit mit dir verbringen, wie ich nur kann."

Ich habe langsam das Gefühl, dass dies alles nur ein Traum ist. Es ist einfach zu schön um wahr zu sein.

„Ich habe dich auch vermisst," sage ich und es stimmt. Während ich durch die Geschäfte gebummelt bin, habe ich mich immer wieder gefragt, was Joe macht und ob ich ihn nicht doch stören sollte, damit er seine Zeit mit mir verbringt. Wobei ich nicht mal genau wusste, was wir hätten tun sollen. Ich wollte einfach nur bei ihm sein. Das kommt mir irgendwie bescheuert vor.

Als unsere Burger kommen, stelle ich fest, dass auf meinem Burger Rucola ist. Das stand nicht auf der Karte. Ich hebe den Deckel meines Burgers und fange an, den Rucola herunter zu sammeln. Joe sieht mich fragend an.

„Ich mag keinen Rucola," erkläre ich ihm. „Der sieht aus wie Löwenzahn und schmeckt einfach widerlich. Zum Glück bin ich kein Kaninchen und kann den einfach runtersammeln.

Was mich aber an Rucola echt nervt, ist, dass wohl irgendwer mal gesagt hat, dass Rucola so ein gesunder Salat ist, dass jetzt jedes Restaurant meint, Rucola in seine Gerichte einzubauen ohne es auf der Karte zu erwähnen. Auch bei Gerichten, wo man keinen Rucola erwarten würde. Nur weil er angeblich so gesund ist. Auf einen Burger gehört Eisbergsalat. Das war schon immer so und deswegen sollte es dabeistehen, wenn sie ihn rauflegen. Außerdem muss man doch nicht jeden Trend mitmachen, oder?"

Joe überlegt kurz bevor er antwortet: „Also abgesehen davon, dass mich Rucola nicht stört, ich aber auch keinen besonderen Wert daraufleg, hast du Recht. Irgendwer fängt mit etwas an und alle springen auf den Zug auf. Ist ja mit Vegan genauso. Mir ist ja egal, was die Leute essen, aber, wenn ich zum Beispiel in ein Steakhaus gehe, brauche ich weder eine vegetarische alternative noch eine vegane."

Nachdem ich meinen Burger von dem Rucola befreit habe, beiße ich hinein und er schmeckt wirklich köstlich.

„Wirklich gut," sage ich und Joe scheint sich darüber zu freuen.

Während wir essen erzählt er mir, dass er das Lokal vor ca. einem halben Jahr zufällig beim Joggen entdeckt hat und statt weiterzulaufen einfach reingegangen ist und einen Burger gegessen hat. Ich verschlucke mich fast an meinen Pommes frites, weil ich bei der Vorstellung laut lachen muss. Mir ist egal, dass sich die anderen Gäste nach uns umdrehen.

Joe erzählt mir noch mehr lustige Geschichten aus seiner Zeit in Köln und mir tut bald vom Lachen der Bauch weh.

46. Kapitel

Zu Hause werden wir schon von Susa erwartet, wobei Susa wohl eher nur mich erwartet. Zumindest deute ich so ihren überraschten Blick, als Joe hinter mir die Wohnung betritt.

„Hallo," sagt Susa und ihre Stimme klingt wirklich überrascht.

„Hey," grüße ich sie und versuche neutral zu klingen.

„Hey," sagt Joe. „Wollt ihr Weiber erst tratschen? Dann gehe ich schon mal in dein Zimmer und schaue fern," sagt er zu mir gewandt.

Ich schubse ihn gegen die Schulter: „Hey, was soll dann das heißen?"

Er rollt mit den Augen. „Das heißt nur, dass ihr Frauen seid und euch den ganzen Tag nicht gesehen habt. Also habt ihr euch bestimmt Millionen Dinge zu erzählen."

Ich schubse Joe in Richtung meines Zimmers. „Verschwinde. Ich komme gleich," sage ich. Er hat zwar recht, dass ich Susa eine Menge zu erzählen habe, aber so einfach lasse ich mir das von Joe nicht sagen. Vor Allem nicht in dem spöttischen Tonfall.

Als ich mich umdrehe, sieht Susa mich einfach nur an, eine Augenbraue fragend nach oben gezogen.

„Nun ja," fange ich an und merke, wie mir die Röte in die Wangen steigt. „Was soll ich sagen?"

„Zum Beispiel, warum Joe hier zusammen mit dir auftaucht, warum du shoppen gehen wolltest und was hier eigentlich verdammt nochmal abgeht, wenn ich mal einen Tag nicht da bin," lacht sie.

„Joe taucht hier mit mir auf, weil er mein fester Freund ist. Ich wollte shoppen gehen, weil ich was zum Anziehen für morgen brauche und was hier los ist? Du bist neugierig, wie noch nie." Ich kann es selber nicht glauben, dass ich Susa so frech antworte. Normal bin ich immer zurückhaltend, weil ich sie gerne habe und nicht möchte, dass sie böse auf mich ist.

Susa bleibt der Mund offenstehen und sie starrt mich einfach an. Ich versuche ihren Gesichtsausdruck zu deuten. Sauer scheint sie nicht zu sein, eher überrascht und neugierig.

„Okay, okay. Das musst du mir alles in Ruhe erklären, aber nicht, wenn dein neuer Freund," das Wort setzt sie in Anführungszeichen, „direkt nebenan sitzt und auf dich wartet. Du bist also noch einmal davongekommen," grinst sie. „Aber ich freue mich total, dass du morgen Abend mitkommst. Das wird so ein Spaß." Sie springt auf und umarmt mich.

„Ich freue mich so darüber, dass du meine Mitbewohnerin bist," sagt sie auf einmal ernst.

„Ich mich auch," gestehe ich. Denn das habe ich wirklich schon mehr als einmal gedacht. Ich hoffe, Susa und ich werden immer Freunde bleiben, auch wenn wir nicht mehr zusammenleben werden. Komisch, ich kenne sie erst kurz und trotzdem möchte ich, dass sie immer Teil meines Lebens ist. Sie ist mir einfach schon jetzt total ans Herz gewachsen.

„So und nun ab zu deinem Kerl. Der stirbt sonst noch vor Sehnsucht," lacht sie und deutet auf mein Zimmer. Also gehe ich in mein Zimmer zu Joe.

Er hat sich auf meinem Bett ausgestreckt und schaut The big bang theory. Noch eine Gemeinsamkeit, die ich bisher nicht kannte. Das liegt aber daran, dass ich Joe ja bisher eh kaum kenne. Also ich denke, ich kenne ihn, aber ich weiß einfach total wenig über ihn. Klingt irgendwie total komisch und unlogisch.

„Was?" fragt Joe, weil ich ihn wohl einfach etwas zu lange angestarrt habe.

„Ach nichts," sage ich und gehe auf ihn zu.

„Na komm schon, sag mir, woran du gedacht hast," bittet er mich.

Ich lege mich neben ihn. „Ich habe gerade gedacht, dass ich dich eigentlich gar nicht kenne."

„Ich denke, du kennst mich sehr gut," sagt er mir einem schiefen Grinsen, dass die Schmetterlinge in meinem Bauch zum Fliegen bringt.

„Das habe ich nicht gemeint, ich meine, dass ich eigentlich nichts über dich weiß."

„Du weißt eine Menge über mich," sagt Joe und scheint es ernst zu meinen.

„Nein, eigentlich weiß ich gar nichts. Ich weiß nicht, was du am Liebsten isst, welcher Film dein Lieblingsfilm ist, welche Musik du gerne hörst, ob du Geschwister hast.."

Joe beugt sich vor und küsst mich. Ich will ihm noch mehr sagen, doch seine Lippen auf meinen bringen meine Gedanken durcheinander. Meine Lippen öffnen sich und seine Zunge gleitet hinein. Kurz spielt er mit meiner und zieht sich dann zurück.

„Das sind viel zu viele Fragen," sagt er. „Wenn ich dir das jetzt alles auf einmal erzähle, wirst du dir eh nicht alles merken und wir haben doch noch ganz viel Zeit, um uns kennen zu lernen. Aber eine Frage beantworte ich dir jetzt. Nein, ich habe keine Geschwister. Ich bin ein Einzelkind, zumindest soweit ich weiß."

„Soweit du weißt?" frage ich überrascht.

„Ja, soweit ich weiß."

Ich nicke. Was soll ich dazu sagen. Wir wissen immer nur so viel, wie unsere Eltern uns erzählen. Aber die Aussage irritiert mich doch etwas. Wie kann er so etwas von seinen Eltern denken. Ich wäre nie auf die Idee gekommen.

Er hat aber Recht in Bezug auf meine Fragen. Ich möchte so gerne alles über ihn erfahren, aber wir haben alle Zeit der Welt, wenn Joe wirklich so sehr mit mir zusammen sein möchte, wie ich mit ihm. Ich würde mir auch sicher nicht alles auf einmal merken können.

Ich kuschle mich in seinen Arm und atme tief ein. Es ist wirklich egal, wann ich seinen Geruch in mich aufnehme, jedes Mal ist er intensiv und einzigartig. Es überrascht mich, wie sehr mir dieser Geruch gefällt. Er ist das Beste, was ich je gerochen habe. Ich glaube, dass ich von diesem Geruch nie genug bekommen werde.

Joe streicht mir eine Haarsträhne aus dem Gesicht und meine Haut brennt unter seiner Berührung, obwohl seine Finger mein Gesicht nur ganz leicht berühren. Seine Augen sind hellbraun. Ich glaube in ihnen Zuneigung erkennen zu können, bin mir aber nicht sicher. Sanft streicht sein Daumen über mein Kinn.

„Bleibt Susa heute zu Hause?" fragt er leise.

„Das habe ich sie gar nicht gefragt," sage ich ehrlich. Ich habe bisher auch nicht darüber nachgedacht. Warum auch?

„Wie hellhörig sind eure Zimmer?" fragt Joe und endlich ahne ich, worauf er hinauswill.

„Das weiß ich gar nicht. Ich habe noch nie darauf geachtet."

Warum auch? Bisher war es nie nötig, mir darüber Gedanken zu machen. Ich höre keine laute Musik, stelle den Fernseher nie richtig laut und hatte auch noch nie einen Mann hier. Ich weiß, dass Robert schon öfter hier war, aber ich weiß natürlich nicht, was in Susas Zimmer vor sich geht, wenn die beiden alleine sind.

„Wie hellhörig sind denn deine Wände?" frage ich ihn. Ich möchte wissen, ob er sich immer darüber Gedanken macht.

„Das weiß ich auch nicht. Bisher habe ich nie in meiner eigenen Wohnung Sex gehabt, außer mit mir selber und die Sachen, die wir getan haben." Er lächelt bei der Erinnerung daran und ich muss auch lächeln. „Außerdem wohne ich alleine. Bisher habe ich nie was aus den anderen Wohnungen gehört. Ich habe aber auch nie darauf geachtet."

„Soso, an was denkst du denn so, wenn du Sex mit dir alleine hast?" Habe ich das gerade wirklich gesagt? Wenn

Joe mit so einer leisen, leicht rauhen Stimme spricht, vergesse ich das Denken und spreche einfach aus, was mir durch den Kopf geht.

Joe grinst schief: „Das willst du wirklich wissen, oder?"

Ich nicke, auch wenn ich mir nicht sicher bin. Ich bin schon neugierig, was er tut und denkt, wenn er alleine ist. Aber ich dachte nicht, dass ich mich trauen würde, ihn das jemals zu fragen. Ich denke auch nicht, dass er mir darauf jetzt wirklich antworten wird.

Er verlagert sein Gewicht, so dass er halb auf mir liegt. Er stützt sich auf einen Ellenbogen ab und streichelt mit der anderen Hand sanft mein Gesicht.

„Also," beginnt er und sieht mir direkt in die Augen. Das Braun ist dunkler geworden. Wieder fasziniert mich der Farbwechsel und sein Blick zieht mich in seinen Bann. „Ich kann dir wirklich nicht sagen, woran ich früher dachte, aber seit ich dich kenne, stelle ich mir immer etwas mit dir vor."

Ich schlucke bei dem Gedanken. Egal, ob es eine Lüge ist oder nicht, der Gedanke gefällt mir sehr. Es erregt mich sogar, dabei hat er mir noch gar keine Einzelheiten verraten.

„Am Anfang habe ich mir nur vorgestellt, wie du über meinen nackten Körper streichelst." Seine Hand wandert über meinen Hals zu meinen Brüsten. Sanft fängt er an, sie zu streicheln.

„Wie du mit den Fingerspitzen über meine Muskeln fährst. Ich stelle mir vor, dass deine Hände meinen Schwanz anfassen. Wie deine kleinen süßen Hände ihn geschickt bearbeiten." Er kneift mir in die Brustwarze und mein Rücken hebt sich leicht. Ich schlage mir die Hand vor den Mund, um nicht laut zu stöhnen.

Joe legt sich über mich und knabbert an meinem Ohrläppchen. Mein Körper wird von einer Gänsehaut überzogen. Es erregt mich, wenn er auf mir liegt. Wenn mein Körper von seinem in die Matratze gedrückt wird.

„Dir gefällt die Vorstellung genauso wie mir, oder?" fragt er und bewegt leicht die Hüften, so dass ich seine

Erregung spüren kann. Ich vergrabe mein Gesicht an seinem Hals und beiße leicht hinein. Er schmeckt so gut. Joe zieht zischend die Luft ein.

„Ich nehme das mal als ein Ja," sagt er. „Aber ich denke auch daran, wie sich deine vollen Lippen um meinen Schwanz legen. Wie sie ihn umschließen. Wie du ihn in dich aufnimmst." Er verlagert wieder das Gewicht und beginnt meinen Bauch zu streicheln. „Wie du mich dabei ansiehst, wie ich meinen harten Schwanz immer wieder in deinen Mund hineinstoße, immer und immer wieder."

Ich werfe mich auf ihn und drücke meine Lippen auf seine. Er ist so überrascht, dass ich ihn auf den Rücken werfen kann. Ich will mehr hören, aber ich bin so erregt, dass ich ihn anfassen muss. Ich halte es keine weitere Sekunde aus, ohne ihn anzufassen.

Ich ziehe meine Beine an und setze mich auf ihn, meine Beine neben seinen Hüften. Seine Lippen öffnen sich und meine Zunge schiebt sich in seinen Mund. Er empfängt sie mit einem Stöhnen, dass sich in meinem Mund verliert. Ich zerre an seinem Pullover und seinem Shirt. Ich will seine nackte Haut anfassen. Joe hebt seinen Oberkörper, so dass ich ihm die Sachen ausziehen kann.

„Prinzessin, ich kann dir nicht versprechen, dass ich leise sein kann. Bisher war mir das immer total egal. Es hat mich auch nicht interessiert, wer alles zugehört hat." Ich halte kurz inne. Ich liebe es, wenn Joe mir Sachen ins Ohr flüstert und wenn er meinen Namen stöhnt. Ich will aber auch nicht, dass Susa mitbekommt, was wir tun. Andererseits, wird sie es sich eh denken, oder?

„Scheiß drauf," sage ich und küsse ihn wieder. Er zieht an meinen Haaren, so dass ich mich von ihm löse.

„Ich will aber eigentlich nicht, dass dich jemand außer mir stöhnen hört. Wenn du meinen Namen schreist, soll es nur für mich sein." Seine Stimme klingt rauher als jemals zu vor. Seine Augen sind fast schwarz.

„Oh," sage ich. Darüber hatte ich nicht nachgedacht.

„Also," sagt er, „versuch leise zu sein."

Er zieht mich wieder an sich und küsst mich. So voller Leidenschaft, dass mir fast die Luft wegbleibt. Meine Hüften bewegen sich auf ihm. Joe legt seine Hände an meine Hüften und bewegt sich unter mir im selben Rhythmus.

„Nichts was ich mir vorstellen kann, kommt auch nur annährend an die Realität heran," sagt er.

Ich setze mich auf, um ihn ansehen zu können. Meine Hände streichen über seine nackte Brust. „Wie oft?" frage ich.

Joe sieht mich überrascht an. Ich bin selber etwas von der Frage überrascht, aber bisher hat Joe mich für keine meiner Fragen ausgelacht und es interessiert mich, wie oft er an mich denkt, während er an sich selber herumspielt und wie oft er es überhaupt tut.

„Das kann ich dir nicht sagen," antwortet er. Ich sehe ihn anscheinend so fragend an, dass er weiterredet: „Ich habe nicht mitgezählt." Seine Hände wandern meinen Bauch hinauf bis zu meinen Brüsten. Er beginnt sie zu kneten und zu streicheln. Ich werfe den Kopf nach hinten und stöhne auf.

„Schsch," macht Joe. „Nicht so laut Prinzessin. Auch wenn mir das sehr gut gefällt." Ich sehe auf ihn hinab und er grinst. Es ist nicht boshaft oder selbstgefällig, wie ich es erwartet hätte. Er sieht einfach glücklich aus.

„Ich verrate dir aber, dass ich sehr oft an dich denke. Jedes Mal, wenn ich dusche zum Beispiel." Bei der Erinnerung werde ich rot. Er lacht leise. „Das war der Hammer. Es muss dir nicht peinlich sein."

Er streichelt mit seinen Fingern über meine Wange und ich schmiege mich in seine Hand. Kurz schließe ich die Augen und genieße die Wärme, die von ihr ausgeht.

„Und wie oft ich mir diese vollen Brüste vorstelle," sagt er und greift erneut unter meinem Shirt nach meinen Brüsten. „Ohne Scheiß, ich kann mir gar nicht vorstellen, wie gut sie sich anfühlen. Meine Vorstellung ist ein Dreck dagegen, wie sie sich wirklich anfühlen."

Er greift nach dem Saum meines Shirts und zieht es mir über den Kopf. Da ich meine neue Unterwäsche noch nicht gewaschen habe, trage ich erneut einen einfachen weißen BH. Joe hebt seinen Oberkörper und fährt mit der Zunge die Kante des BHs nach. Ich erschauere unter seinen Berührungen. Sooft hat mich seine Zunge dort schon berührt, doch jedes Mal fühlt es sich anders und intensiver an. Mein Körper will sofort mehr von ihm. Mehr von seinen Berührungen.

Zwischen meinen Beinen spüre ich, dass es ihm nicht anders zu gehen scheint. Ich presse meine Hüften dichter an ihn, bewege mich schneller.

„Fuck," stöhnt Joe laut und ich versuche seinen Laut mit meiner Brust zu ersticken. Er setzt sich auf und schiebt seine Hände in die hinteren Hosentaschen meiner Jeans. Er presst meine Hüfte noch dichter gegen seine. Ich beiße ihm in den Hals, um nicht laut auf zu stöhnen.

„Und woran denkst du Prinzessin, wenn du es dir selber besorgst?" fragt er an meinen Brüsten.

Ich halte inne. Ich? Wie kommt er darauf, dass ich mich selber anfasse, wenn er nicht da ist? Joe sieht mich von unten an und wartet darauf, dass ich etwas sage. Ich blicke nach unten auf seine nackten Schultern, unfähig mich zu bewegen.

„Hey," Joe hebt mein Kinn an, so dass ich in anblicken muss. „Es war nur eine Frage. Ich wollte nur wissen, woran du denkst, weil es mir gefallen würde, wenn du an mich denkst und nicht an jemanden Anderen. Aber es ist ok, wenn du es mir nicht sagen willst."

Seine Augen sind etwas heller als noch vor der Frage. Seine Gesichtszüge sind aber entspannt, auch wenn ich glaube, dass es ihn stört, dass er nun denkt, ich würde an jemand Anderen denken, wenn ich mich anfasse. Dabei fasse ich mich nur einfach nicht an.

„Ich, ich," stottere ich, atme tief durch und gebe zu: „Ich tue das nicht."

„Du tust was nicht? An mich denken?"

„Ich fasse mich nicht an." Joe atmet hörbar aus. Es hätte ihm definitiv etwas ausgemacht, wenn ich an jemand Anderen dabei denken würde. Er sieht mich weiter unverwandt an. In seinem Blick liegt Neugier, ich hatte mit Belustigung gerechnet.

„Warum?" fragt er schlicht.

Ich zucke mit den Schultern. Ich weiß es wirklich nicht. Es fühlt sich toll an, wenn Joe mich anfasst. Es löst unglaubliche Gefühle in mir aus. Meine eigenen Finger könnten das nie in mir auslösen. Außerdem käme ich mir komisch dabei vor.

„Hat es dir nicht gefallen, als wir telefoniert haben?" fragt Joe und es klingt etwas Sorge in seiner Stimme durch. Sofort merke ich, wie mir die Röte in die Wangen steigt. Meine Wangen werden heiß und ich versuche von Joes Schoß herunter zu steigen, doch er hält mich an den Hüften fest. Bisher haben wir nie darüber gesprochen, was in der Nacht passiert ist. Ich war betrunken, sonst hätte ich das sicher nie getan. Bisher habe mir nicht eingestanden, wie sehr es mir gefallen hat.

„Doch hat es," flüstere ich.

„Aber?" fragt er.

Ich seufze und versuche erneut, mich von seinem Schoß zu stehlen.

„Hier geblieben, Prinzessin."

Er wird mich nicht gehen lassen, ohne eine vernünftige Antwort zu bekommen und da ich so schlecht im Lügen bin, kann ich auch gleich die Wahrheit sagen.

„Es ist nicht dasselbe, ob du mich anfasst oder ich mich selber. Und.." ich suche nach den richtigen Worten.

„Und?" fragt er etwas ungeduldig.

„Ich käme mir dabei irgendwie komisch vor. Außerdem will ich, dass du es tust." Genauso ist es. Auch wenn es vielleicht falsch ist, es ihm zu sagen, aber es ist so. Ich will, dass er mich berührt. Weder will ich es selber tun, noch, dass es je jemand Anders tut. Allein der Gedanke daran, dass jemand Anders mich an meiner

260

intimsten Stelle berührt, bereitet mir richtiges Unbehagen.

„Und wenn ich nicht da bin?" fragt Joe und beginnt meinen Hals mit Küssen zu bedecken. Meine Ehrlichkeit scheint ihn nicht zu beunruhigen. Es scheint ihm zu gefallen.

„Dann vermisse ich dich."

„Und?"

„Nichts und. Ich fasse mich nicht an."

„Nie?"

„Nie."

„Hast du es wirklich noch nie?"

„Nur, als wir telefoniert haben."

„Das ist einfach unfassbar," sagt er und knabbert an meinem Ohrläppchen. „Es gefällt mir, dass ich bisher bei jedem Orgasmus von dir dabei war."

Meine Hüften beginnen wieder sich zu bewegen. Es ist mir peinlich, so darüber zu reden. Andererseits wenn nicht mit Joe, mit wem dann? Er hat ja Recht, er war bisher immer dabei. Selbst wenn ich von Sex träume, ist er dabei. Wobei ich da noch nie einen Orgasmus hatte.

„Ruf mich an, wenn du es nicht aushälst," raunt er mir ins Ohr. Mir läuft ein Schauer über den Rücken. Joes Finger gleiten über meinen Rücken und er drückt mich an sich.

„Du bist einfach so einzigartig und unglaublich," sagt er, bevor er mich küsst. Seine Lippen sind weich und warm. Mein Mund heißt seine Zunge willkommen, sie spielt zärtlich mit meiner. Ich schlinge meine Arme um seinen Hals. Meine Hüften bewegen sich schneller. Sein Kuss wird fordernder und leidenschaftlicher. Seine Hüften drücken sich gegen meine. Ich reibe mich an ihm. Ich schiebe meine Finger in seine Harre und fahre hindurch. Sie fühlen sich toll an. Als ich leicht daran ziehe, stöhnt Joe in meinen Mund und ich ziehe erneut daran, um den entzückenden Laut noch einmal zu hören. Er tut mir den Gefallen und stöhnt erneut.

Obwohl wir beide noch unsere Jeans anhaben, spüre ich, wie groß sein bestes Stück ist. Ich vergesse alles um mich herum und reibe mich stärker an ihm. Ich will ihn nackt an mir spüren, aber das Gefühl, das er gerade in mir auslöst ist so berauschend, dass ich nicht aufhören will. Joe bewegt sich schneller und heftiger unter mir.

„Ich will dich nackt," stoße ich hervor ohne darüber nachzudenken. „Ich möchte deine nackte Haut an meiner fühlen."

„Prinzessin, ich," stöhnt er und spannt sich an. Ich spüre, wie seine Muskeln sich verhärten, bewege mich aber weiter.

„Scheiße," sagt Joe und hält meine Hüften fest. Ich sehe ihn fragend an. Habe ich etwas falsch gemacht? Will er nicht, dass ich ihn ausziehe. Ich lehne mich zurück um ihm ins Gesicht zu sehen. Er sieht mich zwar an, aber wirkt unsicher.

„Was?" frage ich schließlich. Ich bin mir nicht sicher, ob ich die Antwort wirklich hören will.

„Naja," beginnt er und kratzt sich am Nacken. „Du bist einfach so, so, so unglaublich, dass ich mich nicht beherrschen konnte." Er schaut auf seinen Schritt hinunter. Ich bin verwirrt.

Joe hebt mich hoch und legt mich neben sich aufs Bett. Er dreht sich zu mir und stützt sich auf einen Ellenbogen. Ich schaue ihm zwischen die Beine und sehe, dass sich seine helle Jeans leicht verfärbt hat.

„Oh," flüstere ich, als mir dämmert, was er mir sagen wollte.

„Das ist mir noch nie passiert," sagt er und wirkt noch immer unsicher. „Ich weiß nicht, was ich sagen soll."

Er weiß nicht, was er sagen soll? Ich weiß nicht, was ich denken soll. Ich hätte nie gedacht, dass ich einen Mann so sehr erregen könnte, dass er kommt, ohne, dass ich etwas tun muss.

„Es tut mir leid," sagt Joe schließlich.

„Leid?" frage ich total überrascht. Warum sollte es ihm leidtun?

„Ja, ich sollte mich beherrschen."

Ich muss lachen, höre aber schnell auf, als ich seine verletzte Miene sehe. „Warum solltest du dich beherrschen, wenn du mir immer sagst, ich soll tun, was mir gefällt?"

„Aber," er schüttelt den Kopf, „sowas passiert nur Teenies, die keine Erfahrung haben und einfach ständig geil sind. Die nicht wissen wohin mit ihrer Geilheit."

„Dazu kann ich nichts sagen, aber ich sehe es als Kompliment."

„Kompliment?" fragt Joe überrascht.

„Na, wenn ich einen Mann, der so viel Erfahrung hat wie du, dazu bringen kann, ohne seine Hose auszuziehen und ohne ihn anzufassen, zu kommen, ist das doch für mich ein Kompliment, oder nicht? Es heißt doch wohl, dass du mich total scharf findest, oder?"

Er legt den Kopf schief, „so habe ich es nicht betrachtet."

„Siehst du. Also muss dir nichts leidtun. Ich wäre eher sauer, wenn du dich zurückhalten würdest." Das meine ich ehrlich. Joe soll er selbst sein können, wenn er bei mir ist. Er soll sich weder verstellen, noch etwas unterdrücken, außerdem freue ich mich wie ein kleines Kind, dass ich ihn so sehr erregen kann. Ich finde es nur schade, dass er mich jetzt in diesem Moment nicht mehr anfassen wird.

„Wenn das so weitergeht, brauche ich bald Kleidung zum Wechseln hier," lacht er. Ich bin froh, dass er wieder der Alte ist. Ich mag es nicht, wenn er sich selber kleinmacht und vor allem nicht, wenn es gar nichts gibt, was ihm peinlich sein müsste.

Joe beginnt meinen nackten Bauch zu streicheln und ich freue mich über seine Berührung. Seine Finger sind rauh, was man bei einem Studenten nicht erwarten würde. Sie streichen leicht über meine Haut.

„Ich müsste eigentlich mal kurz nach Hause und mir etwas Anderes anziehen," sagt er leise. „Aber ich möchte eigentlich lieber bei dir bleiben und deine nackte Haut genießen. Mir läuft ein Schauer über den Rücken und ich merke, wie sich meine Brustwarzen aufrichten. Und das nur bei seinen Worten.

„Und wenn du dich erstmal ausziehst und wir nachher zu dir gehen?" schlage ich vor und kann es selber nicht glauben. Wieso spreche ich immer sofort aus, was ich denke, wenn er da ist. Ich denke sonst bestimmt zehnmal nach, bevor ich etwas ausspreche. Aber sobald Joe da ist, schaltet sich mein Hirn einfach aus.

„Möchtest du das?" fragt Joe und beginnt dabei mein Dekolleté zu küssen. Im Moment ist mir eigentlich alles egal, solange er nicht aufhört, mich anzufassen und zu küssen. Ich nicke nur, mehr bringe ich einfach nicht zustande. Kurz zögert Joe und sieht mich an, doch dann steht er auf und zieht Jeans und Boxershorts herunter. Ich stoße die Luft zu laut aus und kann meinen Blick nicht abwenden. Es gibt keinen schöneren Anblick, als Joe nackt zu sehen. Ich dachte nie, dass es mir je gefallen könnte, einen nackten Mann zu sehen. Natürlich gefielen mir die Bilder der durchtrainieren Männer auf Postern und in Zeitschriften, aber die trugen immer mindestens noch Boxershorts.

Joe bleibt ruhig stehen und gibt mir Zeit, seinen Anblick zu genießen. Ich betrachte seinen Körper Zentimeter für Zentimeter. Ich könnte ihn wirklich stundenlang ansehen. Als ich ihm in die Augen blicke, lächelt er und kommt zurück zu mir aufs Bett.

„Es gefällt mir, wenn du mich so ansiehst," sagt Joe.

„Sagst du das zu jeder Frau, die das tut?" Wieder schlage ich mir innerlich die Hand vor den Mund. Erst denken, dann reden, versuche ich mir klarzumachen. Irgendwann muss das doch wieder funktionieren. Ich will nicht daran denken, dass Joe schon so viele andere Frauen hatte und ich will erst recht in diesem Moment nicht über sie reden.

„Ehrlich gesagt, hat mich außer meiner Mutter und eventuell einer Krankenschwester bei meiner Geburt nur eine Frau nackt gesehen und ich glaube nicht, dass es ihr gefallen hat. Zumindest hat es mir nicht so gut gefallen, wie dein Blick, wenn du mich so ansiehst. Dein Blick lässt sich kaum in Worte fassen."

Seine Zunge gleitet über meine Halsschlagader. Ich schüttele mich leicht, weil es mir Schauer durch den Körper jagt. Seine freie Hand wandert zu meinem Bauch und streichelt ihn.

„Deine Haut ist so weich. Ich fasse sie so gerne an. Fühle sie so gerne an meiner nackten Haut." Ich recke mich ihm entgegen. Seine Lippen an meinem Hals und seine Finger auf meiner Haut erregen mich. Gerade dachte ich noch, wir würden jetzt einfach schlafen gehen oder reden, weil er schon seinen Höhepunkt hatte, doch Joe scheint trotzdem nicht genug von mir zu haben.

„Jeans sind doch schrecklich unbequem, oder?" flüstert er mir ins Ohr und ich merke wie seine Hand die Knöpfe meiner Hose öffnet. Eigentlich liebe ich die Jeans, die ich heute trage, weil sie gerade nicht unbequem ist, aber in diesem Moment will ich ihm nicht widersprechen. Sie ist nicht unbequem, aber gerade sehr unpraktisch.

Joes Lippen wandern zu meinem Bauch. Meine Muskeln zucken unter seiner Zunge. Es kitzelt leicht, aber fühlt sich gleichzeitig himmlisch an. Seine Hand schiebt sich in meinen Slip. Seine Finger beginnen zu kreisen, während seine Zunge weiter meinen Bauch neckt. Ich versuche mich dichter an ihn zu drücken. Ich will mehr von ihm. Langsam wandern Joes Lippen nach oben über meine Brüste bis zu meinem Hals.

„Ich glaube, du solltest heute Nacht mit zu mir kommen," flüstert er in mein Ohr.

„Warum?" keuche ich. Ich kann kaum geradeausdenken. Seine Finger, die mich verrückt machen, sein heißer Atem auf meiner Haut, bringen mich völlig aus dem Konzept.

„Weil wir da nicht leise sein müssen," flüstert er mir ins Ohr. „Ich will hören, wie du meinen Namen schreist, wenn ich dich mit meinen Lippen und meinen Fingern zum Orgasmus bringe."

Die Vorstellung erregt mich noch mehr. Ich packe seinen Kopf und drücke ihm meine Lippen auf seinen Mund. Meine Hände fahren ihm durch das dichte Harre. Wir küssen uns leidenschaftlich und ich kann mich nicht auf seine Finger konzentrieren. Seine Zunge neckt mich, spielt mit mir. Seine Finger bewegen sich genauso, wie ich es mir wünsche. Ich merke, wie meine Beine sich anspannen. Meine Beine beginnen sich zu versteifen. Unerbittlich massiert Joe weiter meine empfindlichste Stelle. Ich erzittere unter ihm und als ich komme, stöhne ich in seinen Mund und er verschlingt meine Laute mit seinen Lippen.

Langsam beruhigt sich mein Atem wieder. Joe löst sich leicht von mir und streichelt wieder meinen Bauch. Ich beuge mich vor und küsse ihn sanft auf den Mund. Irgendwie ist es mir peinlich, dass er mich so dabei beobachten konnte, weil er schon befriedigt war.

„Es gefällt mir, dich dabei zu beobachten," sagt Joe prompt, als ob er meine Gedanken lesen könnte. Ich versuche meine Hände vor mein Gesicht zu legen, doch Joe hält sie fest.

„Prinzessin, ich habe dir schon einmal gesagt, dass dir das nicht peinlich sein muss. Dein Körper ist einfach der Hammer und wie er auf mich reagiert ist unbeschreiblich. Normalerweise bin ich so benebelt von meiner eigenen Erregung, dass ich mich nur mit Mühe darauf konzentrieren kann, was dir gefällt und wie du auf meine Berührungen reagierst.

Und weil du ja immer der Meinung bist, dass ich alles schon erlebt habe: Bisher war es mir scheißegal, was die Frauen dabei fühlen. Ich habe mir genommen, was ich wollte und bin gegangen oder eingepennt, weil ich zu besoffen war, um das Bett zu verlassen."

Ich bin schockiert von seinen Worten. Nicht nur von seiner Wortwahl, sondern auch von dem Inhalt. Wie kann dieser hinreißende Typ, der mir so viel Vergnügen bereitet, selbst wenn er nichts davon hat, so ein egoistisches Arschloch sein? Ich bringe diese beiden Persönlichkeiten einfach nicht zusammen.

„Noch einmal ganz deutlich Prinzessin, ich erlebe wirklich viele Dinge mit dir zum ersten Mal und es ist herrlich." Joe kuschelt sich an mich.

„Also?" fragt Joe nach einiger Zeit. „Kommst du mit zu mir?"

„Du kannst auch einfach hier schlafen, dann brauchst du dich nicht anziehen." Es gefällt mir, dass er hier nackt in meinem Bett liegt und es ist mittlerweile schon nach Mitternacht.

„Da hast du eigentlich recht, aber du hast zum Schlafen eindeutig noch zu viel an," sagt er und deutet auf meine Jeans, die er zwar geöffnet, mir aber nicht ausgezogen hat. Ohne weiter darüber nachzudenken, ziehe ich sie über meine Beine. Joe angelt nach seinem Shirt und ich sehe ihn misstrauisch an. Ich will auf keinen Fall, dass er sich etwas anzieht. Doch er legt es neben meinen Kopf.

„Falls dir heute Nacht kalt wird," sagt er schlicht und zieht mich in seine Arme.

„Gute Nacht meine süße Prinzessin." Joe drückt mir einen Kuss auf die Stirn und schließt die Augen. Wenige Sekunden später bin ich eingeschlafen.

47. Kapitel

Am nächsten Morgen wache ich auf, weil Joe seine Hand von hinten zwischen meine Beine schiebt. Ich liege auf dem Bauch und Joe küsst meinen Rücken. Ich will mich zu ihm umdrehen, doch er legt seine Brust auf meinen Rücken, so dass ich auf dem Bauch liegen bleiben muss. Seine Finger beginnen meine Knospe zu streicheln.

„So früh und schon so feucht," flüstert Joe in mein Ohr. Es ist mir peinlich, dass mein Körper immer sofort auf ihn reagiert. Joe zieht mir das Höschen über meinen Po und meine Beine, wobei er dem Höschen mit Küssen folgt, bis es auf dem Boden landet. Erneut versuche ich, mich umzudrehen, doch Joe lässt es nicht so.

„Es wird dir gefallen," sagt er leise aber bestimmt. Er legt sich dich neben mich. Meine Hand, die zwischen uns liegt, versucht ihn zu streicheln, doch Joe liegt so dicht, dass es nicht geht. Joe küsst meine Schultern, meinen Rücken und meinen Nacken.

„Entspann dich einfach und genieße es. Ich möchte mich ganz auf dich konzentrieren. Versuch nicht, mich abzulenken." Er nimmt meine Hand, die zwischen uns liegt und legt sie über meinen Kopf. Ich will protestieren, da schiebt Joe einen Finger in mich hinein. Ich zucke zusammen, vor Überraschung und Erregung. Joe verlagert sein Gewicht so, dass ich in die Matratze gedrückt werde.

„Ich freue mich schon darauf, so mit meinem harten Schwanz in dich hineinzustoßen. Deinen geilen Arsch an meinem Bauch zu spüren. Deine Hüften festhalten und dich in meinen Rhythmus zwingen. Wie ich immer wieder fest zu stoße und deine Brüste über das Bett schrammen."

„Ich," stoße ich hervor. Mehr bringe ich nicht heraus. Ich weiß auch gar nicht, was ich sagen will. Vielleicht möchte ich ihm sagen, dass er es tun soll. Die

Vorstellung und seine Finger in mir, rauben mir einfach den Atem.

„Du willst es auch, oder?" flüstert er mir ins Ohr und küsst mich direkt unter mein Ohr. Mein Körper erzittert, doch Joe macht weiter.

„Du willst, dass ich dich immer wieder ficke, bis du nur noch meinen Namen schreien kannst. Bis du alles um dich herum vergisst. Deine Muschi wird sich eng um meinen Schwanz zusammenziehen."

Joe beißt in meinen Hals und ich kann mich nicht mehr beherrschen. Ich beiße in mein Kissen, um nicht laut zu schreien. Mein Körper zittert, spannt sich aber gleichzeitig an. Ich drücke mich gegen Joe. Hebe leicht den Bauch, sofort schiebt Joe seine andere Hand von vorne an mein Schambein und massiert meine Klitoris. Das ist zu viel. Mich überrollt der Orgasmus mit so einer Wucht, dass ich mich nicht mehr bewegen kann. Ich zucke unkontrolliert und sinke aufs Bett zurück. Joe zieht seinen Finger aus mir heraus und ich erzittere erneut.

Ich bin noch nicht ganz klar, doch drehe mich auf die Seite und greife nach Joes Penis. Er ist hart und fest. Auf seiner Eichel perlt bereits ein erster Lusttropfen. Ich drücke Joe auf den Rücken. Dann schließe ich meine Finger fest um seinen Penis und bewege meine Hand auf und ab. Mein Körper ist noch total zittrig und ich habe ihn nicht richtig unter Kontrolle. Ich schaue meinen Händen zu, wie sie sich bewegen.

„Es gefällt mir," stößt Joe hervor.

„Was genau," frage ich.

„Alles." Sein Atem ist abgehakt und es scheint ihn viel Überwindung zu kosten, zu reden. „Bisher mochte ich es nicht, wenn jemand meinen Schwanz anstarrt, aber dass er dir so sehr gefällt, macht mich noch geiler. Gefällt es dir, zu sehen, wie du ihn anfasst?"

„Es gefällt mir, wie er in meiner Hand größer wird und wie sich die Spitze zeigt, wenn ich meine Hand bewege. Ich will sehen, wie du kommst." Mein Hirn ist immer Matsch, aber es ist das, was ich denke. Ich will sehen, wie das Sperma aus seinem Penis herausschießt.

„Das willst du?" fragt Joe und schließt kurz die Augen. Ich sehe wieder auf meine Hand. Es gefällt mir wirklich, ihn so zu sehen. Ich würde gerne beides sehen, sein Gesicht und seinen Penis. Ich möchte sehen, wie es ihm gefällt. Seine Reaktionen einordnen, um ihm noch mehr Lust zu bereiten.

„Du machst mich verrückt," stößt er zwischen zusammengebissenen Zähnen hervor.

Ich schiebe eines meiner Beine zwischen seine. Mein Knie schiebe ich bis nach oben. Ich bewege es leicht, während meine Hand ihn weiterbearbeitet. Unter meinen Beinen spüre ich, wie Joe sich versteift. Er hebt sein Becken an und ich sehe, wie sich das Sperma aus seinem Penis über meine Hand ergießt. Ich höre sein unterdrücktes Stöhnen. Ich bewege meine Hand, bis kein weiterer Tropfen mehr herauskommt. Mein Daumen streicht ein letztes Mal an seinem Schacht entlang. Joe zittert und stöhnt. Erst jetzt bemerke ich, dass er sich ein Kissen aufs Gesicht gedrückt hat, um nicht laut zu schreien. Sein stöhnen war nicht unterdrückt, sondern vom Kissen verschluckt. Ich ziehe ihm das Kissen vom Gesicht und sehe ihn an. Er wirkt zufrieden.

„So war das nicht geplant," sagt er. Ich ziehe eine Augenbraue fragend in die Höhe. Wie geplant?

„Ich wollte dich glücklich machen. Damit du restlos glücklich in den Tag starten kannst."

„Und?"

„Ich wollte dafür keine Gegenleistung," stellt er schlicht fest. Ich kuschle mich in seinen Arm und lege meinen Kopf auf seine Brust.

„Jetzt kann ich restlos glücklich in den Tag starten. Mir macht es genau so viel Spaß von dir angefasst zu werden, wie dich anzufassen." Joe schließt mich fest in seine Arme und drückt mir einen Kuss auf meinen Scheitel.

„Ich sollte mich mal waschen," sagt er schließlich. Ich sollte mir auch die Hand waschen.

„Ich gehe mal ins Bad und schaue, ob ich was von Susa sehe," schlage ich vor und Joe nickt. Auch wenn ich nicht will, krabble ich aus dem Bett, schlüpfe in meine Jogginghose und Joes Shirt. Er grinst. Ich öffne vorsichtig die Tür und schaue, ob ich Susa entdecke. Ich gehe ins Bad, wasche mir die Hände und werfe auf dem Rückweg einen Blick zur Garderobe.

„Ihre Schuhe und ihr Mantel sind nicht da. Sie wird unterwegs sein," sage ich. Während ich zurück in mein Zimmer gehe. Joe schnappt sich seine Jeans vom Boden und geht nackt ins Bad. Kurz darauf kommt er zurück und seine Jeans sitzt locker auf seinen Beckenknochen. Obwohl ich gerade erst einen Orgasmus hatte, erregt mich sein Anblick. Er greift nach seinem Pullover und zieht ihn über den Kopf.

„Ich habe nicht unendlich viele T-Shirts," sagt er und zeigt auf mich. Ich zucke unbeteiligt mit den Schultern. Er kann die wiederhaben, die nicht mehr nach ihm riechen, aber auch erst dann.

„Du bist mir schon eine," sagt er und zieht mich lachend in die Arme. „Ich werde nach Hause gehen. Meine Hose ist zwar trocken, aber naja, du weißt schon." Da fällt mir auf, dass er nur seine Jeans anhat. Seine Boxershorts liegt noch auf dem Boden. Er hebt sie auf und steckt sie in seine Hosentasche.

„Vielleicht sollte ich dich überreden, dass du meine Unterwäsche trägst statt meiner Shirts. Dann hätte ich hier Kleidung zum Wechseln," neckt er mich.

„Als würde es dir nicht gefallen, mich in deinen Shirts zu sehen," gebe ich zurück.

„Okay, da hast du recht, vor allem, wenn es so wie jetzt eine Schulter frei gibt," sagt Joe und drückt mir einen Kuss auf meine nackte Schulter. „Wir sehen uns nachher, Prinzessin."

„Okay," auch wenn ich eigentlich nicht will, dass er geht, fällt mir aber auch kein Grund ein, warum ich ihn hierbehalten sollte, zumal er sich nicht wohl in seinen dreckigen Klamotten fühlt. Wir sehen uns ja heute Abend eh wieder. An der Tür gibt Joe mir einen langen zärtlichen Kuss.

48. Kapitel

Nachdem Joe gegangen ist, setze ich mich an meinen Schreibtisch und fange an zu lernen. Meine Zimmertür lasse ich offen, damit ich mitbekomme, wenn Susa nach Hause kommt. Ich gehe fest davon aus, dass sie vor der Party noch mehr Details wissen möchte, da bringe ich es lieber so schnell wie möglich hinter mich. Außerdem habe ich noch immer das Gefühl, dass alles nur ein Traum ist, weil das alles einfach viel zu schön ist, um wahr zu sein. Vielleicht wird es realer, wenn ich darüber rede.

Susa kommt mit zwei Pizzakartons beladen zur Tür herein. Sofort springe ich auf, um ihr zu helfen.

„Ich habe nur zwei dabei. Ich dachte, entweder ist Joe nach Hause oder ihr müsst euch eine teilen," sagt sie gleich.

„Er ist schon weg. Wir treffen ihn nachher auf der Party. Du bist einfach die Beste. Als wüsstest du, dass ich noch nichts gegessen habe."

Dass Joe und ich nicht einmal zusammen gefrühstückt haben, fällt mir jetzt erst auf. Ich war noch so im siebten Himmel, dass ich das Essen total vergessen habe.

Gut, ich weiß auch gar nicht, ob ich schon einmal so verliebt war. Bin ich das? In Joe verliebt? Ja, ich glaube das bin ich. Bisher habe ich mir einzureden versucht, dass es nur die Hormone waren, die verrückt gespielt haben. Aber wenn er nicht bei mir ist, vermisse ich ihn. Ich möchte bei ihm sein. Auch wenn wir viel unserer Zeit mit sexuellen Dingen verbringen, ist es nicht das Einzige, was ich möchte. Mir gefallen auch die anderen Zeiten, zum Bespiel als wir Burger essen waren. Ich genieße es einfach, in seiner Nähe zu sein. Für Nick habe ich damals nicht so empfunden. Ich war auch gerne mit ihm zusammen, bin auch jetzt noch. Aber das mit

Joe ist anders. Ich kann es kaum in Worte fassen, aber das Gefühl ist anders und ich gestehe mir ein, dass ich mich verliebt habe.

Als der Pizzaduft nun in meine Nase steigt, knurrt mein Magen.

„Und da heißt es immer, Liebe geht durch den Magen," lacht Susa und ich lache mit.

„Wo warst du?" frage ich sie.

„Bei Robert." Sie sagt es so selbstverständlich als müsste ich es wissen. Eigentlich möchte ich sie fragen, ob sie die ganze Nacht dort war, weil ich sicher sein möchte, dass sie uns nicht gehört hat, aber ich will sie nicht ausfragen. Außerdem könnte sie ahnen, warum ich es wissen möchte.

„Wir halten es kaum eine Nacht ohne einander aus und als er gestern Abend Feierabend hatte in der Bar, in der er jobbt, hat er geschrieben, ob ich vorbeikommen möchte. Ich wollte euch nicht stören und bin dann einfach gegangen." Ich nicke und beiße in mein Stück Pizza. Ich hoffe, Susa merkt nicht, wie erleichtert ich bin.

„Ich wusste gar nicht, dass Robert in einer Bar arbeitet," schinde ich Zeit und bin auch neugierig. Ich habe mich noch nicht so viel mit Robert unterhalten und Susa hat auch noch nicht viel von ihm erzählt.

„Ja, im Blitz. Ich war auch noch nicht da. Vielleicht gehen wir nächstes Jahr mal zusammen hin und ich flirte mit dem Barkeeper," lacht sie.

„Nächstes Jahr klingt gut." Lache ich. „Stört es dich gar nicht, dass da eine Menge Frauen hingehen und ihn anflirten? Er sieht schließlich gut aus."

„Ich versuche nicht daran zu denken. Außerdem kommt er jede Nacht zu mir bzw. ich zu ihm. Da hat er keine Zeit für andere Frauen und ich erinnere ihn gern daran, was er an mir hat," grinst sie breit. „So und nun pack aus," fordert sie mich auf. „Was ist mit dir und Joe?"

„Wir sind zusammen."

„Ja, das sagtest du gestern schon, aber wie hast du Joe dazu gebracht?"

„Wie, ihn dazu gebracht?" frage ich und bin wirklich etwas verwirrt.

„Weißt du eigentlich, wie viele Frauen sich das schon in den Kopf gesetzt haben? Du weißt schon, der schlimme Kerl, der Frauen nur verachtet und benutzt, aber ganz sicher einen weichen Kern hat, den eine Frau nur finden muss um ihn zu ändern. Weil er eigentlich hinter der harten Schale ein Märchenprinz ist, der nur auf die eine gewartet hat, die ihn dazu bringt sein Leben zu ändern."

Ich schüttle mich bei dem Gedanken, wie viele Frauen sich Joe schon an den Hals geworfen haben und wie viele er für Sex benutzt hat. Wieder schaffe ich es nicht, den schlimmen Joe mit dem lieben Joe zu vereinen. Ich will es auch gar nicht. Ich mag den Joe, den ich kenne und nicht den, von dem Andere mir immer Sachen erzählen, die mich nicht betreffen. Die Wette mit dem Kuss war nicht toll, aber im Nachhinein doch irgendwie witzig. Die anderen Frauen vor mir gehen mich nichts an.

„Ich habe es gar nicht versucht. Also ich habe ihn ja so nicht wirklich erlebt. Außer dem Abend wo er um einen Kuss mit mir gewettet hat. Ich kannte ihn ja nur von den Partys bei Tim. Auch wenn er sich bei der einen total bescheuert benommen hat, weil ich nicht mit ihm rumknutschen wollte. Aber sonst ist er immer lieb zu mir und versucht mich glücklich zu machen."

„Ist es das?" fragt Susa. „Dass er dich nicht so leicht rumkriegen kann, wie alle Anderen?"

„Das weiß ich nicht. Ich frage mich auch immer wieder, was er an mir findet und was er von mir will. Er kann anscheinend ja jede Frau haben."

„Ja, aber du bist eben nicht jede, sondern einzigartig. Ich glaube, dass du zu gut für ihn bist. Da bin ich ehrlich. Auch wenn ich nicht weiß, warum er so ein Arsch ist und Frauen - außer dir und mir - wie Dreck behandelt, aber du bist immer so nett und lieb und manchmal zu naiv. Ich glaube, er verdient so eine tolle Frau wie dich nicht."

Ich weiß nicht, was ich dazu sagen soll. Meine Wangen glühen und ich bin bestimmt tiefrot. Ich wusste nicht, dass Susa so über mich denkt. Noch nie hat jemand so etwas zu mir gesagt.

„Susa," fange ich an und weiß selber nicht, was genau ich sagen soll.

Sie schneidet mir das Wort ab: „Anna, ich wollte nur, dass du das weißt. Ich bin Joe noch immer dankbar, dass er mich damals gewarnt hat, deswegen werde ich ihm gegenüber versuchen, unvoreingenommen zu sein, bzw. ich werde versuchen, ihm eine Chance zu geben. Ich will aber auf keinen Fall, dass du denkst, du seist nicht gut genug für ihn. Denn meine Liebe, es ist genau anders herum. Er ist nicht gut genug für dich. So und nun erzähl mir mehr."

„Mehr?"

„Ja, wie kommt es, dass ihr nun zusammen seid? War seine Erklärung so toll? Hat er noch einmal gesungen?"

Ich lache kurz bei so vielen Fragen. „Nein, er hat nicht noch einmal gesungen. Ich habe ihn auch nicht darauf angesprochen. Er sagt, er war mit der dummen Kuh nicht da. Also sie sind nicht zusammen zu der Party gegangen, sondern sie hat sich einfach an ihn rangeschmissen. Sie macht sich schon seit seinem ersten Tag an ihn ran und ihm ist es langsam einfach zu dumm, ihr immer wieder zu sagen, dass sie ihn in Ruhe lassen soll, weil sie eh nicht zuhört.

Seine Kumpels haben ihn mit zu der Party geschleift. Er wusste auch nicht, dass ich da sein würde. Er hatte Angst, die anderen würden mir was tun, deswegen hat er mich ignoriert."

„Dir was antun?" fragt Susa besorgt.

„Ja," ich zucke mit den Achseln. „Du weißt ja, wie sie sind. Er meint, er würde sich Sorgen machen, dass sie irgendwas bei mir versuchen oder so."

„Und jetzt?"

„Ich habe ihm gesagt, dass ich mich schon verteidigen kann. Außerdem denke ich nicht, dass ich jemals mit einem von denen allein sein werde. Entweder er will mit mir zusammen sein oder nicht."

„Und du hast keine Angst vor denen?"

„Naja, ein bisschen, aber wie gesagt, ich werde nicht mit ihnen alleine sein und ich will mir sicher nicht das Leben von irgendwelchen Vollidioten verderben lassen."

„Da hast du recht. Aber ich bin schon gespannt, wie die reagieren. Sie werden heute Abend sicher auch da sein."

„Ja, werden sie."

„Na, das wird ja spannend," sagt Susa und in ihrer Stimme schwingt Sorge mit.

„Susa, du bist dabei und alle anderen auch. Was soll da schon passieren?"

„Okay, okay. Außerdem scheint er dich glücklich zu machen. Zumindest strahlst du heute richtig," grinst sie.

„Ja, ich bin auch wirklich glücklich heute."

„Und was ist mit der Tussi?"

„Entweder kapiert sie es, wenn ich mit Joe auf der Feier auftauche oder er wird es ihr so lange sagen, bis sie ihre Finger von ihm lässt."

„Oder du knallst ihr eine," lacht Susa. „Ich habe ja gesehen, dass du das kannst."

„Oh man, musst du mich daran erinnern?"

„Ja, das war einfach toll. Es reden immer noch einige darüber. Du bist sowas wie eine kleine Heldin. Bisher hat sich ja sonst keine getraut, gegen die Clique etwas zu tun."

„Und was ist mit dir?"

„Na, davon wissen ja nicht so viele. Wie gesagt, ich habe es meinen Freunden erzählt, aber die Jungs haben alle die Klappe gehalten. Aber du hast es ja vor aller Augen getan. Es haben einfach zu viele mitbekommen."

„Ich dachte, es wäre schnell wieder vergessen." Ich hatte es wirklich gehofft. Es passiert doch immer so viel und die Zeit ist so schnelllebig. Aber ich muss natürlich wieder Pech haben und das Gespräch der ganzen Hochschule sein.

„Wie blöd werden dann erst alle anderen gucken, wenn ich mit Joe morgen auf der Feier auftauche." Daran hatte ich nicht gedacht, weil ich ja dachte, es wäre längst vergessen.

„Ich werde es dir sagen, wenn ich was höre. Das wird echt ein Spaß heute Abend."

„Was du so unter Spaß verstehst," sage ich und ziehe eine Grimasse. „Immerhin weiß ich dann, worüber die Leute hinter meinem Rücken reden."

„Mach dir da mal keine Sorgen. Die meisten werden so betrunken sein, dass sie nicht einmal merken werden, dass wir da sind."

„Vermutlich hast du recht." Susa hat sooft recht und auf jeder Party habe ich mich gefragt, warum die Leute so viel trinken müssen. Wenn ich mich gleich so betrinke, dass ich mich kaum noch bewegen kann und am nächsten Tag kaum Erinnerung an die Erlebnisse habe, warum gehe ich dann überhaupt zu einer Feier? Dann könnte man doch auch zu Hause bleiben und seine Gehirnzellen behalten, statt sie sich wegzutrinken.

„Und? Wie küsst Joe so?"

Ich verschlucke mich an meiner Pizza und muss husten. Susa klopft mir auf den Rücken.

„Tut mir leid," lacht sie. „Ich wollte dich nur etwas aufziehen. Die Frage war nicht wirklich ernst gemeint."

Ich trinke einen Schluck Wasser und komme langsam wieder zu Atem.

„So, so," sage ich und sehe sie an. Ich glaube ihr nicht. Auch wenn Susa sicher öfter lügt als ich, durchschaue ich sie doch oft. Zumindest hoffe ich das.

„Naja," gibt sie zu. „Neugierig bin ich immer. Und ich gebe es ehrlich zu, als ich hier angefangen habe und die Jungs kennengelernt habe, war ich zunächst Keinem von ihnen gegenüber abgeneigt. Also ich wollte nicht mit Allen schlafen, bevor du hier was Falsches von mir denkst, aber geküsst hätte ich sie.

Aber als ich die Frage gestellt habe, dachte ich mir, dass du sie nicht beantworten würdest. Und das ist vollkommen in Ordnung. Wenn du aber mal über Irgendetwas reden willst, bin ich da. Egal was. Du kannst mit mir wirklich über Alles reden.

Was ziehst du denn heute Abend an?" fragt sie, um das Thema zu wechseln. Ich stecke mir das letzte Stückchen Pizza in den Mund, wasche meine Hände und verschwinde in meinem Zimmer um mein Kleid aus dem Schrank zu holen. Ich hatte es gleich in den Schrank gehängt, damit Joe es erst auf der Party zu sehen bekommt. Ich möchte ihn überraschen.

„Ich habe an das hier gedacht," sage ich und halte das Kleid hoch. „Ich habe es gestern in der Stadt gekauft. Eigentlich total bescheuert, weil ich nicht weiß, zu welcher weiteren Gelegenheit ich es anziehen könnte.

„Das sieht klasse aus. Dagegen ist mein Kleid total langweilig. Alle Frauen werden sich nach dir umdrehen und die Männer sicher auch."

„Meinst du wirklich," sage ich und mir wird etwas unbehaglich. Jetzt bin ich mir nicht mehr so sicher, ob ich das Kleid wirklich tragen sollte. Ich möchte Joe gefallen und habe wirklich Lust darauf, mich aufzubrezeln, aber ich möchte nicht, dass mich alle im Raum anstarren. Ich hasse sowas. Das glaubt mir zwar immer keiner, weil alle meinen, in meinen Sportkursen würde ich auch vorne stehen, aber es ist so. In den Kursen weiß ich, warum die Leute mich anstarren und bin mir bei den einzelnen Übungen sicher. Ich mache das schon seit Jahren. Wenn mich die Leute aber sonst irgendwo anstarren frage ich mich immer, warum sie das tun. Ich frage mich, ob irgendetwas mit mir nicht stimmt oder ich irgendetwas im Gesicht habe oder so. Ich halte mich lieber im Hintergrund, so dass mich keiner beachtet.

„Erde an Anna," reißt mich Susa aus meinen Gedanken. „Du wirst jetzt keinen Rückzieher machen. Das Kleid sieht super aus und du wirst es anziehen. Du wirst fantastisch aussehen und Alle umhauen."

Ich nicke stumm, bin aber nicht mehr so begeistert von meinem Kleid wie vorhin. Warum habe ich auch nicht darüber nachgedacht, dass ich damit auffallen werde. Ich habe aber auch gar nichts anderes zum Anziehen für heute Abend, ich kann ja wohl nicht in Jeans gehen und mein Kleid von der letzten Party habe ich bei meinen Eltern gelassen. Es erinnerte mich zu sehr an Joe. Ich wollte es nicht in meiner Nähe haben, zum Wegschmeißen war es aber einfach zu schade. Ich dachte, wenn ich über Joe hinweg bin, kann ich es wieder tragen.

„Okay, dann springe ich mal unter die Dusche. Ich werde heute etwas länger brauchen um mich fertig zu machen. Da sollte ich jetzt schon langsam damit anfangen," sagt Susa und steht auf um ins Bad zu gehen.

Ich werfe einen Blick auf die Uhr. Sie hat recht, es wird langsam Zeit. Ich dachte nie, dass ich zu den Frauen gehören würde, die mehr als eine Stunde, bevor sie das Haus verlassen, beginnen sich zu schminken und die Haare zu machen. Ich schüttle über mich selber den Kopf. Joe bringt wirklich meine schlechtesten Eigenschaften zum Vorschein.

Ich rede mir ein, dass das nicht oft vorkommen wird. Heute ist aber etwas Besonderes. Es ist nicht nur Silvester, es ist Joes und mein erster Auftritt als gemeinsames Paar.

Ich werde mich auch nie immer für einen Kerl herausputzen. Wie sagt Lena immer: Wer dich in Jogginghose nicht mag, hat dich im Abendkleid nicht verdient. Da hat sie absolut recht.

Joe mag mich auch in Jogginghose, zumindest habe ich das Gefühl, denn er hat mich schon zu oft darin gesehen und wollte mich trotzdem.

Ich versuche mich daran zu erinnern, was ich auf der ersten Party getragen habe als Joe und ich uns gesehen haben, aber ich kann mich nicht daran erinnern. Ich war erst 17 Jahre alt und das erste Mal so weit weg von zu

Hause. Lena und ich hatten uns zwar vorher überlegt, was wir anziehen würden, aber es wird nichts Aufregendes gewesen sein. Wahrscheinlich Jeans und T-Shirt oder Bluse. Richtig sexy Kleidung befand sich bisher nie in meinem Kleiderschrank. Wozu auch? Ich wollte nie einen Mann beeindrucken und ich wollte auch keine Aufmerksamkeit auf mich ziehen. Wie sich mein Leben doch in so kurzer Zeit geändert hat. Ich habe nicht nur ein atemberaubendes Kleid für heute Abend, ich besitze sogar ein paar Garnituren Dessous.

Ich habe mir auch ein neues Kleid gekauft für den Geburtstag von Lena. Wenn ich zu ihr nach München fahre um mit ihren Freundinnen feiern zu gehen, möchte ich nicht zu sehr nach graue Maus aussehen. Ich werde zwar nicht so gut aussehen wie sie, wenn ich mir die Bilder ansehe, die Lena mir schickt, aber ich werde nicht allzu sehr negativ auffallen. Ich werde Joe vermissen, auch wenn ich nur ein Wochenende weg bin. Vielleicht sollte ich Joe fragen, ob er mich begleitet. Nein, das wäre doof. Ich fahre nach München und werde meine Zeit nur mit Lena verbringen. Ihren Geburtstag feiern wir nur unter Mädels. Ich würde keine Zeit für ihn haben.

Ich seufze und gehe ins Bad, als Susa in ihrem Zimmer verschwindet.

49. Kapitel

Früher war ich nie für große Partys. Früher klingt witzig, früher war noch vorgestern. Nick hatte ja auch versucht mich zu überreden, ihn auf eine große Party zu begleiten, aber ich habe mich nicht überreden lassen. Ich weiß nicht, warum ich mich jetzt doch habe überreden lassen mit Joe, Susa und den Anderen zu einer Party zu gehen.

Wahrscheinlich, weil ich mit Joe Silvester verbringen möchte und wenn ich ehrlich bin, hat irgendwie ein neues Leben für mich angefangen. Nicht nur wegen Joe, sondern auch wegen des Studiums, des Umzuges und einfach Allem. Da kann ich auch anfangen, Silvester zu feiern.

Ich habe meine Haare mit heizbaren Papilloten in viele Korkenzieherlocken verwandelt. Sie fallen mir gerade noch über die Schultern. Ich lege leichtes Make-up auf und schlüpfe in mein Kleid.

„Wow,“ sagt Susa. „Das Kleid sieht angezogen sogar noch besser aus, als auf dem Kleiderbügel.“

„Danke, du siehst aber auch fantastisch aus.“ Susa trägt ein schlichtes schwarzes kurzes Kleid. Es unterstreicht ihre weiblichen Kurven. Mit den dunklen Locken dazu und leicht goldigem Make-up sieht sie wirklich atemberaubend aus. Ich denke, viele Männer werden heute Abend auf Robert eifersüchtig sein.

Ich schlüpfe in meine schwarzen High Heels und in meinen Mantel. „Abmarsch,“ sage ich und halte Susa die Tür auf. Meinen Schlüssel stecke ich in die kleine Innentasche meines Mantels. Die ist so unscheinbar, dass ich hoffe, es sucht keiner danach, wenn mein Mantel an der Garderobe hängt. Mein Handy habe ich ausgeschaltet und auf meinen Nachtisch gelegt. Heute Nacht wird das Netz eh total überlastet sein und nach Hause kann ich laufen. Da brauche ich kein Taxi.

Robert und Joe warten schon unten an der Tür zu dem Gebäude, in dem Joe wohnt, auf uns, dabei sind wir 5 Minuten zu früh. Joe hat schon eine leicht rote Nase. Er scheint schon länger hier in der Kälte zu stehen und zu warten. Obwohl er mir nur einen flüchtigen Kuss auf die Lippen drücken, fängt es in meinem Magen an zu kribbeln.

„Du siehst einfach atemberaubend aus," flüstert er an meinen Lippen. Ich spüre, wie ich rot werde und versuche dagegen an zu kämpfen. Dabei trage ich noch meinen Mantel. Er nimmt mich an der Hand und wir gehen nach oben. Drinnen hängen Susa und ich unsere Mäntel an die Garderobe.

„Wow," sagt Joe. „Was für ein Kleid. Du bist heute die hübscheste Frau. Ich habe noch nie eine so hübsche Frau wie dich gesehen."

Ich werde knallrot. Ich merke es an der Hitze die in meine Wangen steigt. Was soll ich dazu sagen? Joe nimmt mein Kinn in eine Hand, hebt meinen Kopf an und küsst mich. An meinen Lippen sagt er: „Prinzessin, ich meine es ernst. Du bist atemberaubend."

Joe nimmt mich an die Hand und wir gehen uns umsehen. Wie immer, ist die Party schon in vollem Gedanke. Es ist gerade 21 Uhr und ich frage mich, ob der eine oder andere es überhaupt durchhält, bis es Mitternacht ist. Wie kann man jetzt schon so besoffen sein?

Zwei der Modepüppchen tanzen auf einem kleinen Tisch. Ihre knappe Kleidung überlässt heute kaum etwas der Phantasie und ich frage mich, ob sie wohl demnächst anfangen werden, die wenige Kleidung, die sie überhaupt tragen, auch noch abzulegen. Bei dem Gedanken, wie es jemand filmt und ihnen später zeigt, muss ich grinsen.

„Was?" fragt Joe.

„Ach nichts."

„Na komm schon, was ist?"

Ich deute auf den Tisch. „Ich habe mich gefragt, wann sie anfangen werden, sich ganz auszuziehen und wie peinlich es sein muss, wenn sie es nüchtern erfahren."

„Glaub mir," sagt er, „den Beiden ist wirklich nichts peinlich."

Bevor ich mir weitere Gedanken darüber machen kann, woher er das wissen möchte, bringt Susa mir ein Glas Sekt. Immerhin ist er gekühlt. Vielleicht schmeckt er nicht so grauslich wie letztes Mal. Wir stoßen an und ich nippe an meinem Glas. Ok, er schmeckt kalt genauso wenig wie warm. Ich muss mich zusammenreißen um mich nicht zu schütteln. Ich werde mich einfach den ganzen Abend an einem Glas festhalten. Dann muss ich um zwölf schon kein neues Glas Sekt trinken.

Wir lachen und scherzen zusammen und ich freue mich, dass keiner meiner Freunde Joe verurteilt, für das was sie von ihm wissen oder es ihn zumindest nicht spüren lassen, falls sie ihn nicht mögen. Peer ist nicht gekommen. Aber Susa hat mir versichert, dass es nicht an mir liegt. Peer sei bei seinen Eltern. Das hätte er letztes Jahr auch gemacht. Seine ganze Familie trifft sich an Silvester. Ich hoffe für Peer, dass Susa recht hat. Ich möchte nicht, dass er wegen mir auf eine Feier verzichtet. Ich habe ihn ja wirklich gern, aber eben nur als Freund. Ich hätte mich auch gefreut, wenn er heute hier wäre. Aber es wäre vielleicht auch komisch.

Je später es wird, desto lauter wird die Musik. Immer mehr Leute tanzen und wie vermutet, liegen die Oberteile der beiden Tischtänzerinnen auf dem Boden.

Joe stellt sich hinter mich und legt die Arme um mich. Im Takt der Musik wiegt er seine Hüfte und ich bewege mich mit ihm. Es fühlt sich schön an, seinen Körper so dicht an meinem zu spüren.

Ich drehe mich zu ihm und flüstere ihm in Ohr: „Folg mir, wenn du dich traust." Damit drehe ich mich um und mache mich auf den Weg zu seiner Wohnung. Joe bleibt kurz verwirrt stehen, doch kaum habe ich das Treppenhaus erreicht, fasst er mich an der Hand.

In seiner Wohnung führe ich ihn ins Schlafzimmer. Er setzt sich aufs Bett und zieht mich auf seinen Schoß. Meine Lippen verlieren sich in seinen. Er schmeckt ein bisschen nach Bier und nach Joe. Ich kann den Geschmack nicht beschreiben, es ist wie mit seinem Geruch. Er ist einzigartig. Es überrascht mich immer wieder, wie mich beides erregt.

Ich schiebe meine Hände in seine Haare und ziehe leicht daran. Joe stöhnt leicht. Seine Finger streicheln über meinen Rücken. Selbst durch das Kleid merke ich die Wärme, die sie ausstrahlen. Ich stehe auf und ziehe mir das Kleid über den Kopf. Weil das Kleid Spagettiträger hat, trage ich keinen BH unter dem Kleid. Ich trage eines meiner neuen Höschen in Weiß mit feiner Spitze.

Joe zieht zischend die Luft ein und starrt mich an. Seine Pupillen werden groß und das Braun seiner Augen wird dunkel. Ich will mich schnell wieder auf seinen Schoß setzen. Mir ist es peinlich so nackt vor ihm zu stehen. Er hält mich fest, so dass ich stehen bleiben muss. Seine Augen wandern über meinen Körper.

„Du bist so wunderschön," sagt er. Seine Stimme klingt rauh und unheimlich sexy. Ich bekomme eine Gänsehaut und er zieht mich doch wieder auf seinen Schoß. „Spürst du das?" fragt er, als er mich fester auf sich drückt.

Ich merke seine Erregung. Ich bewege meine Hüften. Es erregt mich, wie hart er wird. „Und das ohne, dass du mich anfassen musst," stöhnt er. „Ich kann nicht ohne dich sein."

Ich öffne seine Jeans, stütze mich hoch auf meine Beine. Er hebt die Hüften und ich kann seine Jeans und Boxershorts bis zu den Knien herunterschieben. Als seine Erektion frei vor mir liegt, greife ich sofort danach. Er stöhnt. Es fühlt sich so gut an. Sowohl ihn zu berühren, als auch zu spüren, welche Lust, es ihm bereitet, wenn ich ihn anfasse.

Joe packt mich an den Hüften, dreht mich herum und liegt mich aufs Bett. Ich stütze mich auf meinen Ellenbogen ab um ihn anzusehen. Er zieht seine Hose und sein T-Shirt aus. Sein Anblick verschlägt mir einfach den Atem. Die Muskeln die sich abzeichnen, die kleine Tätowierung auf seiner Brust, dieser Erektion und das alles gehört heute nur mir.

Joe lässt mich nicht aus den Augen. „Gefällt dir, was du siehst?"

„Sehr," antworte ich wahrheitsgemäß.

„Mir gefällt auch, was ich sehe," sagt er grinsend. Viel zu langsam kommt er zu mir aufs Bett. Er bewegt sich wie eine Wildkatze. Er streicht an meinen Beinen entlang, als er sich langsam auf mich schiebt. Er legt sich auf die rechte Seite, ein Bein zwischen meinen und streicht mit den Fingern meinen Bauch entlang zu meinen Brüsten. Meine Gänsehaut verstärkt sich. Ich greife nach seinem besten Stück und bewege vorsichtig die Hand auf und ab.

Joe beugt sich vor und küsst meine Brüste. Meine Brustwarzen sind hart und meine Brüste schmerzen fast vor Erregung. Joe drückt sie fest, während seine Lippen meine Brustwarzen umkreisen. Der Schmerz in meinen Brüsten wird durch seine Berührungen weniger. Ich winde mich unter ihm. Ich will ihn. Jetzt und hier.

Ich fasse seine Schulter und versuche ihn weiter auf mich zu ziehen. Er hebt seine Lippen an meine. Seine Zunge spielt mit meiner. Ich verliere langsam das Gefühl für die Welt um mich herum. Es ist alles egal, es zählen nur Joe und ich. Seine Brust drückt sich gegen meine. Ich vergrabe meine Hände wieder ein seinem Haar. Es ist genauso lang, wie ich es mag. Man kann mit den Fingern darin herumfahren und damit spielen.

Joes linke Hand schiebt sich an meine Hüfte und fasst unter mein Höschen. Sie verharrt aber an meinem Hüftknochen.

„Baby, du spürst, wie hart ich bin und wie verrückt ich nach dir bin. Ich bin so scharf auf dich, wie nie zuvor. Wenn ich dir jetzt dieses heiße Höschen runterziehe, gibt es kein Zurück mehr. Ich kann dir nicht versprechen, dass ich mich dann noch beherrschen kann."

In meinem Hals spüre ich einen Kloß. Ich habe etwas Angst, aber ich will ihn so sehr. Also nicke ich nur.

„Bist du sicher?" fragt er unsicher. Statt einer Antwort, küsse ich ihn. Meine Hände wandern seinen Rücken entlang. Meine Finger packen seinen Hintern. Er stöhnt in meinen Hals und zieht mir das Höschen herunter.

Seine Finger gleiten zwischen meine Beine. „Du bist so feucht," seufzt er. „Du kannst dir gar nicht vorstellen, wie sehr mich das antörnt."

Quälend langsam streicht er über meine empfindlichste Stelle. Ich drücke mich ihm entgegen. Ich will mehr. Er schiebt einen Finger in mich hinein. Langsam zieht er ihn heraus und schiebt ihn wieder hinein. Ich bewege mich. Ich will ihn zwingen, sich schneller zu bewegen. Joe knabbert an meinem Hals. Ich drehe gleich durch. Es macht mich verrückt.

„Bitte," flüstere ich.

„Du hast nichts getrunken, oder?" fragt er unsicher.

„Nur ein halbes Glas Sekt."

Er dreht sich von mir weg zum Nachtisch. Ich fühle mich verlassen und will protestieren. Weiß aber nicht, was ich sagen soll. Als Joe sich wieder zu mir dreht, hält er ein Kondom in der Hand. Er sieht mich noch einmal an und ich erkenne Unsicherheit in seinem Blick. Warum ist er unsicher? Es ist mein erstes Mal. Er hat schon mit so vielen Frauen geschlafen. Es versetzt mir einen Stich, als ich daran denke und ich verdränge sofort den Gedanken.

Meine Finger schließen sich wieder um seine Erektion. Da reißt er die Packung auf, legt meine Hände beiseite und setzt das Kondom auf seine Eichel. „Oder willst du?" fragt er.

Ich schüttle den Kopf, „ich weiß nicht, wie es geht."

Während er das Kondom abrollt, sagt er: „ich zeige es dir nächstes Mal, ok?"

Nächstes Mal? Meine Gedanken und Vorstellungen überschlagen sich. Da durchzuckt mich ein Gedanke: Was, wenn ihm der Sex mit mir nicht gefällt?

„Ich versuche vorsichtig zu sein. Wenn irgendetwas ist, dann sag sofort Bescheid, ok?"

Ich nicke nur.

Er legt sich auf mich, schiebt meine Beine weiter auseinander und legt sich dazwischen. Sein rechter Arm umfasst meine Hüfte. Er hebt sie leicht an und ich spüre ihn an meiner empfindlichsten Stelle.

„Bist du dir wirklich sicher?" fragt er erneut.

Ich nicke wieder. Ich bin mir sicher, in diesem einen Moment will ich nur Joe. Ich will nicht darüber nachdenken, was morgen sein wird oder nächste Woche oder in einem Jahr. Es ist richtig. Hier und jetzt will ich mit ihm schlafen.

Als seine Eichel in mich eindringt, zucke ich zusammen. Joe hält sofort inne.

„Alles okay?"

„Ja, ich habe mich nur erschrocken," stoße ich hervor. Es fühlt sich komisch an. Ungewohnt. Es schmerzt etwas. Ich weiß noch nicht, ob es mir gefällt.

Joe schiebt sich langsam weiter in mich hinein. Es brennt etwas, tut leicht weh und ich fühle einen unangenehmen Drück. Ich spüre Joes stockenden Atem an meinem Hals. Ich merke, dass er sich zurückhält, um mir Zeit zu geben, mich an das Gefühl zu gewöhnen. Er küsst mich. Langsam und zärtlich spielt seine Zunge mit meiner. Eine Hand gleitet zwischen unsere Beine und Joe beginnt meine empfindlichste Stelle zärtlich zu streicheln. Der Schmerz lässt nach und ich drücke mich ihm leicht entgegen. Sofort setzt der Druck wieder ein und ich halte kurz inne. Joe küsst mich weiter und es muss ihn wirklich viel Selbstbeherrschung kosten, sich nicht zu bewegen.

Ich kann mich nicht bewegen. Mein Körper weigert sich zu reagieren. Ich weiß nicht, wie viel ich bereits von ihm aufgenommen habe. Stimmt etwas nicht mit mir? Alle tun es und der weibliche Körper ist ja dazu ausgelegt, ihn ganz aufzunehmen. Warum tut es dann weh? Wo ist das atemberaubende Gefühl von dem alle erzählen?

Meine Finger wandern über seinen Rücken zu seinem Hintern. Ich drücke ihn um ihm zu signalisieren, dass er weitermachen soll. Sofort schiebt er sich weiter in mich hinein und ich stöhne vor Schmerz auf. Sofort hält Joe inne.

„Tut mir leid," flüstert er und seine Stimme zittert leicht.

„Nein, ich will es. Tu es, bitte."

Vorsichtig zieht er sich ein Stück zurück und gleitet langsam wieder in mich hinein. Es fühlt sich noch immer ungewohnt an. Wieder zieht er sich ein Stück zurück und stößt wieder in mich hinein. Langsam und vorsichtig, aber ich habe das Gefühl, dass er bei jedem Stoß tiefer in mich hineinstößt. Seine Finger streicheln mich noch immer.

„Prinzessin. Du fühlst dich so unglaublich an. Du bist so eng."

Ist das gut oder ist das schlecht? Ich habe keine Ahnung, aber es fühlt sich immer besser an. Mein Körper scheint sich zu entspannen und ich fange an, meine Hüften ihm entgegenzustrecken.

„Fuck," stößt er aus. „Ich halte das nicht lange aus, Prinzessin. Das ist so unfassbar gut."

Ich spüre seine Hüften direkt auf meinen. Noch vor wenigen Augenblicken hätte ich nicht gedacht, dass ich ihn ganz aufnehmen kann. Joe legt seine Stirn auf meine. Er bewegt sich schneller und ich passe mich ihm an. Ich lege meine Beine um seine Taille. Mit jedem Stoß drücke ich meine Fersen in seinen Hintern.

„Anna," stöhnt Joe. Seine Stimme in rau und es schwingt so viel Erregung darin, wie ich es nicht für möglich gehalten habe. Meinen Namen so aus seinem Mund zu hören, törnt mich so sehr an, dass ich versuche Joe meine Hüften noch weiter entgegen zu schieben.

Draußen höre ich die ersten Raketen, doch ich achte nicht darauf. In meiner Erinnerung werden sie sicher bleiben und ich werde mir vorstellen, wie es war das erste Mal mit Feuerwerk erleben zu dürfen.

„Ich komme gleich Prinzessin," stöhnt er in meine Halsbeuge. Mein Körper spannt sich unter ihm an. Mein Rücken biegt sich durch.

„Kommt für mich, Prinzessin," flüstert er und beißt mir leicht in den Hals. Das gibt mir den Rest. Ich löse mich auf, als mich die Woge des Orgasmus überschwappt. Unter meinen Fingern merke ich, wie Joes Körper sich anspannt. Ich höre in weiter Ferne, wie er meinen Namen brüllt. Anders kann ich es nicht beschreiben, es ist kein Stöhnen mehr, es ist ein Schrei, der hoffentlich durch die Laute Musik übertönt wird. Joe lässt seine Stirn an meine sinken und wir versuchen beide zu Atem zu kommen.

„Das war wirklich unglaublich, Prinzessin. Wie geht es dir?"

„Okay."

„Okay?"

„Es geht mir gut?"

„Gut?"

„Bist du ein Papagei?" lache ich.

„Na, ich dachte, du fühlst dich nachdem überwältigenden Orgasmus etwas mehr als okay. Oder war er nur für mich überwältigend" Er zieht eine Augenbraue nach oben. Ich muss schon wieder lachen.

Er zieht sich aus mir zurück und ich fühle mich irgendwie leer. Er streift das Kondom ab und wirft es neben das Bett. Seine Finger streicheln über meine Wange. „Ich liebe dich," sagt er und küsst mich um jede Antwort meinerseits zu unterbinden. Ich bin überrascht, freue mich aber wie eine Schneekönigin.

„Willst du wieder hochgehen," fragt Joe mich. Eigentlich möchte ich hier liegen bleiben. Aber wir können uns nicht ewig vor der Welt verstecken. Außerdem werden die Anderen uns suchen um mit uns aufs neue Jahr anzustoßen. Mir wäre es sehr peinlich, wenn sie wüssten, was wir hier gerade getan haben.

„Nein, aber ich glaube, es ist besser, um peinliche Gespräche zu vermeiden."

Wir finden die Anderen schnell und es wird sich umarmt und aufs neue Jahr angestoßen. Die Anderen sind alle völlig aufgekratzt. Das werde ich sicher nie verstehen. Es ist nur ein neues Jahr. Es ändert sich nichts. Eigentlich wechselt nur der Tag. Aber ich freue mich für die Anderen, weil sie alle so glücklich aussehen.

„Ich gehe kurz zu den Anderen," sagt Joe und ich nicke. Ich will zwar nicht, dass er zu seinen Kumpels geht, aber ich kann es ihm nicht verbieten. Außerdem hatten wir das besprochen. Ich sehe ihm nach. Sie geben sich gegenseitig high fives und ich sehe, wie Lasse Joe Geld gibt.

Nein, das kann nicht sein. Das darf nicht sein. Meine Brust schmerzt und ich glaube, ich werde gleich zerbrechen.

„Ich gehe mal auf die Toilette," sage ich zu Susa. Im Flur schnappe ich mir meinen Mantel und verlasse die Wohnung. An der Haustür bleibe ich kurz stehen. Mein Herz scheint stehen zu bleiben. Ich ziehe meine Heels aus und renne los. Ich renne so schnell ich kann nachhause. Ich achte nicht auf die Raketen und Böller, die um mich herum gezündet werden. Ich merke nicht, dass der Boden unter meinen Füßen eiskalt ist. Ich renne einfach immer weiter.

Zuhause stelle ich die Klingel ab und renne ins Bad. Mir ist so schlecht, dass ich mich übergeben muss. Immer und immer wieder. Ich hätte die Pizza nicht essen sollen. Als nur noch Magensäure kommt, scheint mein Körper sich langsam zu beruhigen. Ich bleibe noch etwas neben der Toilette sitzen. Als mein Atem sich beruhigt, ziehe ich mich aus und steige unter die Dusche.

Ich will ihn von mir abwaschen. Seinen Geruch, seine Küsse, seine Berührung. Es war alles nur eine verdammte Wette. Ich schrubbe meinen Körper bis das Wasser kalt wird. Nur eine verdammte, beschissene Wette. Es hat ihm nichts bedeutet. Ich habe ihm nichts bedeutet. Es war alles gelogen. Alle tollen Dinge, die er mir gesagt hat, waren gelogen. Alles nur, um mich ins Bett zu bekommen.

Ich bin so dumm, so naiv. Susa hatte Recht, ich bin einfach zu naiv für diese Welt und diese Art von Typen.

Warum sagt er mir dann noch, dass er mich liebt. Da war doch schon alles gelaufen. Er hatte die Wette schon gewonnen. Warum meinte er, mich damit noch quälen zu müssen. Er ist noch schlimmer, als alle denken.

Nur in mein Handtuch gekuschelt gehe ich in mein Zimmer. Zum ersten Mal seit ich hier wohne, schließe ich mich ein. Ich sinke direkt vor der Tür auf den Boden und weine. Ich schlinge die Arme um meine Beine und lege meinen Kopf auf meine Knie. Mein ganzer Körper tut weh. Es ist alles ein einziger Schmerz. Meine Brust tut so weh, dass ich denke, ich werde sterben. Ich kann nichts tun, damit der Schmerz weggeht. Alles um mich herum scheint sich zu drehen. Ich habe das Gefühl, dass ich keine Luft mehr bekomme. Mein Leben, wie ich es bisher kannte, ist vorbei. Ich weiß nicht, wie es weitergehen soll ohne ihn.

Alle wissen nun, was wir getan haben, was ich getan habe. Wer weiß, was er ihnen alles erzählt hat. Ich habe keinem Anderen Details über unsere intimen Begegnungen erzählt. Ich wollte immer nur, dass sie uns gehören diese Augenblicke. Wahrscheinlich ist sogar die Geschichte über seine Tätowierung gelogen gewesen. Ich war so dumm und bin darauf reingefallen.

Ich versuche mich auf meine Atmung zu konzentrieren. Einatmen, ausatmen, einatmen, ausatmen, einatmen, ausatmen.

Ich weiß nicht, wie lange ich so sitze, die Arme um meine Beine geschlungen, den Kopf auf den Knien und mich hin und her wiege, doch irgendwann schlafe ich ein.

Mein Herz wird nie wieder heilen.

Danksagungen

Danke besonders an meine Mutter, die mich immer unterstützt und bestärkt hat, dieses Buch zu schreiben.

Danke allen, die mich zu diesem Buch inspiriert haben.

Besonderen Dank an alle Leser/innen, die diese Geschichte erleben möchten.

www.ingramcontent.com/pod-product-compliance
Lightning Source LLC
Chambersburg PA
CBHW050125030726
47505CB00007B/2044